Mario Fesler
Nothing but Spies

Mario Fesler

NOTHING BUT SPIES

CARLSEN

Für meine Firmenkolleg*innen.
Ihr bleibt in (guter!) Erinnerung.

Stämme. Äste. Zweige.

Auf einem davon sitzt ein Eichhörnchen. Es schaut ihn aufmerksam an, als wollte es fragen: „Was machst du hier, Kollege?"

Er fragt sich dasselbe, während er sich stöhnend aufrichtet. Jeden einzelnen Knochen spürt er, jeder Muskel schmerzt und seine durchweichte Kleidung lässt ihn schlottern.

Es ist doch Sommer, denkt er. Dann fällt ihm auf: Das ist das Einzige, was er weiß. Ein unbehagliches Gefühl durchfährt ihn, überlagert vom Brummen seines Schädels. Er greift sich an die brennende Stirn, fühlt etwas merkwürdig Weiches, das er vorsichtig von der Haut löst und dann ratlos in seiner Handfläche betrachtet.

Was ist das?

Es sieht aus wie einer dieser billigen Saugknöpfe, an denen man Badezimmerhandtücher befestigt. Er steckt das Ding kopfschüttelnd in seine Jackentasche.

Warum weiß ich eigentlich, was Saugknöpfe und Badezimmerhandtücher sind, aber nicht, wer oder wo ich bin? Er steht mit wackeligen Beinen auf, lehnt sich an eine dünne Birke. (*Ah ja, Birken kennen wir also auch.*) Vor ihm ragt ein steiler Abhang auf und im Schlamm ist eine Spur zu erkennen. Sie führt zu einem Holzstamm, der kurz vor dem Abgrund liegt.

Habe ich da gesessen und bin dann runtergefallen?

Die Vorstellung, tollpatschig einen Abhang in einem menschleeren Wald runterzukullern, kränkt ihn. Auch wenn er keine Ahnung hat, wer er ist, weiß er, dass ihm so was nicht passieren dürfte.

Eine Welle der Übelkeit lenkt ihn von dem Gedanken ab. Er beugt sich zur Seite, übergibt sich. Als es vorbei ist, sieht er etwas Schwarzes im bunten, knöcheltiefen Laub.

Ein Handy. Gott sei Dank.

Er springt hin, hebt es auf und stößt ein leises Fluchen aus. Das Ding ist total nass. Wäre ein Wunder, wenn es überlebt hätte.

Wasserdicht bis dreitausend Meter, flüstert eine Stimme in seinem Ohr. Auch wenn er keine Ahnung hat, wer bei einem Smartphone so ein Feature braucht, drückt er den seitlichen Knopf. Es geht problemlos an. Er legt seinen Daumen auf das dafür vorgesehene Feld und scheitert an der geforderten PIN.

Hauptsache, Bug geht es gut, denkt er. Dann wundert er sich, wer oder was zur Hölle *Bug* nun schon wieder sein soll.

Das alles muss ein Albtraum sein. Hilfe suchend guckt er zu der Stelle, wo das Eichhörnchen saß, aber es ist weg. Er fühlt sich wahnsinnig einsam und fragt sich, warum diese Einsamkeit so vertraut wirkt.

Vincent. Mein Name ist Vincent Lurking.

Der Gedanke ist wie ein herumtreibendes Brett auf einem tosenden Meer der Ahnungslosigkeit. Er greift gierig danach und zieht sich darauf. Endlich hat er etwas. Auch wenn es nur ein Name ist. Dann stolpert Vincent los.

Als er den Wald hinter sich gelassen hat, sieht er rechts von sich einen kleinen Fluss.

Die Neisel.

Ein weiterer Name, ein weiterer Hinweis. Etwas stromaufwärts der Neisel sind Häuser. Eine Stadt.

1,7 Kilometer, verrät ihm diese spooky Stimme in seinem Kopf, die offensichtlich verdammt gut Entfernungen einschätzen kann.

Als Erstes erreicht Vincent ein kleines Gewerbegebiet. Eine große Kfz-Werkstatt mit angeschlossenem Autohaus. Eine stillgelegte Fabrik, die laut einem Schild davor mal *Deutsche Qualitätsreifen* hergestellt hat. Ein Discounter, der sich mit einem Elektrogeschäft den Parkplatz teilt. Vincents Schritte sind fester, als er weitermarschiert. In seinem Kopf tauchen neue Daten auf, die er leise wie Vokabeln für einen alles entscheidenden Test vor sich hin murmelt.

„Tatjana Lurking, 38. Meine Mutter.

Mark Lurking, 42. Mein Vater.

Siri Lurking, 9. Meine Schwester."

Er ist mittlerweile im Zentrum dieser Stadt angekommen. Ein Marktplatz mit einem Brunnen. Menschenleer. Kein Wunder, bei diesem kalten Nieselwetter. Die kleine Buchhandlung, das Blumengeschäft, die Parfümerie sind geschlossen. Lediglich hinter den Fensterscheiben eines Cafés erahnt Vincent ein paar Gäste.

Das sechsfache Schlagen einer Turmuhr lenkt seinen Blick zu dem größten Gebäude.

Die spätgotische Kirche St. Gregor, verrät seine Gruselstimme. *Erbaut im Jahr 1263 und damit das älteste Bauwerk von Trockenstedt.*

Der Name der Stadt reißt einen Staudamm ein. Erinnerungen fluten Vincents Kopf.

Trockenstedt, denkt er. *Aber da ziehen wir doch erst noch hin!*

Immerhin: Jetzt weiß er, wo er ist. Wer er ist. Wo er hinmuss. Er ruft in seinem Kopf den Stadtplan auf, orientiert sich und läuft dann zum Neubaugebiet.

Flemmingkarree, liest er auf dem Straßenschild. Sehr gut. Das ist der richtige Weg.

Hausnummer 2. Die Hagenbecks.

Hausnummer 16. Die Cauders.

Hausnummer 25. Herr Frescher.

Bei der Hausnummer 26 sieht er ein Gesicht hinter dem Fenster. *Celia Lopez.* Sie schaut ihn an wie einen Geist.

Er kennt sie nur von Fotos. Aber sie scheint deutlich mehr mit ihm zu verbinden als nur ein Gesicht.

Lurking steht auf einem Schild am Gartenzaun des nächsten Hauses. Vincent blickt hoch. Das Haus sieht genauso aus wie auf den Konstruktionsplänen. Auch der Pool ist da, aber das Wasser wurde anscheinend schon abgelassen. Im Garten wurde bereits gearbeitet. Auf den Blumenbeeten liegt frischer Rindenmulch.

Die Haustür öffnet sich. Tatjana eilt ihm entgegen.

„Vincent!", ruft sie mit sorgenvoller Stimme und greift ihm unter den Arm, als könnte er gleich zusammenbrechen.

Mark ist nun ebenfalls da und stützt ihn. „Wir haben uns solche Sorgen gemacht!"

Die beiden bringen ihn in die Küche, platzieren ihn auf einem Stuhl in der Essecke. Siri sitzt am anderen Ende und schaut ihn prüfend an.

Vincent greift sich die Zeitung, die auf dem Tisch liegt. Sein Blick sucht das Datum.

„Hast du das wirklich gemacht?", fragt Siri.

15. Oktober. Vincent fühlt sich absurderweise, als müsse er lachen.

Ich weiß nicht, was du meinst und ob ich es gemacht habe, beantwortet er im Kopf Siris Frage. Ich weiß ehrlich gesagt nicht mal, *was ich die letzten vier Wochen gemacht habe.* Ein leises Glucksen schiebt sich aus seiner Kehle. So verstörend das alles ist, es hat doch etwas Komisches, findet er.

„Ist alles in Ordnung?" Eine Frau und ein Mann stehen mit sorgenvollen Gesichtern im Flur. Die Haustür wurde wohl offen gelassen, als man ihn hereingebracht hat. Wie unprofessionell. *Lorena und Christian Lopez,* hilft seine Geisterstimme weiter, die vermutlich sein wieder anspringendes Gedächtnis ist.

„Ich denke schon", sagt Mark.

„Hauptsache, er ist wieder da", ergänzt Tatjana. „Um alles Weitere wird sich unsere Hausärztin kümmern."

„Ich hatte solche Angst um ihn." Siri klingt, als würde sie gleich in Tränen ausbrechen.

„Gut, dann … sammelt euch erst mal. Wenn ihr was braucht, gebt Bescheid. Ihr wisst ja, wo ihr uns findet." Christian nickt allen zu.

„Kommt wirklich, wenn ihr was braucht", ergänzt seine Frau mit liebenswürdigem Ton. „Falls ihr es noch nicht gemerkt habt: Ihr seid eine Familie, die wir wirklich sehr gernhaben."

Sie schaut Vincent fassungslos an, als er in schallendes Gelächter ausbricht.

„Was ist denn so lustig?", fragt Mark ratlos.

Vincent schüttelt nur den Kopf und lacht weiter.

Das wäre jetzt natürlich der Höhepunkt, wenn er den Gedanken aussprechen würde, der das Lachen wieder und wieder hervorkitzelt.

Wir sind doch gar keine Familie!

1

„Celia! Jetzt komm schon! Wir müssen nicht die Letzten sein, die da auftauchen!" Wäre es nach meiner Mutter gegangen, wären wir mit Sicherheit die Allerersten gewesen, die den Rasen unserer neuen Nachbarn betreten hätten. Aber ich hatte nicht die geringste Lust, den Rasen überhaupt zu betreten.

„Ich tauche nirgendwo auf!", rief ich und schloss prophylaktisch meine Zimmertür ab. Keine fünf Sekunden später rüttelte es am Türknauf.

„Celie! Was soll das denn? Ständig jammerst du, dass du dich langweilst. Dann passiert endlich mal was und du machst dicht!"

Phase 1 im Mutter-Tochter-Konflikt war damit eingetreten. Gekennzeichnet durch hörbare Verstimmung, während aber noch mit Argumenten gearbeitet wurde.

Das Blöde war: Mum hatte ja recht. Nach mittlerweile fast vier Jahren in Trockenstedt war ich derart ausgehungert nach

allem, was das Leben interessanter machte, dass ich normalerweise mit Freuden auf *jede* Party gegangen wäre. Na ja, außer vielleicht auf eine Party von Siegfried Strötz am Ende der
Straße. Aber verbitterte Rassisten geben eh selten Partys.

Doch heute war selbst mir nicht nach Feiern zumute. Am
Montag fing die Schule wieder an und das Aufregendste würden neue Bücher und ein paar ausgewechselte Lehrkörper
sein. Meine Eltern hatten mir schon vor Ewigkeiten versprochen, in „das Land unserer Ahnen" (Brasilien!) zu reisen. Aber
auch nach diesen Ferien lagen mal wieder nur drei Wochen
Schweden hinter mir. Ich konnte Köttbullar und Zimtschne-
cken für den Rest meines Lebens nicht mehr sehen und war
völlig deprimiert. Seit fünf Wochen war ich fünfzehn, aber erlebt hatte ich in diesen fünfzehn Jahren nichts. Freiheit! Spaß!
Abenteuer! Nichts davon passierte, wenn man in Trockenstedt wohnte. Warum hatte sich Mom damals auf diesen Deal
eingelassen? Wir hatten früher mitten in Berlin gelebt!

„Och Cilly-Billy, bittebittebitte", flehte meine Mutter.

Phase 2. Wie immer, wenn die autoritäre Tour versagte, griff
Mum zu weinerlichem Tonfall und albernen Spitznamen. „Du
kannst mich nicht mit Christian alleine dahin lassen!"

Das war zugegebenermaßen ein gutes Argument. Papa
konnte sich in Gesellschaft einfach nicht benehmen.

„Und was soll ich denn Sophia sagen?", fragte Mum nun.
„Sie wird bestimmt enttäuscht sein."

Auch ein guter Versuch. Aber da kannte ich meine beste Freundin besser.

„Soff ist garantiert nicht auf dieser Party", stellte ich klar.

Ich wusste, dass Sophia Partys nicht mochte – na ja, eigentlich hatte sie sogar Angst davor. Sie hatte so ziemlich vor allem und jedem Angst. Und außerdem hätte ihr Vater sie da niemals hingelassen. Kurt Cauder war der Letzte – außer dem alten Strötz vielleicht –, der sich von neuen Nachbarn zu einer Feier einladen ließ. Schon gar nicht, wenn keine achtundvierzig Stunden zwischen Event und Einladung lagen. Die Lurkings hatten die Einladung nämlich erst gestern allen aus der Nachbarschaft gebracht – zusammen mit einer Flasche Sekt und einem (zugegebenermaßen total leckeren) Gugelhupf. Eine Beamtenseele wie Herr Cauder brauchte mindestens vier Wochen, um Vorteile, Nachteile und natürlich Risiken einer solchen Feier vernünftig analysieren zu können.

„Doch, Sophia ist da!", widersprach Mum. „Sie ist gerade mit ihrem Vater zum Gartentor rein."

Ich schwang meine Beine vom Bett und ging zum gekippten Fenster, durch das bereits vereinzeltes Lachen und lahme Swingmusik drangen.

Tatsächlich, unter dem Birnbaum und den noch ausgeschalteten Lichterketten entdeckte ich Soff und ihren Vater. Herr Cauder musterte die bisher recht überschaubare Menge an Gästen. Man stand etwas ratlos mit einem Glas Sekt um den

Pool herum, als könnte sich unter den Anwesenden ein Alien verstecken.

Sophia schaute hoch zu meinem Fenster. Ihr Blick sagte (oder schrie eher): RETTE MICH!

Das konnte ich als beste Freundin wohl kaum ignorieren.

„Celia, ich kann dir sagen ..."

Bevor meine Mutter in Phase 3 – Drohung – einsteigen konnte, hatte ich die Tür schon aufgeschlossen und einen Spalt geöffnet.

„Ich zieh mich noch um. Bin in zwei Minuten unten. Geht ruhig schon rüber."

Sie schaute mich verblüfft an und schüttelte den Kopf. „Manchmal verstehe ich dich einfach nicht."

„Mum, du verstehst mich meistens nicht. Mach dir keinen Kopf deswegen. Das soll zwischen Eltern und Kindern in meinem Alter häufiger vorkommen."

Sie grinste, zwickte mich in die Wange – was man weder mit fünf noch mit fünfzehn gut findet – und hüpfte dann summend die Treppe hinunter.

„Endlich", raunte Sophia mir zu, als ich mich neben ihr auf der Bierbank niederließ. „Ich dachte schon, du kommst gar nicht mehr."

„Sorry, du bist die Letzte, die ich hier erwartet habe. War ja bestimmt nicht deine Idee. Was uns zu dem noch größeren Rätsel bringt, was deinen Vater hierhergetrieben hat."

Herr Cauder stand an der Salattheke neben dem riesigen Gasgrill. Er überlegte anscheinend sehr genau, in welcher Schüssel die Wahrscheinlichkeit für einen Giftanschlag am geringsten war.

„Modellbau", seufzte Sophia. „Herr Lurking hat in unserem Flur eines von Papas Schiffsmodellen entdeckt. Da sind sie ins Fachsimpeln gekommen. Die Aussicht, sich die Sammlung hier mal angucken zu können, hat Papa wohl irgendwie verlockt."

Ich konnte ein anerkennendes Nicken nicht unterdrücken. Da hatte der neue Hausbesitzer wohl das einzige Knöpfchen gefunden, mit dem man Sophias Vater zu einer Veranstaltung wie dieser locken konnte.

„Oh, voll die schöne Jacke!", flötete ein fremdes Stimmchen. Ein kleines Mädchen, das seine Arme um einen Stoffigel geschlungen hatte, stand plötzlich vor uns. Auch wenn ich Kinder eigentlich vor allem eins fand – nervig –, musste ich zugeben, dass sie ganz niedlich aussah mit den zwei Zöpfchen, die über ihre Schultern hingen. Wirklich tragisch, dass dieses süße Ding unter fortgeschrittener Geschmacksverirrung litt. Denn meine Freundin Sophia war wahrscheinlich die einzige Jugendliche der Welt, die ausgerechnet Grau zu ihrer Lieblingsfarbe auserkoren hatte und deshalb von den Idioten an unserer Schule „Mäuschen" genannt wurde.

„Danke", sagte Sophia und strahlte. Sie liebte Kinder. Vermutlich, weil sie sich bei ihnen sicherer fühlte. Ein Bedürfnis, das ich irgendwie so gar nicht kannte.

„Wie heißt du denn?", fragte Sophia fast schon gesprächig. Sie war echt nicht wiederzuerkennen, wenn Kinder ins Spiel kamen.

„Siri", sagte das Mädchen.

Nun, da Siri uns kannte, glaubte sie wohl, unverschämte Forderungen stellen zu können.

„Wollt ihr was mit mir spielen?"

Ich wollte keinesfalls. Dummerweise rief Sophia aber schneller „Na klar!", als ich mir eine Ausrede einfallen lassen konnte.

Immerhin: Siri hatte echt 'ne Menge Spielzeug. Unmengen von Kuscheltieren, Harry-Potter-Fanartikeln, Puppen, Lego, Playmobil und vieles mehr. Ich bereute beinahe, kein Kind mehr zu sein. Aber Sophia war umso besser darin, das Kind in sich wiederzubeleben. Deshalb waren wir fünf Stunden später immer noch in Siris Zimmer, als wir eine Stimme aus Richtung der Tür hörten: „Ach, da steckst du! Ich wollte dich schon als vermisst melden."

„Das ist doch mein Zimmer!", protestierte Siri. „Wo soll ich denn sonst sein?"

Der blonde Junge in der Tür klatschte sich übertrieben an die Stirn. „Stimmt", sagte er. „Irgendwie logisch. Du bist einfach die Klügere von uns beiden."

Er kam ins Zimmer, ließ sich neben Siri auf den Boden fallen und strich ihr übers Haar. Sie lächelte geschmeichelt.

Ich unterdrückte einen Würgereiz. Ältere Brüder, die total nett zu ihren kleinen Schwestern sind, fand ich schon in Filmen ziemlich creepy. Er musste ja wohl ihr Bruder sein, auch wenn die beiden sich nicht gerade ähnlich sahen. Sie war dunkelhaarig mit asiatisch anmutenden Zügen. Er hatte eine viel zu kleine Nase, war blond und auf eine öde Art hübsch, bei der Sophia vermutlich jetzt schon dahinschmolz. Er erinnerte mich an irgendjemanden, ich wusste aber nicht, an wen.

„Das sind Sophia und Celia", krähte Siri.

„Vincent", sagte er und hielt erst Sophia und dann mir seine Hand hin.

Sophia schüttelte sie ehrfürchtig und ich widerwillig.

„Und, wie läuft die Party da draußen?", fragte ich, da ich für Sophia und mich den höflichen Small Talk übernehmen musste.

„Ganz gut, glaube ich", antwortete er. „Aber echt 'ne ganze Masse neue Gesichter. Ist für mich eigentlich too much."

„Das kann ich mir vorstellen", raunte Sophia, die schon einen Einkauf im Kiosk als soziale Herausforderung empfand.

„Keine Sorge", sagte ich. „Zu viel Neues ist ein Phänomen, das du in Trockenstedt nicht allzu oft erleben wirst."

Er grinste. „Klingt ja nicht so begeistert."

„Kommt halt drauf an, was man erwartet", redete ich weiter. „Wenn du noch vor deiner Volljährigkeit wissen willst, wie sich eine ruhige Rente anfühlt, bist du hier goldrichtig."

„Ich mag's hier", warf Sophia kraftlos ein.

„Ein bisschen Ruhe tut unserer Familie gut", erklärte Vincent. „Wir sind die letzten Jahre ständig von Land zu Land gezogen. Erst die USA. Dann Frankreich. Dubai. Chile. Es ist schön, mal irgendwo anzukommen."

„Ihr seid aber dummerweise an dem Ort angekommen, bei dem selbst Google Maps Mühe hat, ihn zu finden", bemerkte ich spitz. Vielleicht, weil ich neidisch auf Blondies Weltenbummler-Leben war.

„Warum musstet ihr so oft umziehen?", fragte Sophia, für die sein Lebenslauf vermutlich nach einer Horrorstory klang.

„Meine Eltern sind Architekten. Hauptsächlich Großprojekte – Hotelanlagen, Flughäfen, so was halt. Da wird man einfach vor Ort gebraucht." Er seufzte. „Gott sei Dank ist das vorbei."

„Sind sie jetzt keine Architekten mehr?", fragte ich nach.

„Doch. Aber sie haben in der Nachbarstadt – also in Hinterwald …?"

„Hinterforst", korrigierte ich. „Sind allerdings fast fünfzig Kilometer bis dahin. Zählt eigentlich nicht mehr richtig als ‚Nachbarstadt'."

„Na ja", sprach er weiter, „jedenfalls haben sie in Hinterforst ein Büro aufgemacht. Da backen sie kleinere Brötchen, also bauen kleinere Häuser. Aber wenigstens haben wir auch selbst mal eins."

„Und was für ein tolles Haus", seufzte Sophia. „Sogar mit Pool!"

Vincent lächelte stolz. „Ja, wir haben heute extra Wasser eingelassen, um ihn mit der Nachbarschaft einzuweihen. Bin echt ein bisschen enttäuscht, das noch keiner reingesprungen ist. Scheint allen irgendwie peinlich zu sein."

In diesem Moment hörte man ein Platschen von draußen, gefolgt von fröhlichem Gejohle.

„Oh", bemerkte Vincent. „Da hat sich wohl doch einer getraut."

Ich musste nicht mal ans Fenster gehen, um zu wissen, wer. Das entsetzte „Christian!" meiner Mutter bestätigte kurz darauf, dass es natürlich Papa war.

2

Um 0:31 verließ der letzte Gast die Feier. Erwin Frescher, der Witwer aus der Hausnummer 25, hatte am längsten durchgehalten und dabei eindeutig zu viele alkoholische Getränke konsumiert. Diese Neigung hatte Siri bei ihren Recherchen zu den zukünftigen Nachbarn komplett übersehen. Vincent wusste, dass es sie wurmte. Der Gedanke ließ ihn beschwingt die Spülmaschine zuklappen, die ihren leise rauschenden Dienst begann. Im Gegensatz zu handelsüblichen Spülmaschinen befreite sie nicht nur Teller, Besteck und Schüsseln von Speiseresten. Zuvor wurden mittels ultravioletten Lichts alle vorhandenen Fingerabdrücke abgetastet, gespeichert und – sofern möglich – zugeordnet. Außerdem ermittelte der im Luftfilter enthaltene Sensor, ob sich Keime oder Krankheitserreger auf dem Geschirr befanden. Tatsächlich wurde er fündig. Ein Gast hatte sich wohl eine üble Erkältung eingefangen, was alle Lurkings zur sofortigen Einnahme eines vorbeugenden Medikamentencocktails verpflichtete, den der vorgebliche Kaffee-vollautomat bereits zubereitete.

Siri hatte man schon vor zwei Stunden öffentlichkeitswirksam mit liebevollen Neckereien zu Bett geschickt. Jetzt freute sie sich, dass sie für die Medikamenteneinnahme wieder aufstehen durfte. Sie hasste es, dass ihr Rollenprofil ein altersgerechtes Schlafverhalten vorschrieb, und genoss jede Ausnahme. Von denen es nach Vincents Meinung eh zu viele gab.

Das Schlagen der altmodischen Pendeluhr riss ihn aus seinen Gedanken. Es war jetzt 0:35 und die Uhr hatte überhaupt keinen Grund, ihr Konzert abzuliefern.

„Na klar, ein Meeting. Wäre ja auch zu schön, wenn man sich einfach nur aufs Ohr legen könnte", nörgelte Tatjana.

Vincent fragte sich, wie Tatjanas Meinung nach ihr Arbeitgeber sonst auf dem Laufenden gehalten werden sollte. Aus Sicherheitsgründen wurde ja auf so gut wie jede Form der Überwachung oder Aufzeichnung der Mitarbeitenden verzichtet. Denn das waren alles nur Spuren, die man dem Feind hinterließ.

„Ich bin dann mal oben", verkündete Mark vergnügt und verzog sich ins Schlafzimmer.

Als *Marionette*, wie man Leute wie ihn intern abfällig bezeichnete, musste er an Sitzungen mit Midnight nur teilnehmen, wenn es ausdrücklich gefordert wurde. Das war heute – die Uhr hatte nur zweimal geschlagen – nicht der Fall. Mark kam das gelegen und Vincent fragte sich, wie man nur so wenig Ehrgeiz haben konnte. Aber Mark war nicht der einzige frustrierte Schauspieler, der auf eine Karriere im Rampenlicht verzichtete. Diese Leute empfingen gerne ein großzügiges Gehalt und ließen die plastischen Operationen klaglos über sich ergehen, auch wenn das hieß, Freunde und Familie für immer hinter sich zu lassen.

„Vertrau mir: Kein Mensch braucht Freunde und Familie, wenn er eine Aufgabe hat." Das hatte Hieronymus Vincent einmal im Rahmen des Unterrichts erklärt, als er mit sieben oder acht danach gefragt hatte. Vincent glaubte ihm und schämte sich ein bisschen, dass er seinen Mentor vermisste. Das hätte Hieronymus nämlich als Zeichen einer „emotionalen Bindung" eingestuft, die er für einen der gefährlichsten Fallstricke im Leben eines Agenten hielt.

Vincent folgte Tatjana und Siri ins Wohnzimmer. Es lag in der Mitte des Hauses und war der einzige Raum im Erdgeschoss ohne Fenster. Doch die dunklen Lichtverhältnisse wurden nicht etwa für familiäre Kinoabende oder als optimales Setting für WM-Spiele auf dem Flachbildfernseher genutzt. Familie Lurking schätzte es, für ihre eigentliche Arbeit einen Ort zu haben, der nicht von außen einsehbar war. Wo man unter sich blieb.

Vincent schloss die Tür hinter sich und zog die drei Pfeile

aus der Dartscheibe. Die 3 und die 5 traf er blind, für das Bulls-eye musste er kurz hochschauen.

„Angeber", flüsterte Siri. „Man kann die Dinger auch einfach reinstecken."

Der Übertragungsmodus war aktiviert. Aus den Flügelhalterungen der Pfeile schossen drei Lichtstrahlen, die sich über dem verglasten Wohnzimmertisch vereinten. Dort formten sie durch das elektromagnetische Feld der Glasplatte ein dreidimensionales Bild: In majestätischer Bedächtigkeit drehte sich das Logo von ORGA im Raum. Es war ein Omega – der letzte Buchstabe des griechischen Alphabets. Langsam verwandelte es sich in ein Schlüsselloch und wieder zurück. Ein Sinnbild dafür, dass alle Geheimnisse am Ende gelüftet wurden. Das Motto der Organisation war in goldenen Lettern ober- und unterhalb des Logos zu lesen:

NON ROGAMUS

RESPONSA INVENIMUS

Wir fragen nicht. Wir finden Antworten.

Wie immer empfand Vincent bei diesem Anblick eine Ehrfurcht, die ihn sofort etwas aufrechter stehen ließ.

„Wenn ich gewusst hätte, wie lange wir hier warten", nörgelte Tatjana, „wäre ich noch mal aufs Klo ..."

Das Logo zerstob in weiße Lichtpartikel, die sich neu formierten und eine schwebende Gestalt bildeten. Sie schien aus transparenten Seidentüchern zu bestehen, die in einem Luftzug träge flatterten. Die Tücher verhüllten den Kopf der Gestalt und ließen die knöchernen Gesichtszüge nur erahnen. Deutlich sichtbar waren allein die unnatürlich grün leuchtenden Augen.

Diese Darstellung von Midnight als eine Art geschmackloser Halloween-Dekoration sollte vermutlich witzig sein. Vincent fand sie für den Vorsitz von ORGA einfach nur unangemessen. Aber Humor war ja eine der wenigen Eigenschaften, bei der Vincent im Rahmen seiner monatlichen Charakteranalysen immer unterdurchschnittlich abschnitt.

„Erster Tag bei Operation TROJA", fasste Midnight die Ausgangslage wie gewohnt ohne Begrüßung zusammen. Die Stimme wechselte dabei zwischen unterschiedlichen Tonlagen, damit man nicht wusste, ob ein Mann oder eine Frau sprach. „Meldepflichtige Vorfälle?"

„Keine", antwortete Tatjana, die als Älteste zu antworten hatte, wenn nicht jemand anders ausdrücklich angesprochen wurde.

„Einschätzung?", wandte Midnight sich an Siri.

„War langweilig. Ich musste den ganzen Abend wie so ein Kleinkind mit Lego und Puppen und anderem Schnickschnack spielen. Ich hasse diesen Babykram!"

Vincent fand es unpassend, dass Midnight über diese Äußerung persönlicher Befindlichkeiten lachte. Eigentlich wäre eine Rüge wegen unprofessionellen Verhaltens angebracht gewesen. Zum Glück war das Unterdrücken persönlicher Gefühle eine der vielen überdurchschnittlich ausgeprägten Fähigkeiten von Vincent. Deshalb merkte man seiner Stimme nichts an, als er nach seiner Meinung gefragt wurde.

„Insgesamt positiv. Alle Vorgaben wurden eingehalten. Vertrauen wurde aufgebaut, Sympathien wurden geweckt. Wir müssten nur überdenken, ob wir Siri mit der Profilerstellung überfordern. Ich kann mich nicht erinnern, dass wir etwas über das sehr eindeutige Alkoholproblem von Herrn Frescher gelesen haben."

„Ich kann die Profile nur auf Grundlage dessen erstellen, was ich auf legalen und illegalen Wegen im Netz finde", fauchte Siri. „Der Mann ist über sechzig. Der geht für Überweisungen noch zu einer Sparkassenfiliale! So jemand bläst nicht alles, was ihn gerade beschäftigt, als Story oder Newsfeed in die Welt!"

„Da hat Siri recht", erklärte Midnight. „Charakterprofile sind immer lückenhaft. Damit muss man als Teammitglied souverän umgehen, Vincent."

Der mahnende Unterton entging Vincent ebenso wenig wie Siri. Er äußerte eine Entschuldigung, die das Gespenst mit einem Nicken quittierte.

Siri gab sich keinerlei Mühe, ihr Grinsen zu verstecken.

„Dann wollen wir doch mal sehen, ob deine Einschätzung besser zutrifft als Siris Charakterprofil von Herrn Frescher."

Midnights Gestalt, die über der Tischplatte schwebte, drehte sich zu Vincents angeblicher Schwester. „Siri, hol bitte den Schnatz."

Sie griff in die ausgeleierte Tasche ihres Einhorn-Schlafanzugs und zog das gewünschte Utensil hervor.

„Ich hab mir schon gedacht, dass der heute noch zum Einsatz kommt." Sie warf die geflügelte goldene Kugel, die Harry-Potter-Fans auf der ganzen Welt kannten, in die Luft.

Die Flügel begannen augenblicklich mit hundertzwanzig Schlägen in der Sekunde zu schlagen. In der Mitte der Kugel legte sich nun das Objektiv frei. Neben Midnight erschien ein Rechteck, das zeigte, was der Schnatz sah: Die drei ORGA-Agenten, die abwechselnd die Höchstleistungsdrohne und die von ihr gefilmten Aufnahmen betrachteten.

„Ich bin gespannt, was eure neuen Nachbarn so von euch denken."

Vincent erschien es ziemlich übertrieben, wertvolle Technik für ein bisschen Nachbarschaftstratsch einzusetzen. Er verkniff sich aber jeden Kommentar und öffnete stattdessen die Wohnzimmertür ein Stück. Midnight sollte nicht noch einmal an seiner Loyalität zweifeln.

„OBSERVE: Flemmingkarree 1", befahl Siri und die Drohne machte sich durch den Türspalt auf den Weg.

Die Zuschauer rasten mit ihr die Straße entlang, bis zu deren Anfang. In dem angegrauten Kasten wohnte Siegfried

Strötz. Die Drohne folgte auffälligen Tonsignalen an der Zieladresse automatisch. Daher flog sie, angezogen von einem donnernden Schnarchen, zum Schlafzimmerfenster. Die Kamera wechselte in den Nachtsichtmodus und zeigte: Der Bewohner tat das, was man in Schlafzimmern nun mal tat. Schlafen.

„Ihr habt keinen besonderen Eindruck hinterlassen", bemerkte Midnight.

„Ging auch schlecht. Der Mann war nicht da", erklärte Tatjana.

„Was ich übrigens exakt so prognostiziert habe", warf Siri mit einem hochnäsigen Blick zu Vincent ein, bevor sie die Drohne weiterschickte. „OBSERVE: Flemmingkarree 2."

Hier war das Ergebnis ganz in Vincents Sinne. Das fröhliche Rentnerpärchen Hagenbeck machte sich gerade bettfertig und ließ beim Abschminken und bei der Zahnpflege den Abend Revue passieren.

„Das Mädchen ist ja eine ganz Niedliche. So eine hätte ich auch immer gerne gehabt", erklärte Adele Hagenbeck, während ihr Mann vor sich hin gurgelte. „Aber der Junge hat auch Format. Ich hätte mich gefreut, wenn unser Torben damals so höflich und gepflegt gewesen wäre!"

„Ich würde mich freuen, wenn Torben *heute* so höflich und gepflegt wäre", seufzte Sigmund Hagenbeck, nachdem er ausgespuckt hatte.

„OBSERVE: Flemmingkarree 3." Siri, die die Hagenbecks beschatten sollte, hatte es offenbar eilig. Es war ihr natürlich gar nicht recht, dass ihr angeblicher Bruder bei denen so gut ankam. Vincent schmunzelte.

Der Schnatz flog die gesamte Straße ab. In allen Häusern, in denen man noch nicht schlief, war das Ergebnis das Gleiche: Man war voll des Lobes für die neuen Nachbarn, die so nett waren und auch noch zu feiern verstanden. Sogar Herr Frescher in der Nummer 25 war derselben Meinung.

„Du hättest sie gemocht, Annette. Na ja, du hast ja jeden gemocht. Aber die hätten es tatsächlich verdient."

Da Herr Frescher alleine lebte, sprach er mit dem Bild seiner verstorbenen Frau, das neben seinem Bett stand.

„Sieht so aus, als liege Vincent bislang richtig mit seiner Einschätzung", kommentierte Midnight. „Hoffen wir nur, dass das auch bei unserer heißesten Spur der Fall ist."

Da machte Vincent sich wenig Sorgen. Wenn dieser Auftritt bei jemandem gepunktet hatte, dann ja wohl bei Familie Lopez direkt nebenan. Für die hatte man sich schließlich besonders viel Mühe gegeben. Vincent hatte sich nicht nur die Haare blondiert, sondern auch die Nase verkleinern lassen, damit er dem Hauptdarsteller einer Serie ähnlich sah, dem Celia Lopez verdächtig oft hinterhergoogelte. Also entspannte er sich, während Siri „OBSERVE: Flemmingkarree 26" anordnete.

3

Paps war schon längst ins Bett gefallen. Er hatte zu viele Cocktails getrunken und die zehn Runden im Pool hatten ihn erschöpft. Sein Schnarchen dröhnte durchs ganze Haus. Ich konnte noch nicht schlafen. Also hatte ich mich mit einem Eistee auf die alte Hollywoodschaukel auf unserer Veranda verzogen und kaute auf meinem Lieblingskaugummi herum. Ich betrachtete das mittlerweile dunkle Haus der Lurkings. Mein Blick wanderte über das Dach zum sternenklaren Himmel. Er war phänomenal. Millionen heller Punkte. Jeder für sich eine eigene Welt. Ich ergab mich dem Gefühl der Erhabenheit, das der Sternenhimmel in mir auslöste. Eigentlich wollte ich schon immer Astronautin werden. Ich erzählte das nur nicht mehr, um mir das milde Lächeln in den Erwachsenengesichtern zu ersparen. Als ob das Leben nicht mehr zu bieten hatte als ein Einfamilienhaus in einer schissigen Kleinstadt wie dieser. Aber vielleicht würde ich es eines Tages doch noch hinaus zu den Sternen schaffen. Auch wenn ich gerade an dem Ort lebte, der am weitesten von ihnen entfernt war.

„Ach, das liebe ich am allermeisten an den Nächten hier. Noch besser sieht man das übrigens auf den Feldern vor der Stadt. Bei dem Birkenwald."

Meine Mutter war rausgekommen. Sie setzte sich neben mich, zog sich die Strickjacke über die Schultern und legte ihre Hände um die wärmende Teetasse. „So was gibt es in Berlin nicht."

Ich fühlte, wie ich versteifte. Woher kam nur dieser mütterliche Sensor für verdammt schlechtes Timing?

„Ich liebe den Sternenhimmel hier auch", zischte ich. „Aber ganz ehrlich, Mum, ich bin sofort bereit zu tauschen."

Meine Mutter zuckte zusammen und es tat mir im selben Moment leid. Mum hatte sich ihr Leben früher auch anders vorgestellt. Eigentlich war sie Musikerin, und zwar leidenschaftliche. Dafür hatte sie sogar mit ihren Eltern gebrochen, die in den Siebzigern aus Brasilien nach Deutschland gekommen waren und sich für ihre Kinder nichts Schöneres vorstellen konnten als gepflegte Beamtenlaufbahnen. Aber Mum hatte ihr Ding durchgezogen. Musik studiert, auch wenn ihre Eltern das null unterstützten. Mehrere experimentelle Bands gegründet, mit denen sie durch die Berliner Clubs gezogen war. In einem dieser Clubs war sie über meinen Vater gestolpert, der sich sofort in sie verknallt hatte. Der Autoschrauber war mächtig stolz auf seine Künstlerfreundin und liebte ihr aufregendes Leben. Aber dann kam ich und mit mir kamen Dinge, die meinen Eltern bislang nie wichtig gewesen waren: Sicherheit. Planbarkeit. Ein möglichst lohnendes Steuermodell. Also wurde geheiratet – etwas, das beide vorher extrem spießig gefunden hatten. In einem letzten Akt der Rebellion vergab meine Mutter den Familiennamen und nicht mein Vater. Aber vielleicht hatte er auch einfach nur erkannt, dass *Lopez* deutlich cooler als *Schittlgruber* klang. Mom behielt also ihren Namen. Von ihren Träumen verabschiedete sie sich.

Statt experimenteller Zwanzig-Minuten-Tracks komponierte sie jetzt höchstens mal im Auftrag ihrer Agentur einen Werbejingle fürs Lokalradio. Papa fuhr währenddessen ganz traditionell den Hauptteil der Kohle ein, da mittlerweile die halbe Stadt Autos bei ihm reparieren ließ oder Neuwagen kaufte, wenn es nichts mehr zu reparieren gab.

Mom legte mir eine Hand auf die Schulter.

„Findest du es immer noch so schrecklich hier?"

„Nein, nicht schrecklich", antwortete ich. „Wenn etwas schrecklich ist, schüttet man wenigstens ein bisschen Adrenalin aus. Es ist nur einfach zum Kotzen langweilig."

Ich merkte ein Brennen in den Augen, das ich schnell wegzwinkerte.

„Celia, eines Tages steht dir die ganze Welt offen. Dann kannst du hingehen, wo immer du willst. Kannst all das erleben, was du dir erträumst. Das ist doch gar nicht mehr so lange hin."

„Mindestens drei Jahre", nuschelte ich. „Ich weiß nicht, ob ich das aushalte."

„Das hältst du aus. Und bis dahin kannst du es dir hier vielleicht nett machen. Zum Beispiel mit diesem Vincent."

„Dem Schleimer von da drüben?" Ich runzelte die Stirn, während mein Zeigefinger auf das Haus der Lurkings deutete.

„Magst du ihn nicht?" Mum war aufrichtig verblüfft. „Ich habe ein Weilchen mit ihm gesprochen. Er ist sportlich, er hat viele Interessen und ist echt unternehmungslustig. Vielleicht könnt ihr mal was gemeinsam machen. Sophia ist ja immer so ängstlich. Und außerdem ist er …" – sie zwinkerte mir verschwörerisch zu – „… ja auch ein ganz Hübscher."

„Boah, nee, Mom", maulte ich. „Ich weiß doch noch nicht mal, ob ich auf Jungs oder Mädchen stehe. Aber falls es Jungs sein sollten, garantiert nicht auf jemanden, der aussieht wie aus einer Soap."

Sie gluckste.

Aus dem Augenwinkel bemerkte ich etwas im Birnbaum. Aber als ich genauer hinsah, war es verschwunden.

„Haben die im Vogelpark mal wieder die Käfige offen gelassen?", fragte ich.

Mama schaute mich fragend an, überrascht vom plötzlichen Themenwechsel. „Wie kommst du denn darauf?"

Ich schüttelte mich und zwinkerte noch mal in die Dunkelheit. Aber da war nichts.

„Ich hätte schwören können, ich hab gerade einen Kolibri im Baum gesehen. Einen goldenen Kolibri."

Mama gluckste. „Immerhin, deiner Fantasie haben die vier Jahre in dieser Stadt nicht geschadet." Sie stand auf und verzog sich durch die offene Tür in die Küche.

Mir war inzwischen auch kalt und ich folgte ihr, nachdem ich mich noch einmal umgeschaut hatte.

Nein, dachte ich, das war nicht wieder so eine schräge Idee von Silly Lopez. So hatte man mich früher wegen meiner ebenso kreativen wie unwahren Geschichten genannt. Aber mit solchen Geschichten hatte ich längst aufgehört. Kein Zweifel: Ich hatte was gesehen.

 „ORDER: Aufladen." Siri machte sich nicht mal die Mühe, das Kichern in ihrem letzten Befehl an die Videodrohne zu unterdrücken.

Die Geistergestalt drehte sich über der Tischplatte zu Vincent. „Mir scheint, ausgerechnet beim wichtigsten Zielobjekt konntest du nicht so richtig punkten."

Vincent schoss das Blut in den Kopf. Eigentlich hatte er sich das Erröten erfolgreich abtrainiert, aber bei Midnight versagten seine Techniken regelmäßig.

„Das … ich … äh …" Auch das Sprechen in ganzen Sätzen, das er selbst im Angesicht geladener Waffen beherrschte, funktionierte nicht mehr. Er kam sich wahnsinnig dumm vor.

„Das Mädchen ist fünfzehn. Sie hat mit ihrer Mutter gesprochen. Bei der Kombination ist kaum davon auszugehen, dass sie sagt, was sie wirklich denkt."

Ausgerechnet Tatjana sprang ihm bei. Die beiden behandelten sich außerhalb ihrer Rollen eher kühl – was unter professionellen Gesichtspunkten sowieso immer empfehlenswert war. Ihre Unterstützung fühlte sich daher wie eine zusätzliche Demütigung an. Vincent hatte so darum gekämpft, für diesen Einsatz auserwählt zu werden. Er hatte sich schon bei den Vorbereitungen reingekniet, als hinge sein Leben davon ab. Hatte den Chirurgen ohne ein Wimpernzucken an seine Nase gelassen, ja, sogar selbst die Idee dazu gehabt. Und jetzt hatte er einen echten Fehlstart hingelegt und konnte sich einfach nicht erklären, warum. Und das alles auch noch vor Siri, die auf Fehler von ihm nur lauerte.

„Tatjana, wenn du das Seelenleben des Mädchens so gut durchschaust, sollten wir vielleicht lieber dich auf sie ansetzen. Oder wir nehmen Siri, die scheint mir im Kinderzimmer bei der kleinen Lopez auch noch mehr gepunktet zu haben als ihr angeblicher Bruder."

Vincent glaubte, die Enttäuschung in Midnights verfremdeter Stimme zu hören.

„Natürlich sollten wir mehrgleisig fahren", sagte Vincent. Jetzt hieß es Haltung bewahren. Zeigen, dass man Rückschläge verkraftete. Wie lautete einer der ersten Sätze, die man bei ORGA lernte? *Aussichtslos ist nur der Tod.* Hieronymus behauptete, Vincent habe diesen Satz bereits im zarten Alter von elf Monaten beherrscht.

Eine arrogante Teenagerin wie Celia würde er schon noch rumkriegen. Wahrscheinlich wollte sie sich nur nicht eingestehen, wie cool sie ihn fand.

„Natürlich soll Tatjana Freundschaft knüpfen wie vorgesehen. Natürlich soll Siri süß sein wie Zuckerwatte und alles daransetzen, dass sie bald eine Babysitterin hat – eigentlich ja Sophia Cauder, aber warum nicht auch ihre beste Freundin? Doch ich verspreche dir ...", Vincent sah fest in Midnights ausdruckslose Leuchtaugen, „... es wird letzten Endes nicht nötig sein. Am Montag fängt die Schule an. Am Wochenende darauf frisst mir Celia Lopez aus der Hand."

Vincent wusste nicht, ob er Midnight überzeugt hatte. Aber was viel wichtiger war: Er hatte sich selbst überzeugt.

Vermutlich, weil er den zweiten Satz verdrängt hatte, den man bei ORGA lernte: *Wenn du dir absolut sicher bist, liegst du höchstwahrscheinlich falsch.*

4

Nichts lastet so bleiern auf den Schultern wie ein erster Schultag. Zumindest mir ging es so. Auf dem Weg über den Schulhof gelang es mir nur mit Mühe, auf jedes „Hi" oder „Hallo, Celie" mit einem halbwegs freundlich wirkenden Nicken zu reagieren.

„Mann, gerade dachte ich noch, wer ist denn die süße Chica?", erklang es von der Seite.

Eine andere Stimme ergänzte: „Aber dann war es doch nur Silly Lopez."

Eine dritte Stimme lachte dazu hohl.

Immerhin, für die drei Schwachköpfe hier musste ich mir keine Freundlichkeit abringen. Tim, Tamer und Rafael hatten auch in diesem Schuljahr noch nicht kapiert, dass sie mit Anfang zwanzig einfach zu alt waren, um auf Schulhöfen abzuhängen. Immerhin, sie hatten in den vergangenen Wochen was gelernt – nämlich meinen ungeliebten Spitznamen. Vermutlich durfte ich mich dafür bei Stufendepp Rufus bedanken. Die drei Macker bedachte ich nur mit einem kurzen Würgegeräusch und huschte dann weiter zum rechten Seitenflügel, in dem traditionell die neunten und zehnten Klassen untergebracht waren.

Im Klassenzimmer angekommen, ließ ich mich erschöpft neben Sophia sinken. Sie spitzte bereits erwartungsvoll ihre Buntstifte, als könnte es jederzeit losgehen mit einem schönen Grammatiktest.

„Ganz ruhig, Soff", sagte ich. „Hier passiert heute überhaupt nichts, wofür es sich gelohnt hätte, anzutanzen. Jetzt gibt's erst mal den neuen Klassenlehrer, der wieder der alte Klassenlehrer sein wird." Ich schob mir ein *Watermelon Fresh* in den Mund. Die Kaubewegungen versorgten meinen Kopf hoffentlich mit genug Blut, um nicht einzuschlafen.

„Dieses Jahr ist es bestimmt nicht wieder Redlich", war Sophia überzeugt. „Die können uns nicht drei Jahre am Stück denselben Klassenlehrer vorsetzen."

Die Tür ging auf und herein trat – Herr Redlich. Ich schickte Soff einen „So viel dazu"-Blick rüber.

„Da wären wir wieder", stöhnte der Mann mit Halbglatze und grauem Schnauzer, während er seine Tasche neben das Lehrerpult stellte. „Irgendwie habe ich mir mein Leben auch abwechslungsreicher vorgestellt."

Ein unbekanntes Gefühl der Verbundenheit mit meinem Mathe- und Physiklehrer durchströmte mich.

„Immerhin gibt es einen Neuzugang dieses Jahr", sagte er, nachdem er das Klassenbuch aufgeschlagen hatte. „Wie ich sehe ..."

„... und da sind wir schon!", erklang es mit der militärisch-zackigen Frische, die an unserer Schule nur eine draufhatte: Rektorin Barbara Natter. Sie war im selben Schuljahr wie ich ans Geller-Gymnasium gekommen. Aber diese Gemeinsamkeit hatte mir als Dauergast in ihrem Büro auch keine bemerkenswerten Sympathien eingebracht.

„Morgen, Siggi", begrüßte Frau Natter unseren Klassenlehrer und drehte sich schwungvoll um. „Na, komm schon!", rief sie zur offenen Tür. „Nur nicht so schüchtern! Teenager sind Klapperschlangen. Wer sich wie ein Mäuschen verhält, wird ratzfatz gefressen."

Hinter mir ertönte ein blödes Kichern und kurz darauf traf eine speichelgetränkte Papierkugel Sophia am Hinterkopf. Sie zuckte zusammen. Der von Frau Natter zufällig verwendete Spitzname hatte Rufus inspiriert, sein Lieblingsopfer anzugehen.

Mit geübtem Blick zog ich ihr die Kugel aus dem Haar und pfefferte sie zurück. „Nie wieder, Arschloch!", zischte ich knapp unterhalb der Hörschwelle von Redlich und Natter.

„Au", stieß Rufus aus und hielt sich die Hand vors Auge.

Keine Ahnung, von wem ich das hatte, aber zielen konnte ich einfach richtig gut. Burak in der Sitzreihe daneben hob anerkennend den Daumen. Wir waren in den meisten Dingen nicht gerade einer Meinung, aber unsere Abneigung gegen Rufus war ein starkes Band.

„Fräulein Lopez!", tönte Herr Redlich hinter mir. Ich drehte mich wieder zurück. „Könnten Sie Ihr brasilianisches Temperament zügeln, wenn wir einen neuen Mitschüler begrüßen?"

„Wenn Sie Ihre Vorliebe für Ethno-Klischees zügeln", schoss ich zurück. Mein Blick wanderte sofort zu Frau Natter. Sie war zum Glück auf meiner Seite.

„Da hat sie recht, Siggi", befand sie. „Mit solchen stereotypen Zuweisungen wirft man heutzutage nicht mehr um sich. Außerdem hat Celia jetzt viel Gelegenheit, unseren Neuankömmling kennenzulernen. Wenn ich das richtig sehe, ist nur in ihrer Reihe noch ein Platz frei. Viel Vergnügen!"

Sie nickte dem Neuen aufmunternd zu, dann marschierte sie aus der Tür, bereit, in den Kriegsalltag einer Schulrektorin zu ziehen.

So neu war der Neue für mich allerdings nicht mehr.

Seine Vorstellungsrunde meisterte Vincent mit Bravour. Mit einer einnehmenden Mischung aus Selbstbewusstsein und gespielter Schüchternheit erzählte er vom bisherigen abwechslungsreichen Leben seiner Familie. Auf sympathisch verschämte Weise ließ er durchblicken, dass er für diese Klassenstufe eigentlich ein Jahr zu spät dran war. Beendet wurde das Ganze mit einer Aufzählung von Hobbys, bei denen alle eine Gemeinsamkeit finden konnten. Fußball für die Sportlichen, Am-Handy-Daddeln für die Faulen und Theaterspielen für die Kreativen. Dass er bei seinem zuletzt aufgezählten Hobby nicht in schallendes Gelächter ausbrach, bewies ja schon, dass er Schauspielern wirklich draufhatte. Er hatte es so gut drauf, dass niemand es bemerkte, wenn er es tat.

„Na dann, komm gut an in deiner neuen Klasse. Ich hoffe, du bist ein Ass in Mathe." Mit diesem müden Scherz nahm ihn der dröge Klassenlehrer endgültig in diese Lerngemeinschaft auf.

Celias Freundin Sophia unterdrückte ein Lächeln. Sie freute sich ganz offensichtlich über Vincents Anwesenheit. Vielleicht würde sich das noch als Vorteil erweisen, aber Vincent hätte dieses Lächeln viel lieber auf dem Gesicht seiner eigentlichen Zielperson gesehen. Als Beweis dafür, dass Celia ihre Mutter Lorena Lopez gestern tatsächlich angelogen hatte und in Wahrheit schon kurz davorstand, sich Hals über Kopf in ihn zu verknallen. Sie nickte ihm allerdings nur kurz zu.

Nun gut, dachte Vincent. Die erste Mathestunde des Jahres war vielleicht auch nicht der richtige Moment, das Eis zu brechen. In der Pause würde alles anders werden.

Doch Celias Abneigung machte leider keine Pause. Als er

wie zufällig zu der Bank geschlendert kam, auf der sie und Sophia sich ein Video anschauten, warf Celia ihm nur einen genervten Blick zu. Sophia dagegen rückte sofort ein Stück.

„Und?", fragte sie. „Wie gefällt es dir so?"

„Ganz okay", sagte Vincent. „Muss mich erst einfinden." Er hoffte, Sophia würde ihn in ein Gespräch verwickeln, in das er dann zwanglos Celia einbinden könnte. Leider war Sophias Mut schon mit der ersten Frage erschöpft. Also musste er selbst tätig werden.

„Hey", sagte er, als würde es ihm gerade erst auffallen, „wir stehen anscheinend auf dieselbe Marke." Vincent zeigte auf das Logo, das sowohl Celias als auch seinen Sweater zierte.

Sie runzelte die Stirn. „Nein, ich stehe nicht auf *T-Sports*. Die waren in den vergangenen zehn Jahren viermal in den Schlagzeilen, weil sie ihre Arbeiter in Guatemala wie Dreck behandeln."

„Aber ... warum trägst du das dann?" Vincent klang verdatterter, als ihm lieb war. Er hatte seinen Pulli extra mit einem mörderischen Preisaufschlag per Express liefern lassen, als er ihren Sweater bei der Party bemerkt hatte.

„Hab ich aus der Altkleidersammlung gefischt", sagte Celia und zuckte nur mit den Achseln. „Wenn ich eines noch mehr hasse als gierige Kapitalisten, dann ist das Ressourcenverschwendung. Aber das scheint dich ja nicht so zu stören. Deine Ausbeutungsklamotte ist anscheinend nagelneu."

Okay, die Gleiche-Vorlieben-Nummer zog hier nicht. Jetzt konnte er nur noch mit gespielter Reumütigkeit punkten.

„Wow, das ... das war mir bislang echt nicht so klar, wie die arbeiten. Oder ich habe mich zu wenig damit beschäftigt."

„Na, dann fang doch gerne damit an, während ich hier noch was mit meiner Freundin kläre." Celia tat, als hätte Vincent sich spontan in Luft aufgelöst und wandte sich an Sophia.

„Klar kannst du nachher vorbeikommen. Ich muss Schwimmen wegen meinem Muskelkater eh skippen. Aber ich will dir nicht wieder nur beim Surfen zugucken."

„Wieso guckt sie dir beim Surfen zu?" So leicht ließ Vincent sich nicht in die Flucht schlagen. Spielte er halt über Bande. Die Bande hieß Sophia, der die Frage offensichtlich peinlich war.

„Ähm ... zu Hause darf ich nicht so viel. Mein Vater ist ein bisschen streng, was Internet und Smartphone und so angeht."

„Dein Vater ist ein bisschen 18. Jahrhundert, was Erziehungsmethoden angeht", stellte Celia trocken fest.

Sophia stieß ihrer Freundin zaghaft in die Rippen. „Dann vielleicht was streamen?", schlug sie vor.

„Oh, was guckt ihr denn? Ich steh ja gerade total auf *Chasing Claims*." Vincent schlug sich innerlich auf die Schulter. Diese große Gemeinsamkeit, die wie aus dem Nichts kam, konnte ihre Wirkung nicht verfehlen.

Sophia kicherte. „Wusstest du, dass du dem Hauptdarsteller ein bisschen ähnlich siehst?"

„Na ja", Vincent lächelte lausbubenhaft, „… ich hab das schon mal gehört …"

„Wir bingen uns trotzdem nicht wieder durch 'ne halbe Staffel", klinkte sich Celia ein. „Ich kann das Gegrinse von dem Schleimer nicht länger als fünfundvierzig Minuten ertragen." Sie blickte kurz zu ihrem Nachbarn. „Sorry, nicht persönlich nehmen. Aber ich finde, Dale Middleton ist wirklich der unerträglichste Schauspieler aller Zeiten."

Vincent sagte zwar „Schon okay" und zuckte lässig mit den Schultern. Er nahm es aber durchaus persönlich. Schließlich hatte er sich wegen Dale Middleton die Nase brechen und neu zusammensetzen lassen.

5

Als Vincent im Haus ankam, kochte er innerlich. Im schlechtesten Moment traf auch noch eine Nachricht von Leon Schulze ein. Hinter dem Namen und dem Profilfoto eines völlig durchschnittlich aussehenden Teenagers verbarg sich niemand anders als Midnight. `Wieder auf Spur?`, wollte Leon Schulze wissen.

`Wird schon werden`, tippte Vincent erst, löschte die Nachricht dann aber wieder. Klang zu pessimistisch.

`Viel besser kann ein erster Schultag nicht laufen`, behauptete er stattdessen. Hoffentlich würden sich bis zum nächsten offiziellen Meeting mit Midnight die Dinge so entwickelten, dass diese glatte Lüge nicht weiter auffiel.

„Ah, ist also gut gelaufen mit Celia?", fragte Siri, die kurz darauf mit einem liebevoll verpackten Geschenk hereingetänzelt kam.

„Woher weißt du das?"

„Habe eben mit Leon Schulze gechattet, als deine Nachricht reinkam", erklärte sie und wühlte in der Schublade neben dem Geschirr. Vergnügt zog sie eine Riesenpackung Gummibärchen heraus, mit denen sie sich eigentlich bei den Kindern aus ihrer Klasse beliebt machen sollte. Siri riss die Tüte auf und stopfte sich eine ganze Handvoll in den Mund. Sie hielt sich nicht an Verhaltensregeln, sie hielt sich nicht an Ernährungsregeln, und trotzdem chattete Midnight mit ihr, anscheinend einfach zum Spaß. Und gab nebenbei preis, was Vincent so textete, obwohl sie das rein gar nichts anging. Vincent schluckte seinen Groll runter. „Wohin willst du?"

„Kindergeburtstag. Bin gleich am ersten Schultag eingeladen worden." Sie grinste ihn herausfordernd an.

„Wir sind zum Arbeiten hier, nicht zum Feiern", grummelte Vincent.

„Tja, zufälligerweise ist der Vater der Gastgeberin der beste Freund von Herrn Lopez", grinste Siri. „Sie sind sogar Arbeitskollegen. Falls du bei Celia Lopez doch nicht landen solltest, ist es vielleicht gut, noch einen Plan B zu haben. Schönen Nachmittag, Brüderchen." Sie warf ihm ein Küsschen zu und verschwand aus der Haustür.

Erst als sie das Tor der Einfahrt zugeschlagen hatte und pfeifend abgebogen war, ließ Vincent seinen Wutschrei hinaus. Diese widerliche Göre! Siri hatte die Auswertung der Internetaktivität von Familie Lopez übernommen. Überprüft, wer wann welche Seiten im Netz aufrief. Vincent hatte die darauf beruhenden Einschätzungen der Familienmitglieder nicht gegengecheckt, im Vertrauen darauf, dass ORGA das schon selbst gemacht hatte. Wahrscheinlich ein Fehler. Vermutlich hatte Siri ihn mit ihren Erkenntnissen zu Celia Lopez von Anfang an in die Irre geführt.

Er schaute zur Küchenuhr. Nach dem täglichen Drehbuch würden seine „Eltern" erst in zwei Stunden von der Arbeit zurückkehren. Genug Zeit für ein paar ungestörte Nachforschungen.

Dazu musste nur der Rechner von Celia Lopez online gehen. Das würde nicht mehr allzu lange dauern, denn gerade sah er durchs Küchenfenster Sophia zu dem verabredeten Treffen eintrudeln.

Zeit, in den Fitnesskeller zu gehen.

Der kein Fitnesskeller war. Zumindest nicht nur.

 Als Sophia mit hängenden Schultern und schuldbewusstem Blick vor unserer Haustür stand, wusste ich eigentlich gleich, was los war.

„Er hat's nicht erlaubt, oder?", fragte ich.

Auch wenn man es nicht direkt vermutete: Soff und ich hatten etliche Dinge, die wir beide interessant fanden. Wir gingen sie halt nur sehr unterschiedlich an – Sophia wissenschaftlich-analysierend, ich eher handfest entdeckend. Der

Meteoritenschwarm, der die nächsten Tage an der Erde vorbeizog, faszinierte uns beide.

Sophia hatte sehnsüchtig darüber gesprochen, dass man die Sternschnuppen am besten in freier Natur beobachten konnte. Daher war ich auf die Idee gekommen, am Samstag auf dem brachliegenden Acker nahe dem Birkenwald zu zelten – laut meiner Mutter war das ja die perfekte Location, um den Nachthimmel zu studieren. Ich war zugegebenermaßen etwas erstaunt gewesen, dass Soff die Idee sofort gut fand.

„Hä?", hatte ich gefragt. „Du hast Angst vor allem und jedem, aber allein im Dunkeln in freier Natur ist okay?"

„Ich habe hauptsächlich Angst vor Menschen", hatte sie erklärt. „Natur mag ich. Dunkelheit find ich okay. Und allein bin ich mit dir ja nicht."

Sophia hatte also überraschend schnell zugesagt. Leider machte ihr Vater uns mal wieder einen Strich durch die gemeinsamen Pläne.

„Was darfst du eigentlich?", grunzte ich genervt. „Internet – Teufelszeug. Handy – Teufelszeug. Aber jetzt auch noch Wiese – Teufelszeug?"

„Na ja, er findet es halt doch zu gefährlich, nur wir zwei da draußen", blubberte sie. Wie immer kam sie gleich in den Verteidigungsmodus. „Außerdem ist im Wald ja wirklich schon mal jemand ermordet worden."

„Ja, im Jahr 1332! Wenn das überhaupt stimmt!", entgegnete

ich. „Das ist eine SAGE, Sophia. Kein Mensch weiß, ob es Würge-Willy jemals gegeben hat. Wir wüssten nicht mal seinen Namen, wenn Schroppo sein Fach nach Lehrplan unterrichten würde."

Unser Geschichtslehrer Otto Schropp hatte es zu seiner persönlichen Mission gemacht, unsere völlig unbedeutende Region durch seinen Unterricht aufzuwerten. Deshalb lernte man beispielsweise sehr wenig über das Mittelalter im Allgemeinen, aber dafür sehr viel über das Mittelalter in Trockenstedt. Weil es dazu eigentlich keine seriösen Aufzeichnungen gab, musste als wichtigste Quelle ein vergilbtes Büchlein namens *Die schönsten Sagen unserer Heimat* herhalten.

„Hast ja recht", seufzte sie. Immerhin, sie sah es selbst ein.

Ich winkte Sophia, mir zu folgen, und ging voran ins Haus.

„Soff, ich weiß, du hast Schiss vor der Pubertät. Aber sie ist nun mal da, also musst du sie auch nutzen. Jetzt ist die Zeit, gegen Eltern zu rebellieren. Der Mann kann dich nicht ständig behandeln, als wärst du sechs!"

„Er war nicht immer so", murmelte es hinter mir.

Ich stieß die Tür zu meinem Zimmer auf und wirbelte herum. „Das sagst du jedes Mal, wenn dein Vater einen unserer Pläne versaut!", stellte ich klar. „Sorry, aber ich glaube, da machst du dir was vor. Du hast mir erst neulich ein Referat darüber gehalten, dass man Erinnerungen nicht aus einem Archiv im Hirn abruft, sondern jedes Mal aufs Neue zusammenbaut. Ich glaube, du baust dir da jemanden, den es nie gegeben hat. Manchmal frage ich mich, ob deine Mutter vielleicht aus guten Gründen abgedampft ist."

Sophia sank kraftlos auf mein Bett und sah aus, als müsste sie gleich losheulen. Ich verfluchte mich, weil ich wieder so heftig geworden war. Natürlich war Kurt Cauder ein Unmensch. Aber er war nun mal ihr Vater. Das letzte bisschen Familie, das ihr geblieben war. Zuerst hatte sich ihre Mutter spurlos verzogen, als sie vier gewesen war. Vor fünf Jahren musste ihr heiß geliebter Opa in ein Pflegeheim wegen seines rapide fortschreitenden Alzheimers. Da war es doch nur natürlich, dass Sophia dieses letzte bisschen so gut verteidigte, wie es eben ging.

„Vielleicht klappt's beim nächsten Meteoritenschwarm", schlug ich einen versöhnlicheren Ton an. „Ich muss noch duschen, magst du solange ins Netz?"

Es gab einfach Dinge, die sorgten bei Sophia zuverlässig für ein Lächeln.

6

Vincent hatte bereits drei Kilometer auf dem Laufband zurückgelegt, als das Display des Hometrainers grün aufleuchtete. Der PC an der Zielkoordinate war online. Es war an der Zeit, das Fitnessgerät, von dem ein identisches Exemplar direkt neben ihm stand, für seinen eigenen Zweck zu nutzen.

„TRANSLATE", befahl er.

Aus den dünnen Schlitzen im Kunststoff des Fußteils fuhren Lichtwände, die sich über ihm zu einer Kuppel verbanden. Wie immer kribbelte die Vorfreude in Vincent, wenn er POMPEJI aktivierte. Das Gerät war ursprünglich von Archäologen entwickelt worden, um die bei einem Vulkanausbruch verschüttete Stadt plastisch zu rekonstruieren, daher der Name. Die klugen Köpfe von ORGA hatten nun etwas ganz anderes daraus gemacht.

ORGA hatte einiges an Technik zu bieten, doch nichts löste in Vincent so viel Ehrfurcht aus wie diese Erfindung. Denn

POMPEJI erschuf nun viel mehr als eine aus Geschichtsfakten zusammengesetzte Metropole der Antike. Es stellte das gesamte Internet als dreidimensionalen Raum dar, den man wie eine Landschaft bereisen konnte. Aus Shoppingwebsites wurden gewaltige Einkaufszentren. Viren und Trojaner zeigten sich als monströse Kreaturen, deren Gefährlichkeit man sofort anhand ihrer Größe und Gestalt einschätzen konnte. Jeder Rechner in diesem Netz manifestierte sich als ein mehr oder weniger gut geschütztes Gebäude. Jede Handlung, die man selbst in dieser Welt ausführte, übersetzte POMPEJI in den passenden Programmierbefehl. So wurde man sogar als absolute IT-Null zum potenziellen Hacker, wenn man sich nur geschickt genug in dieser Welt bewegte.

Die räumliche Übersetzung für Vincents aktuelles Ziel war abgeschlossen. Celias Computer lag als schlichter, schon etwas rissiger Betonkasten mit staubigen mannshohen Fenstern vor ihm. Beim PC einer Fünfzehnjährigen war auch kein Prachtschloss zu erwarten gewesen. Wahrscheinlich ein schon etwas in die Jahre gekommenes Modell, das man günstig online oder sogar auf einem Flohmarkt geschossen hatte. Ein fast putziger Flammenkranz umschloss das Gebäude: die Firewall. Auch bei der Antivirensoftware hatte man offensichtlich auf eine sehr preiswerte Lösung gesetzt. Vincent wäre am liebsten einfach über die Flämmchen gehüpft, entschied sich dann aber doch für die saubere Variante.

„SCREEN", sagte er.

Neben seiner Schulter erschien ein Bildschirm, auf dem man die gängigsten Werkzeuge für einen Trip im Netz auswählen konnte. Er tippte die Kachel mit dem Feuerlöscher an, der sich direkt vor ihm materialisierte. Er griff ihn sich, sprühte einen Durchgang in die lodernde Linie und schritt hindurch. Mit einem Dreh an der Düse verwandelte er den Feuerlöscher in einen Flammenwerfer, der die sichtbare Lücke in der Firewall wieder schloss. Nun konnten nicht einmal hoch bezahlte Experten erkennen, dass ein Unbefugter sich Zutritt zum Rechner von Celia Lopez verschafft hatte.

Er warf den Feuerlöscher neben sich, woraufhin sich das Gerät sofort in eine Pixelwolke auflöste, und lief auf den Haupteingang zu. Er war nur durch rotes Klebeband gesichert, auf dem in Schwarz Celias Passwort aufgedruckt war: AAAAAAAAAA. Bei kniffligeren Passwörtern benötigte man ein spezielles Tool, aber solche datenschutztechnischen Albernheiten löste Pompeji einfach nebenbei auf.

„Die Welt retten wollen, aber keine zwei Sekunden in Cybersicherheit investieren", kommentierte Vincent, bevor er das Klebeband in der Mitte auseinanderriss und das Gebäude betrat. „Superkombi für das 21. Jahrhundert."

Reflexartig wischte er sich eine ihm entgegenschwebende Spinnwebe aus dem Gesicht, auch wenn er sie natürlich nur sehen, nicht spüren konnte. Kopfschüttelnd betrachtete er den Raum, der Celias Rechner darstellte. Im Rahmen seiner Ausbildung und seiner ersten Missionen hatte Vincent natürlich schon so manchen Rechner mit POMPEJI betreten. Ein derartig chaotisches, lieb- und sinnlos zusammengestückeltes Gebäude war allerdings noch nie darunter gewesen. Der Raum mit den verstaubten, bodentiefen Fenstern wirkte wie eine seit Jahren nicht mehr genutzte Turnhalle, in der jemand seinen Müll abgeladen hatte. Word-Dokumente, Fotos und altertümlich wirkende Spieleverpackungen lagen wild verstreut herum. Celia Lopez schien noch nie etwas von Ordnern oder Datenorganisation gehört zu haben. Sie schmiss einfach alles, was sie erstellte oder aus dem Internet herunterlud, auf den Desktop. Vincent hatte zwar noch nie den Orkus gesehen – ORGA untersagte den Besuch ohne entsprechende Anweisung sogar ausdrücklich. Aber ähnlich trostlos und chaotisch stellte er ihn sich vor.

Hinter einem Retro-Röhrenfernseher, auf dem ein altes Musikvideo in Dauerschleife lief, entdeckte Vincent ein Loch im Boden. Hatte sich da vielleicht schon ein Virus oder eine andere Schadsoftware in Celias Rechner gefressen? Nein, dafür sah die Öffnung zu geplant, zu ordentlich aus. Sie war nicht sonderlich tief und nun bemerkte Vincent auch den Safe, der dort eingelassen war. Er stieg hinunter und betrachtete die stählerne Tür, in die mit geschwungenen Buchstaben ein *SC* eingraviert war.

Security Check?, rief Vincent. *Safe Center?* Er betastete den Zahlen- und Buchstabenblock in der Mitte der Tür.

„SCREEN", befahl er und drückte blind die Lupe auf dem Bildschirm, der neben ihm aufploppte. Dieses Werkzeug benötigte er auf seinen Netzausflügen am häufigsten. Das Vergrößerungsglas war an einem lederummantelten Griff befestigt und wirkte rührend altmodisch, wie ein Requisit aus einem Sherlock-Holmes-Film. Doch dahinter verbarg sich eine Entschlüsselungssoftware modernster Art.

Vincent richtete die Lupe auf das Eingabefeld. Sie vibrierte leicht, während sie Tausende von Kombinationen in Sekundenbruchteilen durchging. Das I auf dem Eingabefeld senkte sich. Der Anfang war gefunden.

Die Lupe brauchte letztlich fast drei Minuten und nötigte Vincent damit etwas Respekt für das Passwort *IwDM2025e-hoe,aiwwit!* ab, das sich Celia für den Tresor ausgedacht hatte. Warum sie nicht ein Tausendstel so viel Aufwand für die Anmeldung bei ihrem PC betrieb, war für Vincent ein weiterer Beweis ihres komplett irrationalen Charakters.

Er drückte die messingfarbene Klinke am Tresor hinunter und öffnete die Tür. Viel war nicht drin, nur zwei sauber beschriftete Ordner. Vincent zog den mit *Dale Middleton* markierten heraus und schlug ihn auf. Sorgfältig mit Jahreszahlen versehene Bilder und GIFs waren eingeklebt, immer wieder lächelte einen der Schauspieler an – mal elegant im Anzug bei einer Preisverleihung, mal mit nacktem Oberkörper in seiner Serie. In der gab es ihn ja eh nur äußerst selten komplett angezogen. Dafür, dass sie Dale für maßlos überschätzt hielt, ging Celia sehr pfleglich mit seinen Abbildern aus dem Netz um. Nur das Thema *Alzheimer / Demenz* – so die Beschriftung des zweiten Ordners – war ihr ebenso viel Sorgfalt wert. Ob sie darüber mal ein Referat gehalten hatte?

Vincent schob den Ordner zurück und warf die Tresortür zu. Sein Blick blieb an den eingravierten Buchstaben auf der Tür hängen. *SC.* Was diese Abkürzung bedeuten sollte, war ihm immer noch schleierhaft. Aber vielleicht wurde er schlauer, wenn er sich Celias Netzaktivitäten genauer ansah.

Vincent zog sich aus der Vertiefung zurück auf den Turnhallenboden und blickte nach oben. In der Decke war erwartungsgemäß eine Luke. Dahinter befand sich bestimmt die Suchmaschine. Sie war eigentlich immer im Dachgeschoss.

„SCREEN", befahl Vincent und tippte auf den Rucksack, der sich sofort auf seinem Rücken materialisierte. Nach einem kurzen Zug an beiden Schultergurten öffneten sich an dessen Unterseite zwei Raketendüsen. Vincent zog noch mal ganz sachte und schwebte, langsam angetrieben von blauen Flammen, zur Luke an der Decke.

Hinter der Luke vernahm er leise Musik. Vincent drückte die Klappe mit seiner ausgestreckten Hand nach oben. Das Musikstück wurde nun lauter und deutlicher. Neben Synthesizern und Gitarren hörte er Instrumente, die man hierzulande kaum kannte, wie eine Bin-Baja und eine Gintang. Musik aus indischen Bollywood-Filmen, schloss Vincent aus dem kitschigen Text, den jemand auf Hindi sang. Nicht nur die Sounduntermalung war interessant, auch die Gestaltung des Dachgeschosses.

Von außen betrachtet hatte das Gebäude, das Celias PC darstellte, ein Flachdach. Nach Deaktivierung des Raketenrucksacks landete Vincent hier drinnen aber in einer Kuppel, die mit zahlreichen bunten Papierschlangen dekoriert war. In der Mitte befand sich ein gewaltiges Teleskop. POMPEJI orientierte sich bei der räumlichen Darstellung der Suchmaschine immer an den häufigsten Suchanfragen des Anwenders. Celia war also anscheinend insbesondere zu den Themen *Astronomie* und *Bollywood* unterwegs. Nichts davon hatte Siri in ihren Auswertungen zu Celias Surfverhalten erwähnt. Absolut nichts. Stattdessen hieß es immer nur „Dale Middleton hier, Dale Middleton da".

Als Vincent allerdings einen Blick durch das Teleskop warf, erkannte er einen Planeten voller Dale Middletons, die meisten davon wie üblich mit nacktem Oberkörper.

SC.

Blitzartig verstand Vincent die Inschrift auf dem Tresor. Die geheimnisvolle Abkürzung war gar nicht sonderlich geheimnisvoll. Sie stand einfach nur für den Namen der Person, die den Tresor und die darin liegenden Ordner nutzte. Eine Person, die wusste, wie man eine vernünftige Struktur für seine Daten anlegt. Eine Person, die sich Gedanken über sichere Passwörter machte und ihre Fundstücke gut geschützt auf Celias Rechner verwahrte. Die Person, die in diesem Moment Celias Suchmaschine für einen Besuch auf dem Planeten Dale benutzte.

SC.

Sophia Cauder.

Siri mochte lästig, unerzogen und heimtückisch sein, aber eines war sie nicht: dumm. Sie hatte nicht versehentlich gedacht, Celia wäre ein Dale-Middleton-Fan. Sie hatte Vincent damit gezielt ins offene Messer laufen lassen. Beziehungsweise: in das offene Skalpell des plastischen Chirurgen. Damit der Vincent einem Schauspieler ähnlicher machte, den Celia Lopez kein Stück interessierte. Vincent sah förmlich vor sich, wie Siri sich ins Fäustchen gelacht hatte, als er Midnight seine Idee stolz präsentiert hatte.

„Du ... verdammte ... Kröte!" Bevor Vincent sich beherrschen konnte, hatte er das Teleskop gepackt und zur Seite geworfen. Scheppernd landete es auf dem Boden und riss dabei eine knallbunte Wimpelkette mit sich, die quer durch den Raum gespannt war. Die Musik wurde etwas langsamer, verzerrter und klang einen Moment lang wie ein unterdrückter Schrei.

Von meinem Fenster aus beobachtete ich das Haus gegenüber. Vor ein paar Tagen waren die Lurkings dort eingezogen und es blieb verdächtig … ruhig.

Hatten die Nachbarn nicht noch allerhand einzuräumen, auszupacken, anzudübeln? Anscheinend nicht. Mama und Papa Lurking waren vermutlich arbeiten und die Kinder … ja, wo waren die überhaupt?

Ein leiser Schrei riss mich aus meinen Gedanken. Ich drehte mich zu Sophia um. Hektisch drückte sie die Enter-Taste auf meinem Laptop und schaute mich dann schuldbewusst an. Das Google-Emblem auf dem Bildschirm sah merkwürdig verpixelt aus.

„Was?", fragte ich.

„Ich habe das Internet kaputt gemacht", japste Sophia. Sie zeigte auf das Pixel-Google. „Das war ich."

Ich brach in schallendes Gelächter aus und Sophia stimmte ein. Das liebte ich ganz besonders an ihr – sie war ja manchmal wirklich herzzerreißend naiv, aber mit ihrem IQ glaubte sie so was natürlich nicht eine Sekunde. In solchen Situationen konnte sie das naive Girlie einfach megagut spielen.

Nachdem ich mir die Lachtränen aus den Augen gewischt hatte, sah das Google-Zeichen wieder aus wie immer. Ich deutete darauf. „Gott sei Dank, das Internet ist gerettet. Sind denn viele neue Bilder von Dale in den letzten vierundzwanzig Stunden hochgeladen worden?"

„Ich hab nicht nach Dale gegoogelt", behauptete Sophia. Als sie meine hochgezogenen Augenbrauen sah, schob sie aber schnell hinterher: „Zumindest nicht nur. Wollen wir jetzt noch was gucken?"

„Klar", sagte ich. „Die haben gerade einen ganzen Schwung neue Bollywood-Filme in den Stream gepackt."

„Oh, toll", sagte Sophia mit der gleichen Begeisterung, mit der ich „Dale Middleton" sagte. Aber mit der Großmut einer besten Freundin ertrug sie die Stunden voller greller Kostüme und fetziger Tanzeinlagen. Sie wirkte allerdings nicht sonderlich unglücklich, als ihr Vater bei uns anrief und fragte, wo seine Tochter bleibe.

Kurz juckte es mich, Herrn Cauder zu fragen, ob Sophia auch mal was selbst entscheiden durfte. Aber ich ließ es. Stattdessen ärgerte ich mich bis tief in die Nacht über ihn und sein Camping-Verbot. Da ich keinen Bock darauf hatte, allein im Wald zu sein, würde ich wahrscheinlich wieder mal auf der Terrasse neben Mom landen. Das war doch echt kacke. Und doppelt kacke war, dass ich vor Wut nicht schlafen konnte. Es war schon kurz nach zwei.

„Mann, morgen ist Schule!", murmelte ich und schwang mich aus dem Bett, um mir in der Küche einen Kamillentee zu machen. Der würde mich geschmacklich hoffentlich so anöden, dass ich wenigstens noch ein paar Stunden Schlaf bekam.

Als ich mit meiner Tasse in mein Zimmer zurückkehrte, fiel mein Blick durchs Fenster mal wieder auf das Haus der Lurkings. Still und dunkel lag es da. Nur die spießigen Solarfackeln neben dem kleinen gepflasterten Weg, der zum Pool führte, spendeten etwas Licht.

Und der Laptop, der Siri Lurkings Gesicht blau anstrahlte. Es sah fast so aus, als schwebte ein Geisterkopf über der Tastatur. Vielleicht hätte ich einen Geist sogar weniger unheimlich gefunden als diese Neunjährige, die verbissen auf einen Monitor starrte. Die, wie alle Neunjährigen um diese Zeit, tief und fest schlafen sollte. In diesem Moment sah das Mädchen auch viel älter aus.

Plötzlich schien Siri etwas aus ihrer Konzentration gerissen zu haben. Auf die Entfernung konnte ich nicht erkennen, wo ihre Augen hinsahen, aber es kam mir so vor, als seien sie auf mich gerichtet. Ein Schauer lief mir über den Rücken.

Um Strom zu sparen, machte ich das Licht immer nur an, wenn es absolut nicht anders ging. Selten zuvor war ich so froh darüber gewesen, im Dunkeln zu stehen. Kurz hatte ich das beklemmende Gefühl, es wäre verheerend, wenn sie wüsste, dass ich sie beobachtet hatte.

Ihr Gesicht verschwand. Anscheinend hatte sie den Laptop ausgeschaltet. Ich schlich mit meiner Tasse so leise zurück ins Bett, als könnte Siri mich hören, wenn ich zu laut wäre.

Jetzt reiß dich mal zusammen und föhn keine Grundschülerin zur Bedrohung hoch, dachte ich. *Die ist neun und surft einfach nur heimlich im Internet rum.*

Der Gedanke war vernünftig. Er war richtig. Und damit genauso langweilig wie der Kamillentee, der bereits kalt wurde. Die Kombi wirkte: Ich schlief endlich ein.

7

Die kurze Nacht forderte ihren Tribut: Ich hatte verpennt. Direkt in der ersten Woche dieses noch jungen Schuljahrs. Dummerweise hatten wir in der ersten Stunde auch noch Geschichte. Die anderen Lehrer hätten es bei einem strengen Kommentar belassen, aber Schroppo würde wahrscheinlich eine riesige Sache daraus machen. Der Gedanke ließ mich gleich noch etwas schneller die Stufen zum Hauptgebäude hinaufeilen und die Tür aufziehen.

Jemand schoss an mir vorbei.

Vincent.

Er sah angespannt aus. So angespannt, dass er mich gar nicht bemerkte. Sonst hatte er ja geradezu einen Celia-Lopez-Radar. Wenn ich mich ihm auf weniger als fünf Meter näherte, drehte er sich zu mir und legte dieses Lächeln auf, das nach Werbung für professionelle Zahnreinigung aussah.

Diesmal lächelte Vincent nicht. Sein Radar hatte nicht angeschlagen. Stattdessen stapfte er eilig den Flur entlang und war auch schon um die Biegung ins Treppenhaus verschwunden.

Vielleicht musste er mal dringend aufs Klo. Nur: Dafür ging er in die falsche Richtung.

Ich nahm die Verfolgung auf. Leise und konzentriert. Ich hörte seine Schritte im Treppenhaus. Er ging eine Etage tiefer. Und tiefer. Ins „Tote Tal", wie wir es nannten. Den Keller, der dort vor einigen Jahrzehnten noch angeschlossen gewesen war, hatte man inzwischen zubetoniert und verlegt. Jetzt war da nur noch ein finsteres, abgeschnittenes Stückchen Treppenhaus, dem man nicht mal mehr eine funktionierende Glühbirne gönnte. Langsam trippelte ich weiter nach unten und blieb stehen, als ich das Licht seines Handydisplays sah. Er telefonierte flüsternd.

„यह क्या है, Kotto? मुझे आशा है कि यह महत्वपूर्ण है."

Ich wusste ja, dass Vincent mit seinen Architekten-Eltern schon ganz schön in der Weltgeschichte rumgekommen war. Frankreich, USA, Chile, Dubai … In Gedanken zählte ich die Länder auf. Aber das erklärte nicht, warum der Gute offensichtlich nahezu perfekt Hindi sprach. Ich hatte keine Ahnung, was genau er da gerade flüsterte, aber dank meiner Bollywood-Liebe erkannte ich diese Sprache einfach am Klang.

„यह Celia Lopez के मामले में मेरी कैसे मदद करता है?"

Und ich erkannte natürlich meinen Namen.

„वह कहां है? आपके पास अपने आप में कोई मौका नहीं है!", zischte Vincent.

Er klang ganz schön angefressen, als würde er jeden Moment auflegen. Also machte ich die Biege.

Ich eilte über den Trakt für die Naturwissenschaften Richtung Hof. Das war zwar ein Umweg zu unserem Klassenzimmer, aber ich wollte nicht, dass Vincent jetzt meinen Rücken sah. Ich hatte nichts von dem verstanden, was er gesagt hatte. Aber dass mein Name darin vorgekommen war, das hatte ich verstanden.

„Celia Lopez", erklang es plötzlich von der Seite.

Ich erstarrte, als hätte mich ein Eiszauber aus Soffs Lieblingsfantasyserie getroffen. Im ersten Moment rechnete ich damit, dass Vincent Lurking mich nun für meine Lauschaktion zur Rede stellte. Aber diese Stimme hier war eindeutig rauer als die von Vincent.

„Bitch from Brasilia", ergänzte eine zweite Stimme.

Eine dritte Stimme gab ein hustendes Lachen von sich.

Ich drehte meinen Kopf zur Seite.

Es waren die Horrorhonks. Tim, Tamer und Rafael. Theoretisch waren sie die treuesten Fans unseres Gymnasiums. Niemand hing hier so häufig grundlos rum wie sie. Rein praktisch waren sie mit Schule und Denken aber einigermaßen überfordert. Und mit der Wahl ihrer Kleidung offenbar auch. Sie zogen sich ernsthaft schwarze Lederjacken an, um klarzumachen, dass sie zu den Bad Guys gehörten. Das wirkte im Hochsommer so hirnverbrannt, dass man sie nur noch zu den Stupid Guys zählen konnte.

„Hast du mich wirklich Bitch genannt, Rafael? Ihr habt euch doch gerade erst das Silly angewöhnt."

Der blasse Typ lächelte mich nur dünn an. An seiner Stelle antwortete Tim, der den Chef der Truppe markierte.

„Silly ist uns zu harmlos", erklärte er und kam ein paar Schritte näher.

Auch wenn ich Typen wie ihm kein Erfolgserlebnis gönnte, wich ich etwas zurück. Er war auch mal eben drei Köpfe größer als ich und wahrscheinlich dreißig Kilo schwerer.

„Oder willst du gerne Silly genannt werden? Dann können wir auch Silly Bitch sagen, wenn du lieb fragst", bot Tim grinsend an, während seine Kumpane zu ihm aufschlossen.

„Wollt ihr vielleicht einfach mal Leine ziehen, bevor ihr Stress bekommt?", fragte jemand hinter mir.

8

Eigentlich wollte Vincent eine Runde um den Schulparkplatz joggen. Nur deshalb war er nicht auf schnellstem Wege zum Klassenzimmer gegangen. Nach seinem Gespräch mit Kotto musste er unbedingt etwas Energie loswerden, um wieder den coolen, gut aussehenden Neuen spielen zu können. Der Inder hatte ihn echt so was von auf die Palme getrieben. Da hatte Kotto das vielleicht entscheidende Puzzleteil entdeckt, das Vincent im Projekt TROJA den lang ersehnten Vorsprung bringen könnte. Einen Vorsprung, mit dem er Siri endgültig abhängen könnte. Denn er wollte der jüngste Vollprofi bei ORGA werden. Bislang trug diesen inoffziellen Titel der Siebzehnjährige, den man als Shane Evercold kannte. Nur leider steckte Vincents Puzzleteil im Orkus – und Kotto wollte ihm keinesfalls helfen, es da rauszuholen. Als hätte Vincent ihm damals bei seinem ersten Einsatz in Manila nicht das Leben gerettet.

„Du hast gesagt, ich soll was für dich finden", hatte Kotto

ihn an den damaligen Deal erinnert. „Ich hab was gefunden. Von *holen* war nie die Rede. Das Signalpasswort ist übrigens *IdxR42*. Und jetzt tschüss für immer. Du weißt, dass jeder Versuch, diesen Anruf zurückzuverfolgen, nutzlos sein wird. Er taucht nicht mal in der Anrufliste auf."

Kotto hatte es natürlich auf Hindi gesagt, aber höflicher klang es dadurch auch nicht. Und obwohl Vincent noch „Warte!" gerufen hatte, hatte Kotto einfach aufgelegt. Das war international unmissverständlich.

Das Gefühl, direkt vor der Nase einen Schatz zu haben, den man aber dummerweise niemals alleine heben kann, machte ihn fertig. Er musste sich körperlich irgendwie abreagieren.

Nur deshalb war er aus dem Schulgebäude rausgegangen. Und hatte Celia mit diesen Typen gesehen. *Tim Trollinger, Rafael Gabel, Tamer Erdem*, rief Vincent sich ihre Namen ins Gedächtnis. Sie waren für die Mission derartig irrelevant, dass nichts über sie in das Memo zur Vorbereitung gekommen war – außer dem obligatorischen Foto und ihrem Alter.

Es war extrem unwahrscheinlich, dass diese Typen etwas mit einer genialen Erfindung zu tun hatten, hinter der ORGA her war. Die drei dachten anscheinend sogar, mit Lederjacken sehe man im Hochsommer gefährlich aus und nicht einfach nur dumm.

Dass Celia die Jungs ebenfalls dumm fand, erkannte Vincent schon an ihrem Tonfall. Da sie gerade einen Schritt zurückwich, erkannte Vincent aber auch noch etwas anderes, das er bei Celia noch nie gesehen hatte: Angst. Keine besonders überraschende Emotion angesichts von drei älteren und schwereren Typen, die einen beleidigten.

Aber eine, die man nutzen konnte.

Die Lederjackenjungs hatten ihn nicht bemerkt. Ihre ganze Aufmerksamkeit lag auf Celia. Erst als er sich mit seiner Frage einschaltete, nahmen sie ihn wahr.

Auch Celia drehte sich zu ihm um. Vincent hatte auf Erleichterung in ihrem Blick gehofft, vielleicht sogar auf ein dankbares Lächeln. Aber sie sah eher so aus, als ob sie an seinem Verstand zweifelte.

„Dir sind deine Zähne nicht so wichtig, oder?", fragte Tim, der ebenfalls an Vincents Verstand zu zweifeln schien.

„Finden wir gleich mal raus." Rafael Gabel schoss auf Vincent zu und packte ihn am Kragen seines Hemdes. Er war so heiß auf Krawall, dass er den Stoff dabei einriss.

„Das war mein Lieblingshemd", behauptete Vincent.

 Mann, was sollte das denn? Es gab für Typen wie diese drei Lederhirnis ein sehr einfaches Prinzip, das immer half: weglaufen.

Lurking hatte anscheinend den Unterschied zwischen Actionfilm und Leben noch nicht so richtig begriffen. Das musste *mich* zwar nicht von meinem Prinzip abbringen, aber ich wäre mir dann doch etwas schäbig vorgekommen. Ich stellte mich bereits darauf ein, um Gnade für ihn zu betteln, da geschah etwas Ungewöhnliches: Rafael Gabel donnerte quer gegen Tim und Tamer und riss die beiden mit sich zu Boden. Erschrocken sprangen sie wieder auf, während Rafael stöhnend liegen blieb.

„Warst du das?", fauchte Tamer Vincent an. Auch wenn Tamer ein Depp war – diese Frage stellte ich mir ehrlich gesagt auch.

„Nein, das war der Weihnachtsmann", sagte Vincent. „Der macht gerade Sommerferien in Trockenstedt."

Gott, war das eine dämliche Antwort. Aber anscheinend hatte Vincent tatsächlich diesen Koloss auf zwei andere Kolosse gestoßen. Tim guckte genauso fassungslos, wie ich mich fühlte.

„Das wird dir noch leidtun", kündigte Tamer wütend an und stürzte an mir vorbei zu Vincent.

Ich fand es fast ein bisschen kränkend, dass ich plötzlich für alle unsichtbar war. Wegen mir hatte dieser ganze Beef doch überhaupt erst angefangen. Allerdings war es ziemlich beeindruckend, wie Vincent nun mit beiden Händen nach vorne griff, Tamer an der Lederjacke packte, sich rückwärts fallen ließ und seinen Angreifer über seine Fußsohlen hinter sich katapultierte.

„Fuck!", ächzte Tamer, der gerade hart auf seinem Rücken gelandet war. „Scheiße, bist du tot!", kündigte er Vincent dann an.

„Keine Schimpfworte auf meinem Schulhof!", erklang es in diesem Augenblick.

Auch das noch. Die Natter kam aus Richtung des Lehrerparkplatzes auf uns zu. War auf dieser Schule eigentlich auch irgendjemand in der ersten Stunde in einem Klassenzimmer? Und warum standen jetzt nur noch Vincent Lurking und ich hier rum? Ich war diejenige, die vor ein paar Minuten noch weglaufen wollte, und jetzt waren es die drei Lederjackenheinis, die sich verkrümelt hatten.

„Fluchen mag ich bei Neuankömmlingen genauso wenig wie bei allen anderen", sagte Frau Natter und sah Vincent vorwurfsvoll an. „Und Gewalt ist sowieso nie eine Lösung."

„Ähm, sorry, Frau Natter", fing ich an. „Ich weiß, Sie sind nicht gerade mein größter Fan, aber Ihnen ist schon klar, dass ..."

Ihre gebieterisch hochgehaltene Hand ließ mich verstummen.

„Ich freue mich wirklich auf diese Geschichte und ihr dürft sie mir gleich gerne ganz ausführlich erzählen. Ich gebe rasch in eurer Klasse Bescheid, geht schon mal vor in mein Büro. Celia, du kennst ja den Weg", fügte sie spitz hinzu.

„Wow", sagte Vincent Lurking, als er mir durchs Treppenhaus folgte. „Ich musste noch nie zur Schulleitung. Du hast da anscheinend deutlich mehr Erfahrung."

Ich war mir sicher, dass er hinter mir gerade verschwörerisch grinste. Allein die Vorstellung nervte mich, daher zuckte ich nur mit den Schultern. Ich ließ mich auf einem der drei Stühle vor Frau Natters Büro nieder, nachdem ich meinen Rucksack darunter verstaut hatte.

Vincent platzierte seinen auf dem äußersten Stuhl, blieb aber vor mir stehen und ging in die Knie, bis ich ihn endlich anschaute. Sein Gesicht war so gleichmäßig geschnitten, dass ich nichts als Langeweile empfand. Ich starrte ihn unfreundlich an.

„Gibt es einen besonderen Grund, warum du mich nicht leiden kannst?", fragte Vincent. „Obwohl ich dich eben vor drei Idioten gerettet habe?"

„Du hast mich nicht gerettet …", setzte ich an, aber Frau Natters Hand auf seiner Schulter unterbrach mich.

„So, Herr Lurking, dann kommen Sie doch mal als Erster mit mir." Sie zog ihn sanft in die Höhe und schob ihn in Richtung ihres Büros.

„Moment, mein Rucksack …", stieß er noch hervor, doch Frau Natter duldete keinen Aufschub.

„Der kommt schon nicht weg, Celia passt sicher gerne darauf auf", sagte sie, und dann war Vincent in der Höhle der Löwin verschwunden.

Oh Mann, dieser Schultag fing ja wirklich blendend an: Heute Morgen war mein größtes Problem noch gewesen, zu spät zu Schroppos Unterricht zu erscheinen. Und jetzt tauchte ich dort gar nicht mehr auf, weil mir die drei Horrorhonks in die Quere gekommen waren. Dann noch Mister Schleimi, der nun offenbar eine Liebeserklärung für seine Rettungsaktion erwartete. Und als krönenden Abschluss durfte ich mir gleich einen Anschiss von der Natter abholen.

Mein Blick fiel auf Vincents Rucksack. Der Typ war nicht nur seltsam, er war *extrem* seltsam. Sprach fließend Hindi und hatte diese kleine Schwester, die nachts an ihrem Computer rumhing. Außerdem beherrschte er ziemlich perfekt irgendeinen irren Kampfsport, den ich nicht kannte. Obwohl ich neben Bollywood- auch ziemlich gerne Martial-Arts-Filme guckte und in Sachen Nahkampftechniken echt auf dem neuesten Stand war. Irgendwas stimmte nicht mit Vincent und ich musste unbedingt rausfinden, was.

Ich hätte es ja moralisch schöner gefunden, wenn ich noch etwas mit mir gehadert hätte, aber ich rutschte zackig einen Stuhl weiter. Dann klappte ich die Vorderseite seines Rucksacks hoch und riss den Reißverschluss auf. Ein Collegeblock, ein Mäppchen, die Schulbücher für heute. Nichts Verdächtiges. Reißverschluss zu, Blick hinter mich – Frau Natters Tür war und blieb verschlossen –, dann wandte ich mich der Vordertasche zu.

Eine Nagelschere. Eine Packung Taschentücher. Eine Dose Kaugummis. Ich merkte, wie sich Enttäuschung in mir breitmachte. Was hatte ich denn erwartet? Einen Revolver? Eine vom Präsidenten der USA unterschriebene Vereinbarung, dass Vincent im Rahmen eines Zeugenschutzprogrammes des FBI nach Trockenstedt verlegt wurde?

In einer Trotzreaktion öffnete ich die Kaugummidose, auf der in geschwungenen Lettern *Hidden Crush* stand. Ich ließ mir zwei der in Papier verpackten Dragees in die Hand fallen. Wenn ich schon nichts Spannendes fand, wollte ich wenigstens einen neuen Geschmack kennenlernen. Weder die Sorte noch der Hersteller *Phenomenon* sagte mir etwas. Wahrscheinlich so 'ne Discounter-Eigenmarke. Bei Kaugummis achten die Leute ja oft enttäuschend wenig auf Qualität. Ich ließ sie für später in meiner Hosentasche verschwinden. Frau Natter würde es persönlich nehmen, wenn ich ihr gegenüber kauend Platz nähme.

Ich zog den Reißverschluss der Vordertasche zu und stellte den Rucksack wieder ordentlich hin. Als Vincent Lurking eine Minute später aus Frau Natters Büro kam, saß ich mit verschränkten Armen auf meinem Stuhl.

Langsam verlor Vincent den Glauben an seinen Unterricht bei ORGA. Psychologie war immer sein Lieblingsfach gewesen. Nicht nur, weil Hieronymus es unterrichtet hatte. Es hatte diese komplizierten Menschen einfach begreifbarer, handhabbarer gemacht. Aber irgendwie ließ sich nichts von dem, was er damals gelernt hatte, auf Celia Lopez anwenden.

Er hatte sie aus einer unangenehmen Situation mit diesen Lederjackendeppen gerettet. Die eigentlich dafür vorhergesehene Emotion war: Dankbarkeit. Dann waren sie beide zur Schulleitung zitiert worden, obwohl sie unschuldig waren. Daraus hätte ein Gefühl der Zusammengehörigkeit entstehen müssen. Dankbarkeit und Zusammengehörigkeit. Nach seiner Rechnung müsste Celia Lopez sich spätestens jetzt für ihren neuen Nachbarn öffnen. Aber Fehlanzeige. Nach der Sache mit Frau Natter schien Vincent sich für Celia wieder in Luft aufgelöst zu haben. Während des verbleibenden Schultags hatte sie ihn keines einzigen Blicks gewürdigt. Und obwohl sie nebeneinander wohnten, hatte sie ihn nicht gefragt, ob er mit ihr und Sophia heimgehen wolle. Also hetzte er nun mal wieder hinter ihnen her. Als er die beiden eingeholt hatte, verlangsamte er seine Schritte und ging in ein lässiges Schlendern über.

„Du darfst morgen also keine Sterne mit mir gucken. Okay. Aber was hält dich denn heute davon ab? Hat dein Vater jetzt entschieden, dass sein kleines Mädchen ab vier Uhr nachmittags zu Hause zu sein hat?" Celia war offensichtlich angefressen.

„Ich weiß, es ist nicht böse gemeint von dir, aber das war gerade echt der falsche Kommentar", sagte ihre Freundin. „Das hat nichts mit Papa zu tun ... Opa geht es seit ein paar Tagen schlechter als sonst, da will ich einfach vorbeischauen."

„Scheiße. Sorry", murmelte Celia.

„Mir tut's auch leid", klinkte sich Vincent ein.

Sophia zuckt kurz zusammen, weil sie ihn jetzt erst bemerkte. Dann lächelte sie und nickte. „Danke."

„Der schon wieder", kommentierte Celia bissig und Sophias Lächeln verkrampfte.

„Und ihr wollt Sterne gucken? Redet ihr von den Perseiden?"

„Wir möchten eigentlich am Birkenwald zelten, um sie gut sehen zu können", erklärte Sophia. „Aber mein Papa erlaubt es mir nicht und Celia ist deshalb sauer."

„Das interessiert Vincent bestimmt brennend", kommentierte Celia gereizt.

„Das tut es tatsächlich", erklärte er. „Der Birkenwald ist oberhalb des Flusses, richtig? Da sieht man die Sterne bestimmt wirklich besonders gut."

„Na, dann tu dir keinen Zwang an. Der Zeltplatz ist gerade

wieder frei geworden. Ich muss noch mal zur Drogerie." Damit bog Celia abrupt ab.

Sophia zuckte bedauernd mit den Schultern.

„Sie kann mich nicht ausstehen, oder?", fragte Vincent.

„Sie braucht nur Zeit, bis sie die Leute einschätzen kann", erklärte Sophia. „So lange ist sie einfach ein bisschen vorsichtig."

Überdurchschnittlich loyal, vermerkte Vincent in der Karteikarte zu Sophias Charakter in seinem Kopf. So was musste man sich merken. Sonst konnte das böse Überraschungen mit sich bringen.

9

Soff fehlte mir sehr bei meinem Spaziergang an der Neisel, auch wenn ich verstand, dass sie bei ihrem Opa sein musste. Ich hätte mir in ihrer klugen Gesellschaft gerne alles von der Seele geredet, was mir durch den Kopf ging. Dieser weirde Kram über die Lurkings. Da kam mittlerweile ein ganz schöner Haufen zusammen. Natürlich hätte Soff mir gesagt, dass ich mir da irgendwas zusammenfantasierte. Aber bei ihr klang das nie vorwurfsvoll oder misstrauisch. Eher ein bisschen sehnsüchtig – nach einem aufregenderen Leben, obwohl sie ja ein chronischer Angsthase war. Doch ihr ultrastrenger Vater gönnte ihr ja nicht mal ein kleines Sternschnuppenabenteuer. Der Mistkerl.

Ich stolperte über einen dicken Ast, der ans Flussufer geschwemmt worden war. Im hüfthohen Gras hatte ich ihn nicht gesehen. Nachdem ich mich fluchend aufgerappelt hatte, ließ ich mich auf ihm nieder.

Es vibrierte in meiner Hosentasche. Ich zog mein Handy raus und schaute auf das Display.

Mama. Ich ließ es klingeln. Vermutlich hatte sie gerade den Brief von Frau Natter in der Küche entdeckt und wollte mich fragen, was sie da unterschreiben sollte. Das erklärte ich ihr lieber später live. Als ich das Telefon in meine Hosentasche zurückschob, spürte ich, dass es auf Widerstand stieß. Ich nahm es noch mal heraus und griff in die Tasche.

Es waren die zwei Kaugummis, die ich Vincent geklaut hatte. Einen steckte ich zurück, den anderen packte ich aus. Wollten wir doch mal sehen, was sich hinter diesem *Hidden Crush* verbarg.

Ich erwartete eine Geschmacksexplosion. Irgendwas sehr Saures, wie man das von den meisten Billigkaugummis ja kennt. Aber nein, wenn dieser Kaugummi einen Geschmack versteckte, dann so gut, dass ihn niemand fand. Nicht mal eine ausgewiesene Kaugummiexpertin wie ich. Ich kaute noch mal kräftiger – nichts. Ein Blatt Papier aus meinen College-block hätte interessanter geschmeckt als das hier. Ich schob meine Zunge in die Masse und blies etwas Luft hinein. Statt eine schöne Blase zu formen, entwich sie sofort durch mehrere Löcher.

„Dein Kaugummi ist Mist, Lurking", murmelte ich. Dabei verschluckte ich mich leider fast an dem geschmacklosen Klumpen. Ich hustete, glaubte kurz, ich müsse ersticken, und spie das Drecksteil in die Neisel. Na toll. Das war nun wirklich keine fachgerechte Müllentsorgung. Ich stand auf und machte mich auf den Heimweg, um Mama die Direktorinnenpost zu erklären.

Ein Knall. Wasser plätscherte auf mich herunter.

Ein Fisch fiel vor mir ins Gras. Er zappelte panisch im Grün.

„Fuckfuckfuck", murmelte ich, ging in die Knie und griff nach dem Tier. Erst glitschte es mir durch die Finger, aber dann erwischte ich es und warf es beherzt dorthin zurück, wo es hingehörte.

Ich schüttelte den Kopf und drehte mich um. Ging ein paar Schritte zurück.

Der dicke Ast, auf dem ich eben noch gesessen hatte, lag jetzt ein paar Meter weiter vom Ufer entfernt.

Die sonst so klare Neisel war an einer Stelle schlammig braun vom aufgewühlten Schlick. Was zur Hölle hatte das verursacht? Wie kam unser kleiner Fluss dazu, plötzlich … in die Luft zu gehen? Verliefen hier irgendwelche Gasleitungen? Oder lag hier ein Blindgänger aus dem Zweiten Weltkrieg?

Oder aber …

Der Gedanke war völlig abwegig.

Oder aber … *Hidden Crush* verursachte keine Geschmacksexplosionen.

Hidden Crush verursachte *echte* Explosionen. Plötzlich war ich mir völlig sicher, dass es stimmte.

80

Und ich musste dringend herausfinden, warum mein neuer Nachbar so was in seinem Rucksack hatte. Selbst wenn ich dafür etwas wirklich Schreckliches tun musste:

Zeit mit Vincent Lurking verbringen.

Hast du Lust, mit mir die Perseiden anzugucken?

Vincent starrte auf sein Handy. Eine Frage nach einer gemeinsamen Unternehmung. Von Celia Lopez. Sehr gerne, tippte er zurück, aber bis auf eine Zeitangabe folgte nichts mehr von ihr.

Um neunzehn Uhr holte sie ihn schweigend ab. Auf der Wiese am Maisfeld bauten sie schweigend das Zelt auf. Entfachten schweigend ein Lagerfeuer. Auch jetzt schwieg Celia, während sie kaugummikauend in die Flammen schaute. Dann hob sie den Blick und musterte Vincent prüfend.

„Ich hol mal mein Fernglas", erklärte er und räusperte sich. „Soll ich deins mitbringen?"

„Ich hab keins dabei", sagte sie.

„Sternschnuppen sind ja auch am schönsten, wenn man sie einfach so anschaut", lobte er ihre Nachlässigkeit.

„Wir werden keine Sternschnuppen sehen", stellte sie fest. „Es ist bewölkt."

Vincent sah nach oben. Tatsächlich, der Himmel hatte sich

inzwischen zugezogen. Nur ein blass flackerndes Sternchen war am immer dunkler werdenden Himmel zu erkennen.

„Schade", sagte Vincent. „Da haben wir wohl den falschen Zeitpunkt für die Perseiden erwischt. Aber kann ja trotzdem ein netter Abend werden." Er lächelte sie an.

Sie musterte ihn wortlos und kaute weiter. Als er schon dachte, es komme gar nichts mehr, sagte sie plötzlich: „Die Perseiden sind mir egal. Mir geht's um dich."

Vincent zog überrascht die linke Augenbraue hoch. Was war das denn? Eine Liebeserklärung? Auch wenn Romantik ihn wenig interessierte, war das hier mit Sicherheit die unromantischste Liebeserklärung aller Zeiten.

Er tat trotzdem geschmeichelt. „Das kommt … jetzt etwas überraschend. Aber okay, wenn ich dich interessiere – inwiefern?"

„Wer bist du?"

Er lachte sein charmantestes Lachen, auch wenn er dachte, dass hinter Celias glatter Stirn ein völlig verdrehtes Hirn lag. „Du weißt doch, wer ich bin. Vincent Lurking. Dein Nachbar."

„Ich weiß, wer du *vorgibst* zu sein", widersprach Celia. „Aber ehrlich gesagt glaube ich, du bist wie die Kaugummis in deinem Rucksack. Die sind verpackt wie ein Kaugummi. Die sehen aus wie ein Kaugummi. Aber wenn man dann lange genug drauf rumkaut, merkt man, dass sie komischerweise rein gar nicht wie Kaugummi schmecken."

Was war das denn für ein schräger Vergleich? Woher wusste sie überhaupt von den *Hidden Crushs* in seinem Rucksack? Er hatte ja mitgekriegt, dass sie kaugummisüchtig war, aber diese Kaugummis waren nichts, was man jemandem anbot. Zumindest niemandem, den man noch brauchte.

„Woher willst du wissen, wie meine Kaugummis schmecken?", fragte er.

„Ich hab mir neulich einen aus dem Rucksack gemopst, als du bei der Natter warst. Sorry, ist streng genommen Diebstahl, aber bei Kaugummis kann ich einfach nicht widerstehen. Allerdings schmeckt dieser hier …" – sie wies auf ihren kauenden Mund – „… einfach nach rein gar nichts."

Seine Lippen lächelten weiter, während sein Herz einen Schlag aussetzte. Celia Lopez hatte gerade zwei Gramm strukturverändertes Zynobat im Mund. Einen Sprengstoff, der durch menschlichen Speichel aktiviert wurde und seine zerstörerische Wirkung entfaltete, wenn er zwei Minuten nicht ständig durchgeknetet wurde.

Während sie ihn ansah, stoppte ihre Kaubewegung. Wie lange schon? Zehn Sekunden? Zwanzig?

„Die Konsistenz ist auch kacke."

Gott sei Dank, sie kaute wieder.

„Viel zu zäh. Man könnte glatt denken, das ist gar kein Kaugummi. So wie bei dir. Vielleicht bist du gar kein verwöhnter Bubi von Oberschichteltern."

Wieder dieser prüfende Blick. Wenn das ihre Art zu flirten war, hatte sie echt den falschen Kanal zum Thema abonniert. Vincent überlegte fieberhaft, wie er sie dazu bringen sollte, diesen Kaugummi auszuspucken und so die anschließende Explosion zu verhindern. Er hatte die Chemikalie dabei, die Zynobat neutralisierte: ein Mundspray. Aber er konnte ja schlecht aufspringen und es ihr einfach so in den Rachen sprühen. Wie er Celia Lopez einschätzte, hätte er vorher schon ihre Faust auf seinem linken Auge.

„Wenn ich kein verwöhnter Oberschichten-Bubi bin", fragte er mit ironischem Unterton, „was soll ich denn sonst sein?"

Kau weiter, dachte er dabei. *Kau einfach weiter.*

Sie tat es zum Glück.

„Genau die Frage habe ich mir auch gestellt. Aber mir fehlt irgendwie die Fantasie."

Fantasie hast du leider genug, kau weiter.

Sie kaute tatsächlich wieder, wenngleich etwas langsamer.

„Ich glaube, du musst mir helfen. Sag mir, wer du bist."

Er legte mit bedauerndem Lächeln den Kopf schief, während er weiter fieberhaft überlegte, wie er die Kaugummikrise lösen könnte.

„Ich kann dir nur sagen, was du eh schon weißt. Ich bin Vincent Lurking. Ein ganz normaler Junge, der froh ist, dass seine Eltern ihm und seiner Schwester endlich ein normales Zuhause bieten können."

„Ja, das ist eine nette Geschichte."

Verdammt, sie kaute nicht mehr.

„Aber leider keine, die meine offenen Fragen beantwortet."

Ihr Kiefer bewegte sich wieder.

„Gut", seufzte Vincent. „Vielleicht fangen wir einfach mit deinen Fragen an?"

Sie nickte. „Sind aber eine Menge", warnte sie ihn vor.

„Schieß los", sagte er und ergänzte im Kopf: *Hauptsache, du explodierst nicht.*

„Warum kann dieser ganz normale Junge Kampfsport, als hätte er einen Nebenjob in Kung-Fu-Filmen?"

Ah, seine kleine Actioneinlage auf dem Schulhof hatte also doch Eindruck hinterlassen. Er setzte zu seiner längst bereitgelegten Antwort an, doch Celia hob den Finger.

„Moment, da kommen noch mehr Fragen. Viel mehr."

Er nickte. Obwohl er nicht an Telepathie glaubte, versuchte er sie durch reine Gedankenkraft weiterkauen zu lassen.

„Warum sitzt die neunjährige Schwester dieses völlig normalen Jungen mitten in der Nacht an ihrem Rechner, als würde sie nebenbei Informatik studieren?"

Altbekannter Siri-Groll wuchs in Vincents Bauch. Nie hielt sie sich an ihre Vorgaben! Und jetzt durfte er das auch noch für sie ausbaden.

„Warum sehe ich plötzlich goldene Kolibris in den Bäumen?"

Mist. Sie hatte den Schnatz bemerkt.

„Warum spricht der ganz normale Junge fließend Hindi, obwohl Indien zu den Ländern gehört, in denen er angeblich noch nicht gelebt hat?"

Woher wusste sie das schon wieder? Das waren wirklich viele Fragen. Fragen, die Vincent nun halbwegs plausibel beantworten musste, während er gleichzeitig dieses Kaugummi unschädlich machte. „War's das?"

Celia nickte, dann fiel ihr aber doch noch was ein. „Ach nee, eins noch: Warum kaue ich auf diesem Ding rum, obwohl es nach nichts schmeckt?" Sie spuckte das Kaugummi mit einem Seufzen ins Feuer.

Zynobat explodiert nach zwei Minuten im Ruhezustand, erinnerte sich Vincent an seine Lektionen in *Chemie zu Abwehrzwecken*. *Unter großer Hitzeeinwirkung deutlich früher.*

10

Plötzlich schoss Vincent durchs Feuer, an dem er mir eben noch ruhig gegenübergesessen hatte. Ich spürte einen festen Griff am Kragen meines Hoodies, dann den harten Boden unter mir und einen Körper, der sich auf mich warf. Ein Pullover presste sich auf mein Gesicht (und roch ziemlich gut, wie ich unpassenderweise registrierte). Ich spürte Vincents angespannte Muskeln und seinen Kopf, der sich neben meinem ins Gras drückte. Vincents Körper fühlte sich so ruhig an wie sein Atem, den ich in meinem linken Ohr hörte. Aber sein Herzschlag, der schnell und heftig an meine Brust trommelte, verriet mir, dass er keineswegs ruhig war. Wie auch, wenn man erwartet, dass hinter einem gleich ein Lagerfeuer in die Luft fliegt? Die Idee, das Kaugummi in die Flammen zu spucken, war mir spontan gekommen. Die Wirkung war dramatischer als gedacht. Ich wartete, bis Vincents Herzschlag sich beruhigte und er allmählich kapierte, dass keine Gefahr drohte.

„Du kannst jetzt wieder aufstehen", merkte ich an. „Und falls es dich tröstet: Du musst dir keine Erklärung für diese Action-Einlage ausdenken. Ich hab es geblickt."

Langsam hob sich sein Oberkörper. Er sah mich mit ebenso strengem wie verwirrtem Blick an.

„Du hast sie echt nicht mehr alle, oder?", fragte er.

„Früher haben sie mich immer Silly Lopez genannt", antwortete ich. „Ich hasse den Spitznamen zwar, aber irgendwas ist wohl dran."

Er stand auf und ging ein paar Schritte in Richtung Lagerfeuer. Seine schattenhafte Silhouette sackte etwas in sich zusammen, bevor ihm ein „Scheiße" entfuhr.

Auch ich richtete mich auf und wischte Gras von der Rückseite meiner Hose und des Pullovers.

„Immerhin musstest du dich nicht opfern, um mich zu retten. Also nicht komplette Scheiße", betonte ich.

„Ich wollte mich nicht für dich opfern", zischte er.

„Ach so? Die Nummer eben wirkte ein bisschen so."

„Es wäre einfach verdammt unpraktisch, wenn du draufgehst." Er war zu seinem Platz am Feuer zurückgekehrt, setzte sich und verbarg sein Gesicht stöhnend in den Händen. Ich setzte mich ebenfalls wieder an meinen alten Platz.

„Nur zur Sicherheit: Dass es auch moralisch falsch ist, wenn Leute draufgehen, hatte nichts mit deiner Nummer zu tun?"

Sein Gesicht blieb in seinen Händen verborgen.

„Schön", sagte ich. „Verschieben wir die moralischen Fragen. Aber jetzt bin ich wirklich gespannt auf deine Geschichte." Ich legte eine Kunstpause ein, zog das zweite *Hidden Crush* aus der Hosentasche und drehte es zwischen Daumen und Zeigefinger. „Ich hab dich in der Hand, Vincent Lurking."

Er tauchte aus seinen Händen auf und sah mich mit frostigem Blick an.

Dann bekam ich eine Geschichte zu hören, die sich nicht einmal Silly Lopez zu ihren besten Zeiten hätte ausdenken können.

Er betrachtete Celia durch die Flammen des Lagerfeuers. Seine Gedanken rasten. Kurz zuvor hatte er noch bei der Lagebesprechung mit Midnight behauptet, dass dieser Abend sein Durchbruch werde. Endlich, hatte er gedacht, war er den entscheidenden Schritt vorangekommen. Dabei war er nur einen Schritt näher an den Abgrund geraten. Vielleicht war es sogar der Schritt, nach dem er nun in den Abgrund stürzen würde. Denn egal, welche Lüge er Celia Lopez jetzt auftischte, sie würde sie ihm nicht glauben. Und es war völlig unberechenbar, was sie als Nächstes tun würde. Wem sie sonst noch erzählen würde, was sie gesehen und kombiniert hatte. Sollten Siri oder Tatjana Wind davon bekommen, dass Celia ihn durchschaut hatte, gäbe es ein sehr ernstes Gespräch mit Midnight. Vermutlich Vincents letztes Gespräch mit Midnight, denn auf einen Einsatz würde man ihn danach nie wieder schicken.

Ehrlichkeit.

Dieses Wort nahm immer mehr Raum in Vincents Gedanken ein. Und eine Erinnerung kam in ihm hoch: Es war einer dieser frustrierenden Ausbildungstage mit Hieronymus gewesen, an denen Vincent wieder und wieder daran gescheitert war, in einem eins zu eins nachgebauten Louvre die Mona Lisa zu klauen.

„Ich habe jede Möglichkeit ausgeschöpft", hatte er den Tränen nahe gekeucht, nachdem er schweißgebadet auf den schwarz-weißen Kacheln zusammengesunken war. „Ich komm nicht einmal bis zum Ausgang mit ihr! Das sind zu viele Kameras. Zu viele Security-Leute. Und dieses Scheißgemälde ist viel zu groß!" Er hielt sich die Seite, die von einem Faustschlag schmerzte. Die Wachleute waren natürlich nur Marionetten, aber sie spielten ihre Rollen mit vollem Körpereinsatz.

Hieronymus hatte ihm die Hand auf die Schulter gelegt – eine seltene Geste körperlicher Nähe, die er sich für gewöhnlich verkniff – und ihn lange angeschaut.

„Wenn alle Möglichkeiten ausgeschöpft sind, tu das Unmögliche", hatte er dann gesagt.

Ehrlichkeit. Blieb dieses Wort bei ihm hängen, weil es seine unmögliche Möglichkeit war?

Vincent fixierte Celia, die noch immer hinter dem Lagerfeuer stand, das *Hidden Crush* zwischen Daumen und Zeigefinger.

Ehrlichkeit. Er würde es versuchen.

Also tat er etwas, das er schon sehr lange nicht mehr getan hatte.

Er sagte die Wahrheit.

11

Okay, meinem früheren Ich mit dem Spitznamen Silly hatte ich auch Geschichten zu verdanken, die nicht wahnsinnig viel mit der Wirklichkeit zu tun hatten. Aber selbst meine abgedrehteste Story von damals (dass ich eigentlich die Tochter eines mexikanischen Drogenbarons war, der mich aus Sicherheitsgründen außer Landes schaffen musste) wirkte im Vergleich zu dem, was Vincent mir gerade aufgetischt hatte, recht plausibel. Erst dachte ich, er wolle mich verarschen. Aber nach seinem stockenden Bericht guckte er aufrichtig zerknirscht.

„Okay", räusperte ich mich. „Also, du und deine Familie, ihr seid gar keine Familie. Ihr seid zusammengecastet, damit keiner mitkriegt, dass ihr eigentlich auf der Suche seid. Nach einem genialen Erfinder, der sich Heino nennt."

„Hypnos", korrigierte Vincent mich. „Das griechische Wort für Schlaf. Wir wissen nicht, ob das eine besondere Bedeutung hat."

„Na ja, es ist griechisch und klingt deswegen klug und geheimnisvoll", sagte ich. „Ich hätte mir vielleicht was Spannenderes ausgesucht." Ich gähnte übertrieben. „Und dieser Hypnos hat irgendwas erfunden, das interessant ist für euren Laden. Wie hieß der noch? AGRO?"

„ORGA", korrigierte er mich erneut.

„Kurz für *Organisation*, nehme ich an? Auch nicht sehr originell."

„Kurz für *Okkultes Regierungsbündnis zur Gefahrenabwehr*."

„Wieso *okkult*? Das klingt jetzt eher nach Gläserrücken und schwarzen Messen und so ..."

„*Okkult* bedeutet *verborgen* und wir arbeiten nun mal im Verborgenen." Sein genervter Tonfall deutete an, dass ich mich für seinen Geschmack mit Fremdwörtern zu wenig auskannte.

„Aha, egal. Ihr als ORGA wollt unbedingt haben, was dieser Hypnos erfunden hat. Obwohl ihr nicht mal wisst, was es genau ist."

Vincent nickte.

„Deshalb baut ORGA also Häuser in schissigen Kleinstädten und schickt ganze Fake-Familien dahin, um ihre Nachbarschaft zu belügen. Nur um sich irgendwas unter den Nagel zu reißen, OHNE ZU WISSEN, WAS ES IST?" Ich betonte es noch mal etwas lauter, weil ich den Punkt besonders unglaubwürdig fand. „Ich meine, dieser Hypnos ist wahrscheinlich irgendein Nerd aus der Technik-AG, der glaubt, die nächste Super-App programmiert zu haben. Die am Ende drei Mal runtergeladen wird. Dafür betreibt ihr so einen Aufwand? Schon mal was von Steuergeldverschwendung gehört?"

„Eher unwahrscheinlich, dass es einer aus der Technik-AG gebastelt hat", erklärte Vincent. „Und ja, wir wissen nicht, um was es sich bei dieser Erfindung handelt. Aber wir sind uns sicher, dass es etwas sehr Relevantes ist. Und etwas Riskantes."

„Und das wisst ihr, weil ...?" Ich bat mit einer Handgeste um die Vervollständigung des Satzes.

„Weil die *Anderen* es haben wollten."

„Welche anderen?" Die Geschichte wurde echt immer konfuser.

„Die *Anderen*. Eine Organisation, ähnlich wie unsere. Nur leider auf der falschen Seite."

Ich seufzte. Es war wirklich an der Zeit, mal wieder die Realität anzusteuern. „Okay, netter Versuch, Vincent. Und echt coole Namen, die dir da so einfallen. ORGA, Hypnos und ..." – ich senkte meine Stimme in unheilvolle Tiefe – „... die *Anderen*. Aber jetzt fängst du am besten noch mal von vorne an. Diesmal mit der Wahrheit, das geht bestimmt flotter."

Das Feuer war schon fast völlig runtergebrannt und mir wurde langsam etwas frisch.

Vincent starrte Celia fassungslos an. Da hatte er absolut waghalsig etliches preisgegeben, um ihr dadurch wenigstens so viel Angst einzujagen, dass sie sich zur Verschwiegenheit verpflichten ließ – und sie glaubte ihm einfach nicht?

„Was brauchst du denn noch?", zischte er frustriert. „Das ist nun mal die Wahrheit. Ich bin so eine Art Geheimagent. In eurer Stadt wohnt ein höchstwahrscheinlich sehr gefährlicher Erfinder und ich muss ihn finden. Und du musst vor allem die Klappe halten, sonst wird das echt riskant."

Sie seufzte. „Du willst mit deiner Story jetzt ernsthaft weitermachen? Na gut, noch glimmt das Holz ja ein bisschen. Also, ich hätte das alles ja gar nicht mitbekommen, wenn du dich nicht so schamlos an mich rangewanzt hättest. Wenn dieser ganze Hypnos-Kram stimmt – weshalb suchst du diesen Erfinder dann nicht leise und friedlich und lässt mich dabei in Ruhe?"

Mist. Celia Lopez war zielsicher auf das Detail zugesteuert, das er gerne weiterhin verschwiegen hätte. Das würde wohl nicht klappen.

„Weil es gewisse Hinweise gibt …", setzte er an.

„Was für Hinweise?", unterbrach Celia ihn natürlich sofort.

„Dass … dass dein Vater Hypnos ist."

Immerhin, jetzt schwieg sie mal ein paar Sekunden.

Um dann in schallendes Gelächter auszubrechen.

12

Zugegeben, zum Ende hin hatte er mich fast mit seiner „Wir sind Spione"-Nummer gekriegt. Er hatte so authentisch angepisst gewirkt, weil ich ihm nicht glaubte. Aber dann kam die Sache mit meinem Vater. Christian Lopez, der als Superschurke mit lustigem Pseudonym ins Visier von Geheimorganisationen geriet, war einfach zu viel für mich. Ich bekam den Lachflash meines Lebens. Und ich empfand zum ersten Mal so etwas Ähnliches wie Sympathie für Vincent Lurking. Ich meine, wer sich so etwas für mich ausdachte, der musste echt Interesse haben.

Vincent stand mit verschränkten Armen da und schaute mich aus zusammengekniffenen Augen an.

„Mein Vater ist Hypnos", japste ich. „Das ist soooo geil." Ich kicherte wieder.

„Dein Vater ist immerhin Mechatroniker. Er kennt sich also beruflich ziemlich gut mit Technik aus."

„Na ja, als neulich der Toaster kaputtgegangen ist, hat man davon nicht allzu viel gemerkt", erklärte ich und gluckste wieder bei dem Gedanken, wie Papa frustriert die Weißbrotscheiben angebrüllt hatte, als würden sie davon knusprig werden. „Und er sagt von sich selbst, dass er bestenfalls mittelgut Autos reparieren kann", fuhr ich fort. „Deswegen hat er das Autohaus ja überhaupt übernommen. Er kann deutlich besser mit Zahlen und Kunden als mit Keilriemen und Zylindern."

„Vielleicht sollt ihr das auch nur glauben", wandte Vincent ein. „Ich würde mich jedenfalls so verhalten, wenn ich eine geniale Erfindung in der Pipeline hätte. Alleine schon, um meine Familie zu schützen."

„Wie gut, dass du angeblich gar keine Familie hast."

„Ich *habe* keine Familie. Solange ich denken kann, bin ich bei ORGA."

„Oh, jetzt kommt der Tränendrüsenteil?", erkundigte ich mich. „Den lassen wir weg, den finde ich immer öde. Machen wir lieber mit Christian HYPNOS Lopez weiter. Warum sollte ausgerechnet *er* es sein? Weil er Autos reparieren kann? Es wird ja wohl noch mehr Hinweise geben."

„Natürlich gibt es die", bestätigte Vincent. „Tatsächlich passt sein technischer Hintergrund nur sehr gut zur Lokalisierung."

„Und was habt ihr so schön lokalisiert?"

„Unsere Hinweise basieren hauptsächlich auf sieben Mails,

die von Hypnos an die *Anderen* geschickt wurden. Wir konnten sie nicht vollständig wiederherstellen, daher tappen wir weiterhin im Dunkeln, um was es genau bei dieser Erfindung geht. Sie wurden bestmöglich gelöscht, doch völlig verschwindet im Netz einfach nichts. Zudem waren sie sorgfältig verschlüsselt. Man hat mit diversen Programmen versucht, ihren Ursprung zu verschleiern. Aber diesen Schleier konnten unsere Experten ziemlich gut lüften."

„Deine Schwester gehört nicht zufällig zu diesen Experten? Das würde ja erklären, warum sie nachts mit Stoneface vor dem Rechner hängt." Ich prustete wieder, verstummte aber, als Vincent mit bemerkenswert kalter Stimme murmelte: „Siri hatte ihren Anteil daran, ja."

„Okay, und *wo* hat Siri diese Mails lokalisiert?", fragte ich.

„Ich zeig es dir", sagte Vincent und zog sein Handy aus der Tasche. Dann sah er sich um. „Lass uns dafür reingehen. Hier im Freien ist es zu auffällig."

Ich hatte zwar nicht wirklich Lust, mit diesem Psycho in ein Zelt zu gehen, aber am Ende siegte – wie so oft bei mir – die Neugier.

„Hat dir schon mal jemand gesagt, dass dein Zelt schon so ein bisschen angeberisch rüberkommt?" Celia schob sich durch den Eingang und beleuchtete mit der Taschenlampe ihres Handys die tatsächlich ungewöhnlich geräumige Kuppel.

„Mehrfach", antwortete Vincent. „Wenn wir mit ORGA zelten gehen, sind meine Agentenfreunde immer ganz beeindruckt."

Als Celia begriff, dass er einen Witz gemacht hatte, zog sie anerkennend einen Mundwinkel hoch. Sein Zelt war tatsächlich dreimal so groß wie ihr schlichtes Wurfzelt vom Discounter. Dass es nebenbei absolut feuerfest war und mit wenigen Handgriffen in einen Windgleiter umgebaut werden konnte, wusste sie dabei nicht einmal.

Sie setzte sich direkt hinter dem Zelteingang im Schneidersitz hin. Den Reißverschluss zog sie nicht zu. Anscheinend wollte sie sicherstellen, dass sie mit einer beherzten Rolle rückwärts wieder rauskam.

„Na, dann bin ich mal gespannt, was du mir nur hier zeigen kannst." Sie sah ihn auffordernd an.

Er entsperrte sein Handy und legt es in die Mitte. „Mach bitte dein Licht aus", forderte er sie auf.

„Wehe, du versuchst jetzt so 'ne kindische Erschrecknummer. Ich treff dein Auge auch im Dunkeln", warnte sie ihn und hob die Faust. Aber tatsächlich wurde es kurz darauf dunkel.

„PRESENT", befahl Vincent. Das Display seines Handys begann zu leuchten.

„Oh, Wahnsinn. 'ne Spracherkennung. Also, wer so fortschrittliche Technologie von 2010 hat …", lästerte Celia schon los. Doch sie verstummte, als plötzlich das Omega vor ihr in der Luft schwebte und sich in ein Schlüsselloch verwandelte.

Es sah nicht so plastisch aus wie bei den Meetings im Wohnzimmer, aber da stand ihnen ja auch ein völlig anderer Projektor zur Verfügung.

„Präsentationsmodus?", fragte eine Frauenstimme.

„Lokalisierung", antwortete Vincent.

Das Logo von ORGA war nach der nächsten Drehung kein Schlüsselloch mehr, sondern ein gemächlich rotierender Globus.

„Also, ich hab ja auch ein Samsung, aber die Funktion kannte ich noch gar nicht", sagte Celia.

Eigentlich hatte Vincent gehofft, es würde ihr etwas länger die Sprache verschlagen.

„Projektname?", fragte die Frauenstimme.

„TROJA", ordnete Vincent an.

Aus dem dreidimensionalen Globus wurde eine zweidimensionale Weltkarte, die schnell auf Europa und dann auf Deutschland zoomte, bevor sie stehen blieb.

„Das ist übrigens Trockenstedt", erklärte Vincent das rot umrandete Gebiet, das nun zwischen ihnen schwebte.

„Ja, leider", sagte Celia nur.

Vincent musste beinahe grinsen. Er wusste allmählich, wie sehr Celia Trockenstedt hasste.

„LOCATE Mailtrack 1-7", befahl Vincent.

Auf der Karte von Trockenstedt erschienen sieben Punkte in Gelb oder Rot.

„ADD Zeitstempel!"

Unter den Punkten wurden nun Datumsangaben eingeblendet.

Er sah zu Celia, die mit schräg gelegtem Kopf die Punkte und die Daten darunter betrachtete.

„Wie gesagt, wir haben sieben Mails ausfindig gemacht. Oder besser gesagt, Fragmente von Mails. Manchmal war Hypnos der Empfänger – das sind die gelben Punkte. Manchmal der Absender – die ..."

„... roten Punkte, schon verstanden. Das ist relativ klar bei genau zwei Möglichkeiten."

„Zwar wurde mit viel Aufwand versucht, die echten IP-Adressen zu überschreiben, aber wir konnten schließlich doch eine einigermaßen präzise Lokalisierung erstellen."

„Also, das sind dann die Orte, an denen die Mails von Hypnos auf irgendwelchen Rechnern abgeschickt wurden?"

Vincent nickte.

Celia schob sich näher an die Kartenprojektion. „Ähm ... die sind aber schon ziemlich verstreut, oder? Wenn ich danach gehe, ist quasi ganz Trockenstedt Hypnos, oder? Und nicht nur mein Vater, der seine Genialität jahrelang sehr gut verheimlicht hat", wandte sie ein.

„Siehst du keine Auffälligkeiten?", fragte Vincent nach.

„Okay, diese vier Punkte sind recht nah beieinander." Sie zeigte auf ein Gebiet in der unteren Ecke der Karte.

„Alle im Flemmingkarree", sagte Vincent. „Und diese drei Punkte, die ganz besonders dicht beieinanderliegen, liegen bei oder an ..."

„... unserem Haus." Celia atmete tief ein und aus. Aber sie hatte sich schnell wieder gefasst. „Du hast gesagt, ihr konntet die Mails *einigermaßen genau* lokalisieren. Auf zehn Zentimeter genau? Auf drei Meter genau?"

Vincent räusperte sich. Sie hatte einen kritischen Punkt erwischt. „Das hängt vom Zustand der Mail ab. Je stärker beschädigt, je besser verschlüsselt, desto ungenauer wird es. Die Maximalabweichung beträgt fünfzig Meter."

„Fünfzig Meter? Okay, wenn diese drei Punkte fünfzig Meter weiter rechts liegen, ist Herr Frescher von gegenüber Hypnos. Verschieben wir sie nach oben, ist es Herr Strötz – übrigens ein heißer Tipp, wenn Hypnos einer von den Bösen ist. Aber Soff könnte es dann natürlich auch sein, die wohnt ja direkt nebenan."

„Der Punkt rechts oben ist ziemlich genau das Autohaus von deinem Vater", merkte Vincent an.

„Dafür liegt der Punkt links oben mitten im Wald", erklärte Celia. „Du hast hier nicht mal in der Innenstadt vernünftiges Netz. Im Trockenstedter Forst ist das garantiert nicht besser. Dank zahlloser Wandertage weiß ich, dass du da nicht mal telefonieren kannst. Ich glaube, eure Lokalisierung ist ungefähr so treffsicher wie das Horoskop im *Trockenstedter Anzeiger*."

„Wie gesagt, es kommt auf das Ausgangsmaterial an", wiederholte Vincent scharf. „Ja, ein paar dieser Markierungen sind mit Vorsicht zu genießen. Aber der mittlere Treffer von diesem Dreiergespann hier war nicht nur am aktuellsten, sondern auch am besten erhalten. Wir haben sogar Text." Er tippte auf den Punkt, den er meinte. Ein kryptischer Buchstabensalat klappte sich aus.

```
S"rXg%eXD§nXu!dXH$n,Xh%tXb$eXi!hXu$eXG!&g.
XD!rXM§yXM$rXw"dXn%sXinXB%bg§n.X
A"eXG(nXw$nXz&t.XH$s
```

„Das nennst du Text?", fragte Celia.

„Für dich ist das natürlich nur pures Chaos. Aber wir konnten es fast vollständig entschlüsseln. Um genau zu sein: Ich war das."

Celia sollte ja nicht glauben, dass nur Siri bei ORGA Ergebnisse ablieferte. Er tippte auf den Buchstabenwirrwarr und er schrumpfte wieder zu dem datierten Punkt auf der Karte zusammen.

„Diese Mail lässt sich fast exakt verorten", erklärte Vincent. „Maximalabweichung ein Meter. Also wurde sie entweder aus eurem Schlafzimmer oder eurer Küche abgesetzt, aber garantiert nicht beim Frescher, im Wald oder sonst wo. Und wenn man kapiert, was der Text bedeutet, ist nun mal dein Vater mit größter Wahrscheinlichkeit Hypnos."

Celia sah ihn grimmig an. „Und zu dieser Uhrzeit hat mein

Vater die Mail also abgeschickt?" Sie wies auf das Datum unter dem Punkt. „17. August letztes Jahr? 18 Uhr 23?" Vincent nickte.

„Komisch", murmelte sie. „Ich frage mich, wie mein Vater sich mitten am Tag unbemerkt von Schweden nach Hause beamen konnte."

Vincent sah sie stirnrunzelnd an.

„Wir fahren jedes Jahr in den Sommerferien nach Schweden. Während er angeblich diese Mail abgeschickt hat, hat er sich wahrscheinlich die zehnte Zimtschnecke in einem zauberhaften Café in Uppsala reingedrückt." Kopfschüttelnd drehte sie sich um und schob sich durch die Eingangsplane.

„Wo willst du hin?", rief Vincent.

„Pullern. Und nein, ich brauche keine Begleitung. Aber hau bloß nicht ab. Ich hab da noch ein paar Tausend Logikfragen an dich."

Vincent betrachtete den Punkt, der seinen besten Hinweis in dieser Mission darstellte. Und den Celia gerade mit nur einer einzigen Anmerkung in ein großes Fragezeichen verwandelt hatte. Natürlich würde er ihre Aussage kontrollieren. Vielleicht war es nur eine Schutzbehauptung. Aber sie hatte sehr sicher gewirkt. Sie war sowieso in allem ganz schön selbstbewusst. Welche Teenagerin hätte schon Zeit mit jemandem im Zelt verbracht, der sich gerade als Mitarbeiter einer Geheimorganisation ausgegeben hatte? Jeder vernünftige

Mensch hätte bei der nächstbesten Möglichkeit die Flucht ergriffen. Aber mit Vernunft hatte Celia Lopez nicht viel am Hut.

Als Celia auch nach fünf Minuten nicht zurückkehrte, begriff er zwei Dinge: Er war für einen Profispion manchmal wirklich erschreckend leicht hinters Licht zu führen. Und Celia Lopez war viel vernünftiger, als er dachte.

13

Um acht wachte ich auf. Das war für einen Samstagmorgen eh schon früh – aber es war geradezu abartig früh, wenn man effektiv keine zwei Stunden geschlafen hatte. Ich hatte die ganze Nacht hauptsächlich auf mein Handy gestarrt. Nicht um Mails oder WhatsApp zu checken, sondern um mir immer und immer wieder ein und dasselbe Video anzugucken. Das Video, das ich aufgenommen hatte, nachdem ich vorgeblich nur die Taschenlampe meines Handys ausgeschaltet hatte.

Auch jetzt schnappte ich mir mein Telefon direkt vom Ladekabel und zog mir noch mal die knapp zwanzig Minuten aus dem Zelt rein. An der Stelle, an der Vincent das Textfragment der letzten abgeschickten Mail von diesem Hypnos präsentierte, drückte ich auf Pause. Ich hatte das Handy echt perfekt positioniert. Der komplette Text war zu lesen. Na ja, wenn man das halt Text nennen wollte. Für mich sah es immer noch nach „Katze läuft über Tastatur" aus.

```
S"rXg%eXD§nXu!dXH$n,Xh%tXb$eXi!hXu$eXG!&g.XD
!rXM§yXM$rXw"dXn%sXinXB%bg§n.X
A"eXG(nXw$nXz&t.XH$s
```

Angeblich hatte ORGA die Zeichenkombination entschlüsselt und einen Sinn in diesem Buchstabensalat mit zu vielen X als Hauptzutat gefunden.

Angeblich hatte sogar Vincent diesen Wirrwarr selbst geknackt. Wenn der das schaffte, konnte es ja nicht so schwer sein. So viel Grips wie Vinci hatte ich ja wohl auch.

Ich griff neben mich und nahm das Notizbuch und den Kuli vom Nachttisch. Beides lag dort immer in Reichweite, weil ich meine Träume notierte, wenn ich mal welche hatte. Was höchstens alle drei Monate vorkam.

„Was machst du denn da?", sagte eine Stimme.

Ich stand vor Schreck fast senkrecht im Bett. Vor mir lachte Sophia kurz auf, sah dann aber wieder völlig ernst aus.

„Gott, Soff, wie bist du denn hier reingekommen?"

„Dein Vater ist schon wach und hat mich reingelassen. Ich wollte dir eigentlich nur kurz 'ne Nachricht durch den Briefschlitz schieben."

Sie hielt mit traurigem Lächeln einen Umschlag mit der Aufschrift *Celia* hoch.

Ich nahm ihn mit einem Stirnrunzeln entgegen und zog eine schlichte blaue Karte hervor.

Hallo, Celie,

Opa wird heute ins Krankenhaus nach Hinterforst verlegt. Ich fahre nachher mit Papa hin und wir bleiben da, so lange es nötig ist. Kann sein, dass wir uns erst Montag in der Schule wiedersehen. Oder sogar später.
Wenn es um Opa geht, fälscht Papa, wenn es sein muss, sogar Entschuldigungen, hat er gesagt. Drück mir die Daumen, dass mein Opilein noch mal aufwacht.

„Ach Soff, das tut mir leid", sagte ich und umarmte sie.

Sie zitterte, hielt aber die Tränen zurück.

„Wahrscheinlich ist es besser so", sagte sie. „Ich kann mir bloß einfach nicht vorstellen, dass er dann nicht mehr da ist ... Ich hoffe nur, er kommt noch mal zu Bewusstsein und erkennt mich oder wenigsten Paps. Opi weiß ja schon länger nicht mehr, wer wir sind. Aber es soll ja manchmal so helle Momente geben, bevor ..." Ihre Augen wurden feucht.

„Kann ich was für dich tun?", fragte ich und streichelte ihren Rücken. Ich wusste ja, wie sehr Soff an ihrem Opa hing.

Sie zuckte mit den Schultern. „Denk einfach an mich."

„Mach ich", versprach ich.

„Warum bist du überhaupt schon zu Hause?", fragte sie nach einem Moment der Stille. „War Zelten mit Vincent nix?"

„Oh, das war … ach, das erzähl ich dir, wenn du wieder da bist."

Tatsächlich wusste ich einfach nicht, was und wie viel ich meiner besten Freundin überhaupt davon erzählen konnte und sollte. Am besten informierte ich die Polizei und hoffte, dass sie mich und meine Familie in ein sehr gutes Zeugenschutzprogramm steckte.

„Okay, ich muss eh los", seufzte Sophia. Vor meiner Zimmertür blieb sie stehen und drehte sich um. „Hast du eine Idee, wie ich mir im Krankenhaus die Zeit vertreiben kann? Lesen klappt irgendwie nicht. Aber nur die Wand anstarren macht mich ja wahnsinnig."

„Puh, ohne Handy fällt mir da auch nicht so richtig …" Fing ich an, doch dann fiel mein Blick auf den aufgeschlagenen Notizblock auf meinem Bett.

Sophia liebte Sudoku. Manchmal machte sie sogar Kreuzworträtsel, was eigentlich nur Menschen jenseits der siebzig Spaß brachte. Und Sophia war richtig, richtig gut darin.

Ich riss das Blatt aus meinem Notizbuch. „Du kannst versuchen, das hier für mich zu entschlüsseln", sagte ich und drückte es ihr in die Hand.

„Was ist das?", fragte sie.

„Ach, das ist von so einem Internet-Preisausschreiben. Irgendeine Fake-Agentengeschichte, aber man kann ein Wochenende London für zwei Personen gewinnen."

„Cool. Dann gewinne ich dir mal die Reise." Ein kleines Lächeln zeigte sich auf ihrem Gesicht, als sie den Zettel überflog. „Immerhin ein paar Minuten Ablenkung", fügte sie noch hinzu und winkte mir zum Abschied.

Vincent hatte die Nacht wie ursprünglich geplant im Zelt verbracht. Sicher, sonst war rein gar nichts wie geplant gelaufen. Aber er hielt immerhin den Zeitplan ein, sodass Siri keinen Verdacht schöpfen konnte, wenn er zum Frühstück wieder zu seiner Fake-Familie zurückkehrte. Hoffentlich hatte Celia Lopez den Mund gehalten. Das war die Voraussetzung dafür, dass es seine Mission überhaupt noch gab.

Immerhin, es war nichts Ungewöhnliches im Flemmingkarree zu sehen. Keine aufgeregten Anwohner, keine Polizeiwagen – die Kleinstadtstraße lag in ihrer friedlichen Samstagmorgenruhe da. Als er am Haus der Familie Lopez vorbeiging, sah er gerade Sophia Cauder herauskommen. Verdammt. Hatte Celia etwa diese „Ich rede erst mal mit meiner besten Freundin"-Nummer abgezogen? Sophia winkte ihm freundlich, bevor sie in das Auto ihres Vaters stieg. Sie wirkte irgendwie traurig, aber keinesfalls so, als hätte sie soeben einen frisch entlarvten Top-Spion in ihm erkannt.

Okay, vielleicht ließ sich diese Mission doch noch zu einem

erfolgreichen Abschluss führen. Dazu musste er jetzt unbedingt herausfinden, was Celia mit ihrem frisch erworbenen Wissen über ihn zu tun gedachte. Also klingelte er bei seiner Nachbarin.

„Guten Morgen", sagte Vincent mit einem unverfänglichen Lächeln, als Herr Lopez ihm öffnete.

„War es dir auch zu kalt zum Zelten oder habt ihr jungen Leute einfach ein anderes Schlafbedürfnis?", murmelte der nur und rieb sich die Augen. Es schien nicht so, als wüsste er schon von seiner Enttarnung als Hypnos.

Vincent streckte ihm die Tasche mit dem Wurfzelt seiner Tochter entgegen. „Das wollte ich Celia zurückbringen. Ist sie schon wach?"

„Wie alle unter zwanzig Jahren in dieser Stadt", erklärte Herr Lopez und wies ihm den Weg.

Celia saß auf ihrem Schreibtischstuhl vor ihrem Laptop, als Vincent ihr Zimmer betrat. Wahrscheinlich setzte sie genau in diesem Moment einen Post ab, der ihn demaskierte. Sie drehte sich so schwungvoll zu ihm um, dass ihre Haare flogen. Besonders überrascht wirkte sie allerdings nicht, als sie ihn sah. „Ich will mitmachen", sagte sie mit fester Stimme.

„Du willst was?" Ihm wurde schlagartig heiß.

„Du weißt, was ich meine."

„Das ist viel zu gefährlich", entgegnete er.

Celia zog eine Augenbraue hoch.

„Dir fehlt komplett die Ausbildung", versuchte er es weiter, aber sie lächelte nur.

Nach einem kurzen Moment der Stille zischte sie ihm zu: „Du hast genau zwei Optionen, Vinci. Entweder ich mach mit oder euer Familiengeheimnis fliegt auf. Und jetzt verpiss dich, aber komm nicht auf die Idee, mir 'ne Wanze hierzulassen."

14

„Vincent!!!", krähte Siri fröhlich, als sie ihm entgegenstürmte und seine Hüfte umklammerte. Manchmal vergaß er angesichts ihres großen Egos fast, wie klein sie war. „Bist du alleine?", murmelte sie in seinen Bauch und sprang geradezu wieder von ihm weg, als er ihre Frage mit „Ja" beantwortete.

„Komm ins Wohnzimmer", befahl sie mit einer von aller Fröhlichkeit verlassenen Stimme. „Midnight hat beunruhigende Nachrichten."

„Vincent", begrüßte ihn der Geist über dem Glastisch. „Gut, dass du da bist. Wie kommst du voran?"

„Wie angekündigt: Celia Lopez frisst mir aus der Hand", behauptete er und stellte sich neben Tatjana.

Celia Lopez hat dich *in der Hand*, korrigierte die Stimme in seinem Kopf.

„Hat ja lange genug gedauert", wisperte Siri.

Vincent hatte nicht übel Lust, ihr dafür eine auf den Hinterkopf zu geben, aber er beherrschte sich natürlich. Wie er sich jedes Mal beherrschte, wenn sie ihm ein Bein stellte, ihm falsche Informationen zuspielte oder ihm sonst wie das Leben schwerer machte.

„Gut", befand Midnight. „Dann kannst du unseren vielversprechendsten Hypnos-Kandidaten hoffentlich schnell verifizieren oder falsifizieren. Wir wissen nicht, wie viel Zeit wir noch haben."

„Warum die Eile?", fragte Tatjana. „Wir sind gerade erst in dieser fürchterlichen Stadt angekommen."

„Weil wir weitere Aktivitäten bezüglich Projekt TROJA registriert haben", antwortete Midnight. „Aktivitäten, die nicht von ORGA ausgehen."

Das hat ja gerade noch gefehlt, dachte Vincent. Kaum hing ihm Celia Lopez wie ein Klotz am Bein, sollte er auch noch schneller machen.

„Die *Anderen*?", fragte er.

Der Geist zuckte seine weißen Tuchschultern. „Wir wissen es nicht sicher. Anscheinend konnte eine weitere Nachricht von Hypnos ausfindig gemacht werden. Alles deutet darauf hin, dass Kotto seine Finger im Spiel hat."

Vincent ließ ein erleichtertes Aufatmen nicht zu. Bei Kotto wusste er ja nur zu gut, in wessen Auftrag der unterwegs war. Kotto hatte Vincent nämlich den Gefallen getan, den er ihm noch schuldig gewesen war.

„Kotto?", fragte Siri. „War das nicht dieser junge Inder aus dem Hackerkollektiv, das unser Vincent damals festsetzen sollte?" Sie warf Vincent einen verächtlichen Blick zu, der ihm – im Gegensatz zu Midnight – nicht entging.

„Ich war elf und nur der Lockvogel", erklärte er. „Man hat mir damals in Malaysia noch nicht so viel Verantwortung zugetraut. Deshalb wurden nur drei der vier Hacker festgesetzt."

„Ja, Vincent können wir keinen Vorwurf machen", bestätigte Midnight freundlicherweise. Zum Glück wusste man in der Führungsriege nicht, dass Kotto damals nur mithilfe des elfjährigen Lockvogels entkommen konnte. Natürlich erst, nachdem dieser Lockvogel klargemacht hatte, dass er im Gegenzug einen Gefallen erwartete. Dieser Gefallen war hoffentlich der entscheidende Vorsprung, der Vincent nun voranbringen würde. Dummerweise hatte ORGA nur etwas davon mitbekommen und würde sicherlich nicht untätig bleiben.

„Wir wissen nicht, wer Kotto beauftragt hat, aber wir setzen unsere besten Leute auf die vorhandenen Spuren an", bestätigte Midnight Vincents Verdacht.

„Ich weiß von dieser neuen Mail noch gar nichts", bemerkte Siri.

Vincent hörte die Empörung in ihrer Stimme. Die kleine Kröte glaubte anscheinend ernsthaft, dass man sie schon zu den besten Leuten von ORGA zählte.

„Du kannst ja nicht bei allem dabei sein", bemerkte Midnight mit gütigem Tonfall. „Aber sobald wir die Mail gefunden und entschlüsselt haben, die Kotto versteckt hat, informieren wir natürlich euch alle."

„Vielen Dank", sagte Vincent und unterdrückte die Beunruhigung, die ihn ergriffen hatte. „Wie lange wird das wohl dauern?"

„Dieser Inder ist verdammt gut darin, seine Spuren zu verwischen", erklärte Midnight. „Doch ich denke, innerhalb von drei, vier Tagen sollte die Sache erledigt sein."

„Sehr gut", behauptete Vincent und dachte: *Wie zur Hölle gelange ich in der kurzen Zeit in den Orkus und zurück, ohne dass es jemand merkt?*

Mich nervte es ja eh schon, dass Sophia kein Handy hatte. Aber jetzt spannte es mich unnötig auf die Folter. Während ich mich weiter damit abmühte, aus Vincents Buchstabenwirrwarr irgendwas Sinnvolles zu stricken, war sie bestimmt schon fertig und fragte sich, wo ich dieses komische Gewinnspiel herhatte.

„Celia, willst du nicht mal rausgehen? Die Sonne scheint!" Mum riss mich aus dem 117. Versuch, das Rätsel zu lösen. Der Rasenmäher, der seit zehn Minuten draußen röhrte, machte die Aufgabe nicht gerade leichter.

„Ich … äh … Sophia ist nicht da und ich weiß nicht, mit wem ich sonst abhängen soll."

„Vielleicht mit Vincent?" Mum lächelte mich verschmitzt an, als hätte sie soeben mein kleines Liebesgeheimnis enthüllt. Dass ich deutlich interessantere Geheimnisse mit Vincent teilte, verriet ich ihr natürlich nicht. Noch nicht. Das würde ich erst dann tun, wenn der kleine Superspion meinte, auf meine Hilfe verzichten zu können.

„Den hatte ich gestern. Das reicht fürs Wochenende."

„Na, wie war denn Sternschnuppengucken? Habt ihr euch was gewünscht?" Sie zwinkerte dieses mütterliche „Ich kenne deine Gefühle"-Zwinkern.

„Ich habe mir gewünscht, dass meine Mutter mir nicht ständig was mit dem ätzenden Nachbarsjungen unterstellt."

„Na gut, ich geh wieder." Sie klang verschnupft. „Ich wollte nur verhindern, dass du den letzten schönen Sommertag verpasst." Sie verließ mein Zimmer.

Ich hörte, wie sie nebenan die Badezimmertür schloss, die ich aus Faulheit immer offen ließ. Dann wurde das Motorengeräusch von draußen plötzlich lauter.

„Vincent ist aber wirklich ein total Lieber!", rief Mama aus dem Bad. „Jetzt geht er sogar dem Erwin zur Hand."

Ich wartete, bis ich ihre Schritte auf der Treppe hörte. Dann trat ich auf den Flur und ging zu dem Fenster an der Südseite, das Mama zum Durchlüften hochgeschoben hatte.

Der knatternde Lärm kam aus dem Garten von Erwin Frescher. Unser Nachbar hatte seinen Rasen seit dem Tod seiner Frau nicht mehr gemäht. Diesen Job übernahm gerade Vincent Lurking. Was der nicht alles konnte. Karate, auf die Nerven gehen, spionieren und Rasen mähen.

Als hätte er gespürt, dass ich ihn beobachtete, schaute er zu mir nach oben. Er winkte mir zu.

Mit einem Ruck schloss ich das Fenster.

15

Celia stand dort oben und beobachtete ihn. Was ging in ihrem Kopf vor? Warum verriet sie ihn nicht?

Weil sie sich nicht sicher ist, ob ihr Vater Hypnos ist.

Wie passend. Celia bekam Zweifel, ob ihr Vater nicht doch ein genialer Erfinder war, und Vincent bekam Zweifel, dass er einer war. Im Laufe der Vorermittlungen war Vincent überzeugt gewesen, man habe ihm mit Familie Lopez die heißeste Spur zugeteilt. Aber der Schwedenurlaub, der nicht zum Absendedatum der wichtigsten Mail passte, hatte ihn misstrauisch werden lassen. Darum nahm er nun sein Zweitziel in Angriff: Herrn Frescher.

Bislang zählte der Mann zu der Kategorie *Sehr unwahrscheinliche Kandidaten.* Damit lag er sogar hinter Leuten wie Herrn Cauder oder den Hagenbecks, die Siri zugeteilt waren. Seine kleine Vorzeigeschwester schaute mittlerweile fast jeden Nachmittag bei den Rentnern rein und spielte den bezaubernden Enkelersatz. Bei den Cauders kam sie nicht weiter, die hatten mit dem kranken Opa ja auch andere Sorgen.

„Geh ruhig rüber zu deiner Freundin, wenn du keine Lust mehr auf meinen Rasen hast."

Vincent drehte sich um. Herr Frescher reichte ihm ein Glas Limonade mit Eiswürfeln. Vincent nahm es entgegen und trank einen Schluck.

„Sie ist nicht meine Freundin. Ich glaub, sie kann mich nicht leiden", sagte er mit einem Achselzucken.

Herr Frescher lachte. „Wer könnte denn jemanden wie dich nicht leiden?"

Leute, die wissen, wer ich wirklich bin, dachte Vincent.

Herr Frescher ließ die Eiswürfel in seinem eigenen Glas leise klirren. Vincent meinte, ein leichtes Aroma von Alkohol wahrzunehmen.

„Kennen sie die Lopez' gut?", fragte er.

„Sie machen einen netten Eindruck", sagte Herr Frescher. „Aber nein, ich habe nicht viel mit ihnen zu tun. Eigentlich mit niemandem aus der Nachbarschaft. Annette war die Gesellige von uns beiden." Die Erinnerung an seine Frau trieb Herrn Frescher eine kleine Falte auf die Stirn. Er nippte an seinem Glas. „Und irgendwie hab ich ihnen nicht verziehen, dass …", murmelte er mit geistesabwesendem Blick. Dann verstummte er mitten im Satz.

„Was haben Sie ihnen nicht verziehen?", hakte Vincent

nach. Ihm war klar, dass er in einer schmerzhaften Erinnerung bohrte, aber gerade solchen Spuren musste man nachgehen.

Herr Frescher schüttelte den Kopf „Vergiss es. Es ist Unsinn."

„Manchmal muss man den Unsinn aussprechen, damit er einem aus dem Kopf geht", bemerkte Vincent einfühlsam.

„Weise Worte für einen Jungen deines Alters", bemerkte Herr Frescher mit einem Lächeln. „Gut, probieren wir es aus." Er atmete tief durch. „Kurz vor ihrem Unfall hatte Annette bei Herrn Lopez einen neuen Wagen bestellt. Streng genommen sogar bei seinem Vorgänger, sie war dort immer wieder für Probefahrten gewesen. Am Ende verzögerte sich die Lieferung und darum ist sie dann doch mit unserer alten Rostlaube zum Kongress gefahren. Und manchmal denke ich, wenn sie das neue Auto gehabt hätte, wäre das nicht passiert. Deshalb kann ich nicht anders, als Herrn Lopez die Schuld zu geben."

„Oh. Das verstehe ich."

„Nett von dir. Aber es ist natürlich trotzdem Unsinn. Es lag nicht am Wagen, hat die Polizei gesagt. Annette ist vermutlich am Steuer eingeschlafen. Sie hat es gehasst, in Hotels zu übernachten, deshalb ist sie so spät noch unterwegs gewesen. Das hätte sie auch mit einem neuen Auto gemacht. Und Herr Lopez kann auch nichts dafür, wenn in irgendeinem Werk gerade die Felgen ausgegangen sind und der Neuwagen daher später kommt." Mit einem entschiedenen Zug leerte Herr Frescher sein Glas. „So, jetzt ist es raus. Unsinn, oder?"

Vincent nickte. „Vermutlich schon."

„Dann werde ich den Unsinn jetzt hoffentlich nicht mehr denken." Herr Frescher deutete auf den frisch gemähten Rasen. „Sag mal, willst du wirklich kein Geld hierfür?"

„Wirklich nicht", lehnte Vincent ab. „Sie sorgen nur dafür, dass ich nicht völlig aus der Form komme, bis ich hier den passenden Sportverein gefunden habe. Ach ja, und wenn Sie mal was zu reparieren haben – ich bin auch ganz gut in so was."

„Ein echter Tausendsassa." Herr Frescher lächelte. „Wie meine Annette. Die konnte auch alles. Aber jetzt mach mal Schluss für heute, Junge. Man sollte sein Wochenende nicht damit verbringen, traurigen alten Männern den Rasen zu mähen und sich ihren Unsinn anzuhören. Guck lieber mal, ob die junge Lopez dich nicht doch ein bisschen leiden kann. Sie starrt dich jedenfalls schon eine Weile an."

Vincent blickte wieder hoch zum oberen Stockwerk von Familie Lopez. Tatsächlich sah ihn Celia Lopez immer noch an. In Vincent stieg ein sanftes Unbehagen auf.

So fühlt sich das also an, wenn man beobachtet wird, dachte er. *Ein bisschen creepy.* Aber gleichzeitig gefiel es ihm irgendwie, dass ausgerechnet Celia ihn so lange beobachtete.

Warum hatte ich Vincent eigentlich bis Montag Zeit gegeben? Ich war schon den ganzen Sonntag supernervös. Mum und Dad waren bei Freunden und ich blieb allein mit meinen Fantasien und Ängsten. Und mit dieser kryptischen Mail, die meine Gehirnzellen heiß laufen ließ. Vielleicht war mein Vater ja doch ein genialer Erfinder? Völlig absurd, aber es kribbelte in meinen Fingern, die Sachen meines Vaters zu durchwühlen.

Also ging ich in den Hobbykeller und stöberte etwas ratlos zwischen Schraubenkästen, Werkzeugen, Lackfarben und Holzölen herum. Wo würde ich was verstecken, wenn ich was zu verstecken hätte?

Da schrillte die Hausklingel und ich fuhr zusammen.

Vincent, dachte ich. *Er hat sich doch schon entschieden. Endlich können wir loslegen!*

Geradezu vorfreudig hüpfte ich die Kellertreppe hoch.

Aber es war gar nicht Vincent, sondern Sophia.

„Oh", sagte ich. „Ist dein Opa …?" Ich traute mich nicht, weiterzusprechen. Es kam ja echt selten vor, dass mir irgendwas die Sprache verschlug. Aber mit Trauerfällen hatte ich glücklicherweise keine persönliche Erfahrung. Wenn Sophia jetzt in Tränen ausbrach, wäre ich absolut hilflos.

„Nein", sagte sie mit ruhiger Stimme. „Gerade dämmert er nur vor sich hin. Das kann jetzt noch Tage oder Wochen so weitergehen, meinen die Ärzte."

„Gut", sagte ich. „Also, na ja, natürlich nicht gut", korrigierte ich mich schnell. „Aber dann hast du erst mal Zeit, dich …"

„… darauf vorzubereiten, ja." Sie machte eine kurze Pause. „Ich wollte fragen, ob wir vielleicht was bei dir gucken können oder quatschen oder ungesunden Müll futtern. Ich will mal wieder an was anderes denken als an Tod und Demenz und solche Sachen. Deine Aufgabe hat mich leider auch nicht besonders lange abgelenkt."

„Du hast sie geknackt?!", fragte ich.

„Ja, so schwer war das nicht, wenn man das Prinzip verstanden hat. Papa hat mir früher gerne so Denksportaufgaben gestellt, das hat mich ein bisschen daran erinnert."

Je mehr ich über Sophias Kindheit erfuhr, umso öder stellte ich sie mir vor.

„Zwei Wörter sind mir allerdings immer noch ein Rätsel", schränkte Sophia ein. „Aber damit wollen die bei dem Gewinnspiel vermutlich nur verhindern, dass tatsächlich jemand den Preis abräumt."

„Vermutlich, vermutlich", bestätigte ich. „Magst du es mir trotzdem erklären? Bei einem Glas eiskalter Cola?"

Sophia nickte enthusiastisch. Getränke mit hohem Zuckergehalt waren bei Herrn Cauder ungefähr so verpönt wie Serien und Smartphones.

„Und danach ziehen wir uns schön drei Folgen *Chasing*

Claims rein", versprach ich. Das waren für mich zwar dreimal fünfundvierzig Minuten reine Streaminghölle, aber ich fand, dass Soff eine Belohnung verdient hatte. Und Dale Middleton fand ich mittlerweile auch fast okay.

16

Montagmorgen. Es hatte schon vor zwei Minuten geklingelt und ich war mal wieder zu spät. Auf dem Lehrerparkplatz trötete eine Alarmanlage und machte mich noch hektischer.

Als ich durch die Tür des Haupteingangs rauschte, flog mir ein „Celia!" ins Ohr.

Ich drehte mich um. Vincent saß auf der Treppe und hob grüßend die Hand.

„Sag einfach Ja oder ein Nein", rief ich. „Bin spät dran."

„Keine Panik", Vincent grinste. „Dein Relilehrer hat gerade Probleme mit seinem Auto. Das beschäftigt ihn noch 'ne Viertelstunde."

„Und du hast nicht zufällig was damit zu tun?", fragte ich.

Als Antwort schwenkte er kurz sein Handy, bevor er es in seiner Jeanstasche verschwinden ließ. „Ein Samsung wie kein Zweites", erklärte er. „Kann Fehlalarme bei den eintausendzweihundert geläufigsten Autotypen auslösen."

„Ich weiß echt nicht, ob ich euren Laden cool, kindisch oder creepy finden soll", sagte ich.

„Lass uns mal hinters Schulgebäude gehen. Da sieht und hört uns keiner", sagte Vincent nur und ging voran.

Ich folgte ihm. Auf dem schmalen Streifen Wiese, der hinter unserer Schule zur Neisel abfällt, blieb er stehen.

„Du hast mich noch nicht verraten. Danke dafür", sagte er. „Aber ganz ehrlich, Celia: Du kannst nicht mitmachen."

„Vincent, um dir das Prinzip *Erpressung* mal etwas näherzubringen: Der Witz dabei ist, dass das Opfer – in diesem Falle du – nur zwei Optionen hat. Entweder ich mache mit oder du fliegst auf."

„Es ist zu deinem Besten", versuchte er es weiter.

„Das habe ich zum letzten Mal gehört, als wir von Berlin weggezogen sind. Seitdem sitze ich in fucking Trockenstedt fest. Du verstehst vielleicht, dass ich auf den Satz ein bisschen allergisch reagiere."

„Celia, das ist eine gefährliche Mission und kein Spiel. Du bist dafür nicht ausgebildet. Dir fehlen alle Skills, die man dafür braucht."

Allmählich kam ich mir vor wie eine Bewerberin beim Vorstellungsgespräch für ein Agentenpraktikum und nicht wie eine coole Erpresserin, die einem Spion die Pistole auf die Brust setzte. Es war an der Zeit, Fakten zu schaffen.

„Sehr geehrte Damen und Herren, hiermit beende ich unsere Geschäftsbeziehung. Der – fügen Sie hier bitte eine mysteriöse Erfindung ein – wird niemals in Betrieb gehen. Alle Grundlagen wurden zerstört. Hypnos."

Lurking sah mich einen Moment lang sprachlos an. „Du ... du hast die Mail von deinem Vater an die *Anderen* gefunden, die uns nur verschlüsselt vorliegt", vermutete er dann. Er klang ganz aufgeregt. „Hast du ... vielleicht noch mehr Mails entdeckt?"

„Nein, ich habe keine Mail von meinem Vater gefunden. Weil es da nichts zu finden gibt", widersprach ich. „Ich habe einfach das Prinzip hinter dieser unleserlichen Mail verstanden. Die ich übrigens wie den Rest deines Vortrags im Zelt gefilmt habe. Nur für den Fall, dass du vorhast, mich auf irgendwelchen unnatürlichen Wegen zum Schweigen zu bringen."

„Du hast das gefilmt?!"

Ich nickte.

„Und du hast selbst herausgefunden, wie man die Lücken füllt?"

Ich nickte wieder und dachte *Sorry, Soff*, weil ich mir gerade ihre Lorbeeren aufsetzte.

„Die X sind Leerzeichen, das war easy. Dollar und Prozentzeichen und der ganze andere kryptische Kram waren ein bisschen schwerer. Aber ich hab mir mal die Tastatur meines Laptops angeguckt. Dann war ja klar, dass diese Sonderzeichen für die Anzahl der Buchstaben stehen, die zwischendrin fehlen. Also, Ausrufezeichen ist nur *ein* fehlender Buchstabe, wenn da ein Dollarzeichen steht, fehlen *vier* Buchstaben, bei einer offenen Klammer wären es acht und so weiter. Was halt über der jeweiligen Zahl auf der Tastatur als Sonderzeichen draufgepackt ist."

Da Vincent nickte, hatte ich es anscheinend richtig aus meinem Gehirn abgerufen.

„Nur die Erfindung ist ein Rätsel. Ist ja vermutlich auch ein Eigenname. Habt ihr 'ne Idee, was M§y M\$r ist? Ich bin auf nix Gescheites gekommen."

„*Money Master*", antwortete Vincent nach einer kurzen Pause. „Möglicherweise ein Tool, mit dem man Börsengeschäfte manipuliert. Vielleicht ist das aber auch einfach symbolisch gemeint, für eine Erfindung, mit der man sehr viel Geld machen kann. Den *Anderen* geht es immer ums Geld."

„Neunundneunzig Prozent der Menschheit geht es immer ums Geld", sagte ich. „Das ist natürlich scheiße, aber es macht die *Anderen* nicht automatisch zu den Bösen."

„Wen hältst du denn für die Bösen?", fragte Vincent.

„Sagen wir es mal so", fing ich an. „Leute, die Geheimagenten als Mittelstandsfamilien tarnen und sie mit Bombenkaugummis und Hackerhandys ausstatten, sind nicht unbedingt weniger verdächtig. Falls dir da was bekannt vorkommen sollte, ist das übrigens Absicht."

Er legte den Kopf schief. „Und warum will ausgerechnet die zwanghaft gute Celia Lopez bei den Bösen mitmachen?"

„Erstens: Ich bin mir noch nicht sicher, ob ihr wirklich die Bösen seid. Und zweitens: Weil ich einfach mal IRGENDWO mitmachen will, was nicht Rhythmus- oder Technik-AG heißt", gab ich genervt zu.

Und jetzt erlebte ich etwas Außergewöhnliches: ein Lachen von Vincent Lurking, das ich für echt hielt. Er sah richtig nett damit aus.

Sie war wirklich zäh, das beeindruckte ihn. Und tatsächlich gewöhnte er sich langsam an den Gedanken, sie an Bord zu haben. Wie er mit ihr verfahren würde, sobald er die Mission abgeschlossen hatte, würde er sich dann noch überlegen. Gehörte es nicht zu seinem Job, mit unerwarteten Situationen umzugehen?

Die nächste unerwartete Situation erwartete ihn, als er nach Hause kam. Midnight rief zum Meeting, außerhalb der üblichen Abendzeit. Das Gespenst schwebte bereits über dem Wohnzimmertisch, als Vincent hereineilte. Siri kniff die Augen abschätzig zusammen, als wäre er absichtlich zu spät gekommen. Dabei konnte man doch zu nichts zu spät kommen, von dem man vorher nichts gewusst hatte. Das merkte auch Tatjana an, die virtuell aus dem angeblichen Architekturbüro aus Hinterforst dazugeschaltet worden war. Ihr leicht genervtes Gesicht schwebte auf einem digitalen Bildschirm rechts unter Midnight.

„Das ist jetzt bestimmt wahnsinnig wichtig", zischte sie. „Aber auch auf die Gefahr hin, dass ich wieder als die Spießerin gelte: Der Monatsabschluss ist genauso wichtig."

Wenn sie nicht Mutter Lurking spielte, war Tatjana hauptsächlich für die Buchhaltung von ORGA tätig und verschob tagaus, tagein Millionenbeträge vom Konto einer Scheinfirma zur nächsten.

Midnight kam direkt zur Sache: „Unsere Experten sind deutlich schneller gewesen als gedacht. Wir haben Kottos Aktivitäten auf dem Schirm."

„Ihr habt die neu aufgetauchte Mail gesichert?" Man merkte Vincents emotionsloser Stimme kein bisschen an, dass ihm gerade das Herz in die Hose rutschte. Kottos Fund war sein Ass im Ärmel. Wenn die Mail etwas wirklich Hilfreiches enthielt, konnte ihm das den Vorsprung verschaffen, der ihn über die Ziellinie trug. Einen Vorsprung, der dahin war, wenn andere ORGA-Mitarbeiter die Info vor ihm in die Finger bekamen.

„Noch nicht", antwortete Midnight.

Vincent hielt den Atem an, damit ihm nicht ein erleichterter Seufzer entfuhr.

„Aber ihre Spur führt eindeutig in den Orkus. Wir stellen

gerade eine Einheit zusammen und werden in wenigen Stunden zugreifen."

„Im Orkus?", fragte Siri. „Euch ist klar, was für ein Riesenaufwand das ist?"

Da hatte seine Scheinschwester recht, dachte Vincent. Ohne Ortungscode glich eine Suche im Orkus der nach einer Nadel in einem sehr großen Heuhaufen. Aber ORGA hatte natürlich die Kapazitäten, die Technik und das Personal dafür, selbst so eine anscheinend aussichtslose Suche erfolgreich abzuschließen. Er musste ihnen zuvorkommen.

„Schön, die Mail ist gefunden", erklärte Tatjana. „Was hat das mit uns zu tun? Der Orkus ist nicht der Ort, an dem wir uns rumtreiben. Und schon gar kein Ort für meinen Monatsabschluss."

„Nein", bestätigte Midnight. „Selbstverständlich nicht. Aber ich erwarte, dass ihr bereit seid. Falls uns dieses Fundstück verrät, wer Hypnos ist, möchte ich, dass ihr euch in der Nähe aufhaltet. Möglicherweise wird eine Entführung notwendig."

„Ich bin nicht in der Observation und schon gar nicht im Zugriff tätig", entgegnete Tatjana scharf. „Ich spiele Mutter und sonst mache ich Buchhaltung. Kann ich mich jetzt ausloggen?"

Midnight schüttelte den weißen Kopf. „Vielleicht muss die Mutter mitspielen", entgegnete der Geist. Seine Stimme klang genauso gereizt wie die von Tatjana. „Außerdem sollte auch die Buchhaltung ein gewisses Interesse an den entscheidenden Fortschritten haben."

Tatjana schwieg mit eiserner Miene, blieb aber online. Auch Vincent setzte sein Stoneface auf und hoffte, dass er nicht vor Schreck ganz bleich wurde. Zum Glück drängelte sich Siri wie üblich in den Vordergrund.

„Gar kein Problem", krähte sie. „Die Hagenbecks haben eh gefragt, ob ich sie heute auf einen Ausflug in den Zoo begleiten will. Zusammen mit ihrem Sohn. Ich glaube, sie mögen mich deutlich mehr als ihn."

Mit der Menschenkenntnis der Hagenbecks war es nicht weit her, dachte Vincent. Aber immerhin schafften sie damit Siri vorerst aus dem Haus, was ihn erleichterte.

„Tatjana, ich habe ihnen gesagt, dass ich Hausaufgaben machen muss", zwitscherte Siri. „Kannst du bei ihnen anrufen und einen Notfall vortäuschen? Dann packen sie mich bestimmt trotzdem ein, sie wollten erst um drei los."

Midnight schaute Tatjana vielsagend an. „Du siehst, wie wichtig es ist, dass du dich nicht aus solchen Meetings ausloggst. Wir brauchen dich in deiner Rolle."

Tatjana nickte und nahm Midnights Belehrung stumm hin.

„Vincent, wie nah kommst du an Christian Lopez heran?"

Noch während Midnight ihn fragte, setzten sich in Vincents Hirn die Fakten zusammen.

ORGA würde in wenigen Stunden beginnen, den Orkus nach der von Kotto versteckten Mail abzusuchen. Sie würden das Puzzlestück, das Kotto so mühevoll für ihn herausgefischt hatte, früher oder später finden. Vincent musste schneller sein. Er musste es vorher sichern. Auch wenn ein Besuch allein im Orkus Selbstmord war.

Aber: Er musste den Orkus nicht allein betreten. Er hatte jemanden, der ganz scharf darauf war, ihn zu begleiten. Diese Begleitperson war gleichzeitig sein perfektes Alibi für die nächsten Stunden. Und vielleicht konnte sich Celia im Orkus sogar nützlich machen.

„Vincent, kommst du an Christian Lopez heran, wenn es in drei Stunden losgeht?" Midnight wirkte ungeduldig.

„An ihn selbst nicht, nein", antwortete Vincent. „Er ist ja im Autohaus und es gibt keinen plausiblen Grund für mich, dort aufzutauchen."

„Tja, Fantasie ist halt nicht jedermanns Stärke", flüsterte Siri gerade so laut, dass nur Vincent sie hören konnte.

„Natürlich muss ein Sechzehnjähriger nicht allein ins Autohaus", entgegnete Midnight barsch. „Aber für so was gibt es doch *Morphee*."

Vincent verstand sofort, worauf Midnight hinauswollte. „Klar, *Morphee* geht immer. Aber da spielen trotzdem zu viele Zufallsfaktoren mit rein. Ich glaube, ich habe einen besseren Plan."

Midnight musterte ihn fragend. Die seidenen Tücherarme zuckten auffordernd.

„Nun ja, ein liebender Vater würde doch sofort zu seiner Tochter eilen, wenn irgendwas los ist. Und diese Tochter lade ich jetzt einfach zu mir ein. Sturmfreie Bude, nicht mal die kleine Nervschwester zu Hause, das ist doch perfekt." Er zwinkerte Siri zu, als hätte er es nicht genauso gemeint, wie er es gesagt hatte.

Als Midnight anerkennend nickte, konnte er sich ein Grinsen nicht verkneifen. Es wurde noch ein bisschen breiter, als Siri ihre Lippen missgünstig aufeinanderpresste.

„Ich würde dann gleich mal ein Date mit meiner neuen Freundin ausmachen?" Vincent sah den schwebenden Geist fragend an.

Der nickte, bevor er sich an Tatjana wandte. „Und du bittest die Hagenbecks, sich um Siri zu kümmern."

„Natürlich", erklärte Tatjana und loggte sich aus.

Auf einmal lag eine fiebrige Hektik in der Luft.

„Viel Spaß im Zoo. Grüß die Schimpansen von mir."

Noch bevor Siri etwas Giftiges entgegnen konnte, war Vincent unterwegs in sein Zimmer und zog sein Handy aus der Tasche.

Du wolltest doch unbedingt mitmachen, tippte er. Dann zeige ich dir jetzt mal den richtig heißen Agentenscheiß.

Kurz bevor er den Text abschickte, bremste sein Daumen ab. Nein, dachte er. Keine Nachrichten, aus denen hervorging, dass Celia mehr wusste, als sie sollte. Wenn Siri heimlich bei seiner Nachbarin mitlas, war er geliefert. Ihr war zwar untersagt, sich an Vincents Zielpersonen ranzuhacken, aber seit wann hielt Siri sich an Regeln?

Er löschte die Nachricht, überlegte kurz und schrieb dann: Hey, Celia! Meine nervige kleine Schwester ist auf einem Ausflug ☺ Lust, bei mir ein richtig heißes Game zu zocken? Ist ein Online-Match, daher müsstest du schnell sein. Er schickte die Nachricht ab.

Wahrscheinlich würde er ungefähr eine halbe Stunde brauchen, um die Hometrainer für den geplanten Ausflug vorzubereiten. Danach blieben noch gut zwei Stunden, bis ORGA aufkreuzte.

Die Antwort von Celia ließ auf sich warten. Er schaute aus dem Fenster. Ihr Fahrrad stand nicht auf dem Hof der Lopez'. Verdammt, wo war sie? Hatte sie Nachmittagsunterricht, von dem er nichts wusste?

„LOCATE", befahl er.

Eine Weltkarte erschien auf dem Display. Nachdem er „Celia Lopez" angesagt hatte, verengte sich die Ansicht auf Trockenstedt, ein blinkender Punkt erschien. *Hallenbad der Wasserratten e. V.* stand darunter.

Verdammt. Sie war schwimmen. Er hatte gerade überhaupt

keine Zeit, sie aus dem Schwimmbad rauszuholen und herzuschaffen.

Agenten hatten keine Freunde. Aber zum Glück hatte er etwas, das einem Freund manchmal verdächtig nahekam und das er jetzt um Hilfe bitten konnte.

„BUG", sagte er.

Zwei winzige Antennen schoben sich aus der Vorderseite seines Handys. Dann folgten sechs schlanke Beine aus nahezu unzerstörbarem Cerumanlithium. Das flexible Display hob sich ein Stück an. Auf ihm zeigten sich zwei cartoonartige Augen, die ihn aufmerksam anzwinkerten.

Er schob sein Fenster auf und gab seinen Befehl: „LOCATE: Celia Lopez. Undercovermodus. Signal, wenn in Reichweite."

Die Augen auf dem Display flackerten kurz grün auf als Zeichen, dass sie verstanden hatten.

Vincent warf seinen elektronischen Käfer aus dem Fenster und hoffte, dass niemand das Smartphone bemerkte, das sich in einem Affenzahn auf den Weg zum Hallenbad von Trockenstedt machte.

17

Seitdem Vincent sich als Agent geoutet hatte, spürte ich diese nervöse Unruhe in mir. Immerhin trieb sie mich heute zu neuen Höchstleistungen im fast leeren Schwimmbad. Ich tauchte eine Bahn nach der anderen und klatschte bereits zum vierten Mal die gekachelte Beckenwand ab. Als ich mich zum fünften Mal abstieß, sah ich, dass vor mir plötzlich etwas glattes Schwarzes im Wasser senkrecht nach unten glitt.

Ein Handy, dachte ich. *Da wird sich aber jemand ärgern.* Ich tauchte auf. Welcher unglückliche Mensch hatte hier gerade sein Smartphone versenkt?

Noch immer war ich fast alleine im Schwimmbad. Nur das Geplärre eines Kleinkinds und die beruhigenden Worte seiner Mutter hallten vom Nichtschwimmerbecken herüber. Mit dem Handy hatten die beiden garantiert nichts zu tun.

Ich holte Luft und tauchte wieder unter. Das Telefon war mittlerweile auf den Boden gesunken. Einen kurzen Moment glaubte ich, dass mich Augen darauf anzwinkerten. Vermutlich vertrug ich das Chlor auf meiner Netzhaut nicht. Ich stieß auf das Handy zu, umschloss es mit meinen Fingern und kehrte zurück an die Oberfläche. Dann paddelte ich zum Beckenrand, hielt mich mit der linken Hand an der Abflussrinne fest und betrachtete meinen Fund.

Dieses schwarze Samsung kannte ich.

Als hätte es meinen Gedanken gehört, erwachte das Display zum Leben. Vincent Lurking sah mich an. Am Hintergrund erkannte ich, dass er bei sich zu Hause in der Küche war.

„Bist du allein?", begrüßte er mich.

„Ich bin im Schwimmbad", antwortete ich verdattert. „Und ja, so gut wie allein. Aber ... wie kommt dein Handy hierher? Und warum funktioniert es noch? Ich hab es gerade aus dem Wasser gefischt, nur mal so zur Info."

„Kein normales Samsung", sagte er nur.

„Und womit telefonierst du, wenn dein Smartphone hier ist?"

„Ich trage auch keine normale Uhr. Aber so gerne ich mit dir ein bisschen über Technik plaudern würde – wir haben keine Zeit. Ich brauch dich hier. Wie schnell kannst du da sein?"

„Na ja ... halbe Stunde?"

„Mach zwanzig Minuten draus", befahl er.

Ich war so perplex, dass ich mich nicht mal über seinen gebieterischen Tonfall aufregen konnte. „Was hast du vor?"

„Du wolltest doch mitspielen. Also spielst du jetzt mit. In zwanzig Minuten bist du hier. Immer dem Handy hinterher."

Das Display wurde bereits dunkel.

„Hä? Wie soll ich … AAAAH!"

Ich war eigentlich nicht besonders schreckhaft. Wenn ein Smartphone allerdings plötzlich Insektenbeinchen ausfuhr, mich mit Cartoonaugen anblinzelte und aus meiner Hand hüpfte, entfuhr mir schon mal ein kleiner Schrei. Das Telefon sah fast ein bisschen niedlich aus, wie es da flink in Richtung der Umkleiden wuselte.

„Na, dann mal dem Handy hinterher", murmelte ich.

Als der elektrische Käfer seinen Besitzer in Sichtweite lokalisierte, huschte er schnell zu ihm.

„Hey, Bug." Vincent ließ ihn mit einem liebevollen Lächeln auf seine Hand krabbeln.

„Origineller Name", kommentierte Celia.

Vincents Lächeln verschwand, als hätte er etwas Falsches getan, während Bug Fühler und Beine einzog.

„Wenn wir diese Mission erfolgreich abschließen, will ich auch so ein Handy", bemerkte Celia, die in der Tür des Fitnesskellers stand.

Vincent schüttelte den Kopf. „Wer offiziell nicht mitmacht, kann auch nicht belohnt werden." Er sah sie eindringlich an.

„Niemand darf erfahren, dass du Teil dieser Mission bist. NIE-MAND. Kapiert?"

Celia stöhnte. „War doch nur ein Gag. An deinem Sinn für Humor musst du echt noch arbeiten." Sie sah sich um und betrachtete die auf den Regalen liegenden Hanteln, die zusammengerollten Yogamatten und die beiden Laufbänder.

„Und wir machen jetzt ... ein Workout oder was? Um mich fit zu kriegen?", riet sie.

Er bemerkte eine gewisse Enttäuschung in ihrer Stimme. „Schön wär's", seufzte Vincent. „Für das, was uns bevorsteht, wären ein paar Hundert Stunden Training nicht verkehrt. Dummerweise bleibt uns nicht so viel Zeit." Er schaute auf seine Uhr. „Ich bin froh, wenn wir *eine* Stunde haben. Bist du gut in Videospielen? Idealerweise *Virtual Reality?*"

Sie riss erschrocken die Augen auf. „Oh nein! Ich spiele nur Handyspiele, wo man Blumen und Süßigkeiten sammelt, damit man für seine Spielfiguren schöne Kleider kaufen kann!", rief sie. Dann fiel ihr gespieltes Entsetzen in sich zusammen. „Ich hab alle drei Teile *Vipers Vengeance VR* durchgespielt. Auf dem Schwierigkeitsgrad *mörderisch*. Reicht das als Antwort?"

„Ich habe von dem Spiel nur gehört. Für Unterhaltungssoftware habe ich keine Zeit."

„*Für Unterhaltungssoftware habe ich keine Zeit*", äffte Celia ihn nach. „*Ich bin nämlich ein superwichtiger, gut aussehender Geheimagent mit Handyungeziefer und ...*"

„Gut aussehend?", unterbrach Vincent sie.

„Äh, was …? Ich meinte …" Celia wurde tatsächlich etwas rot.

„*Gut ausgebildet.* Klar. Ich hab mich bestimmt verhört." Er grinste frech. „Lass uns mal anfangen." Vincent deutete auf einen der beiden Hometrainer. „Wie gesagt, wir können leider nicht trainieren, aber du musst schon ein paar grundlegende Dinge über POMPEJI wissen, bevor wir loslegen."

„Pompeji?" Sie sah ihn ratlos an. „Diese zweitausend Jahre alte Lava-Stadt? Was hat die mit Hypnos zu tun?"

„Erklär ich dir später. Du musst jetzt nur wissen, wie es funktioniert. Das wird schon mehr Zeit kosten, als wir eigentlich haben", seufzte er.

Während er weitersprach, wurden ihre Augen immer größer. Als er nach zwanzig Minuten fertig war, schwieg sie einen Moment. „Krasser Scheiß", sagte sie schließlich. „Das muss ich sehen."

Das enthusiastische Strahlen in ihrem Gesicht ließ Vincent befürchten, dass sie nicht begriffen hatte, wie ernst und wichtig das Ganze war. Hoffentlich würde sie auch dieses Spiel „mörderisch" gut beherrschen.

18

Ich hatte natürlich schon mal eine VR-Brille auf-
gehabt, aber das hier war wirklich eine völlig andere Liga. Kurz nachdem ich auf den Hometrainer
gestiegen war, hatte sich eine Lichtkuppel um mich
geschlossen. Die dreidimensionale Illusion, die sie erzeugte,
grenzte an Perfektion. Neben mir stand ein Vincent, den ich
nicht vom Original unterscheiden konnte. Dabei befand er
sich eigentlich zwei Meter entfernt auf seinem eigenen Hometrainer unter der eigenen Lichtkuppel. Ich konnte nicht anders, ich musste ihn einfach berühren.

Mein Zeigefinger verschwand in seinem Oberarm. Er schaute auf die Stelle, in der ich gerade meine Hand versenkt hatte,
und dann kopfschüttelnd in mein Gesicht.

„Das ist nur mein holografisches Abbild", erklärte er. „Du
kannst das nicht anfassen."

Ich zog meinen Arm zurück. „Das sieht so echt aus", erklärte ich. „Unglaublich, dass man nichts spürt."

„Im Orkus kannst du froh sein, dass du nichts spürst. Trotzdem musst du wahnsinnig aufpassen. Ich hoffe, das ist klar geworden."

Während ich Vincent folgte, betrachtete ich meine Umgebung. Sie wirkte zwar irreal, aber nicht wirklich furchteinflößend. Wir waren in einer großen Halle und liefen über einen braun-weiß gekachelten Marmorboden. Rechts und links von uns standen meterhohe Karteikästen aus glänzendem Eichenholz. Aus den Schränken kamen leise Geräusche, die wie Schnarchen klangen.

„Ich hab mir den Orkus irgendwie anders vorgestellt", sagte ich. „Das wirkt auf mich eher wie die XXL-Version vom Finanzamt, in dem Sophias Vater arbeitet."

„Das ist nicht der Orkus", erklärte Vincent, „sondern das Archiv der bayrischen Schulbehörde. Hier findest du alle Abituraufgaben der vergangenen Jahrzehnte."

„Okay, das erklärt das Schnarchen", kombinierte ich.

„Mit dem Schnarchen verdeutlicht POMPEJI, dass auf diesen Speicherort so gut wie nie zugegriffen wird", korrigierte Vincent mich. „Das wiederum macht ihn zum perfekten Versteck für den Zugang. In einem dieser Schränke hat Kotto unsere Tür zum Orkus hinterlegt, und zwar ...", Vincent sah sich suchend um, „dort drüben. *Chemieprüfungen für das Abitur 1992.*"

Er ging mit eiligen Schritten voran. Vor der Schublade mit

der Aufschrift 1973 blieb er stehen. Über ihr befand sich 1974. Die Jahre reihten sich fortlaufend übereinander, sodass unser Tor zum Orkus viel zu weit oben und damit außer Reichweite lag.

„SCREEN", sagte Vincent. Neben ihm erschien ein virtuelles Display.

„Ah, cool. Damit holst du dir jetzt das passende Werkzeug, richtig?"

Er nickte und scrollte eine Seite weiter.

„Und da drin ist eine Leiter?"

„Wir klettern nicht", sagte er. „Wir fliegen. Ruf mal deinen Bildschirm auf."

„SCREEN", sagte ich und ein aufgeregtes Kribbeln erfüllte mich, als auch vor mir ein Display auftauchte. Ich sah allerhand Icons, deren Sinn ich nicht verstand.

„Such den Rucksack. Nächste Seite", sagte Vincent.

Ich wischte, fand das gewünschte Symbol und drückte darauf. Zwar spürte ich nichts, aber ich sah, wie auf Vincents Rücken ein schicker, schwarzer Rucksack erschien, nachdem er getippt hatte. Als ich an mir hinunterblickte, bemerkte ich, dass auch meine Schultern von zwei Trägern umschlungen waren.

„Du steuerst mit der Verlagerung deines Gewichts", erklärte Vincent. „Und du brauchst *die* hier." Er hatte die freihängenden Bänder seiner Rucksackträger gegriffen. „Nach unten ziehen: steigen. Nach oben ziehen: sinken. Wenn du nach außen ziehst, wirst du schneller. Nach innen …"

„Langsamer. Schon klar", unterbrach ich den Klugscheißer und demonstrierte mit einem beherzten Zug, dass ich begriffen hatte.

Plötzlich war Vincent weg. Die Karteikästen auch. Eigentlich war alles nur noch grau. Sah verdächtig nach einer Betondecke aus, unter der ich plötzlich hing.

„Zu schnell. Zu hoch", hörte ich Vincents Stimme unter mir. Sogar akustisch bekam diese POMPEJI-Maschine Dreidimensionalität hin. Ich blickte nach unten. Dort schüttelte Vincent genervt den Kopf und schwebte dann langsam und souverän zur Schublade mit der Aufschrift 1992.

Ich zog die Träger meines Rucksacks nach rechts oben. In Sekundenbruchteilen stand ich wieder auf dem gekachelten Flur.

„Zu schnell. Zu …"

„… tief, schon klar", fauchte ich. „Ich mach das zum ersten Mal!"

Ich zog die Träger ganz behutsam nach unten zur Körpermitte. Langsam schwebte ich nach oben. Neben Vincent stoppte ich meinen Flug.

Er öffnete die Schublade. Sie war mit einer weißen Plastikfolie versiegelt, wie eines dieser Fertiggerichte, die bei uns „für Notfälle" in der Vorratskammer lagen. Gut, auf den Fertiggerichten stand eher selten in schwarzen, verschnörkelten Buchstaben: *Wer hier eintritt lasse alle Hoffnung fahren.*

„Klingt eher nicht nach Chemie-Abi", warf ich ein.

„Das ist aus Dantes *Göttlicher Komödie*", sagte Vincent. „Ich weiß, dass meine Ausbildung nicht mit eurem Schulsystem zu vergleichen ist. Aber ich bin doch immer wieder überrascht, wie wenig ihr dort lernt."

„Das ist Dantes Göttliche Komödie. Ich weiß alles, ich war ja auf dem James-Bond-Gymnasium für Hochbegabte, wähwähwäh ...", äffte ich ihn nach. Aber ich verstummte, als Vincent die Folie abzog und neben sich zu Boden sinken ließ.

In der Schublade waren keine Akten, wie ich erwartet hatte, sondern ein sich schnell drehender, giftgrüner Strudel. Er schien nur darauf zu warten, uns zu verschlingen.

„Die Tür zum Orkus. Ab jetzt muss alles perfekt klappen", sagte Vincent und zeigte auf das grüne Durcheinander. „Da drin interessiert sich keiner dafür, ob du Anfängerin bist. Und zögere nicht zu lange – der Zugang bleibt nach Aktivierung nicht lange stabil."

Er schwebte über die geöffnete Schublade und begann sich immer schneller zu drehen, bevor er ruckartig nach unten gezogen wurde.

„Okay, das sieht zwar fies aus, wird aber bestimmt lustig", murmelte ich und schwebte in die richtige Position. Als sich die Räumlichkeiten der bayrischen Schulbehörde schneller und immer schneller um mich drehten, hatte ich das Gefühl, dass ich mich gerade schön selbst belogen hatte.

Dann verschluckte mich der grüne Strudel.

Vincent sauste ruckartig nach unten. Er zog an den Trägern, um gegenzusteuern, aber es half nichts. Aus einem einfachen Grund: Sie waren nicht mehr da, ebenso wenig wie der Rucksack, den man mit ihnen steuerte. Erst der Boden bremste seinen Fall. Bei einem echten Fall aus dieser Höhe hätte er sich beide Beine gebrochen. Er landete jedoch sanft und konnte problemlos zwei Schritte zur Seite treten, bevor Celia schwankend neben ihm zum Stehen kam.

„Whoa", sagte sie und fing sich wieder. „Krass, dass einen so 'ne Simulation derart aus dem Gleichgewicht bringt."

„Wart mal ab, bis du den Orkus siehst."

„Ist das immer noch nicht der Orkus?", fragte Celia und schaute sich in der Ödnis unter dem grauen Himmel um. Der Boden war mit allerlei Müll bedeckt – vergammeltem Essen, vergilbten Zeitungsseiten, kaputtem Spielzeug.

„Das ist nur der Rand. Wir müssen zum Zentrum. Einfach geradeaus."

Celia folgte ihm. „Da, wo die ganze Scheiße runterregnet?" Sie zeigte nach oben.

Tatsächlich fielen aus einem großen kreisförmigen Wolkenwirbel Dinge herunter. Undefinierbare Gegenstände, schrottige Maschinen und vor allem Bilder – große, kleine, brennende, manche in Fetzen, manche fast ganz. Noch konnte man keine Motive erkennen.

„Da, wo die ganze Scheiße runterregnet", bestätigte Vincent. „Das sind die Daten, die in diesem Moment auf Millionen von Rechnern gelöscht werden. Aber nichts verschwindet völlig. Irgendwelche Spuren werden immer hinterlassen. Und all das schiebt POMPEJI an einem Ort zusammen. Diesem Ort. Dem Orkus."

„Eine Müllhalde. Wie passend." Celia kämpfte sich tapfer voran, obwohl sie bereits hüfthoch von irgendwelchen Dokumenten umgeben war.

„Ähm … warum fliegen wir eigentlich nicht einfach dahin? Wo ist unser kleiner Superrucksack hin? SCREEN!" Sie wischte auf dem Display zu der Kachel, auf der sie den Rucksack erwartete. Doch die war leer, genau wie einige andere auch.

„Dieser Ort ist nicht wie andere Orte im Netz", erklärte Vincent. „Wenn POMPEJI eine Website oder einen Rechner in einen Raum übersetzt, sind das klar verortbare Daten, die auf feststehenden Servern liegen. Der Orkus ist aber ein Ort, den POMPEJI aus Millionen unterschiedlichster Daten und Speicherplätzen zusammensetzt. Deshalb ist die Fortbewegung hier auch deutlich mühseliger."

„Verstehe", grunzte Celia unwillig und griff sich geschickt

ein schnuddeliges Papier aus der Luft, das eben vorbeiflatterte.

„My feelings are so deep", las sie vor. *„Because I got you lieb."* Sie warf den Zettel in die Luft, sodass er vom unfühlbaren Wind davongetragen wurde. „Besser, dass so was gelöscht wurde", befand sie. Mit einem erschreckten Schrei sprang sie zur Seite, als neben ihr ein Kleinwagen herunterkrachte.

„Fuck, was war das denn?"

„Da löscht wohl jemand gerade sein Angebot bei eBay", erklärte Vincent.

Der Wagen setzte sich langsam in Bewegung und rollte den leicht abschüssigen Boden hinab. Dann stürzte er in die Tiefe. Vor Vincent und Celia tat sich ein kilometerweiter Abgrund auf. Dort lagerten gelöschte Daten wie in einer Art riesigem Amphitheater in insgesamt neun Kreisen.

„Okaaaay, das ist also der Orkus", sagte Celia gedehnt. „Das ist echt creepy, ekelhaft und deprimierend."

Und auch wenn Vincent sonst eher selten einer Meinung mit ihr war, hatte sie damit absolut recht.

19

Ich betrachtete dieses abgefuckte Inferno und murmelte: „Wow, da hat man ein System, um die perfekteste virtuelle Realität aller Zeiten zu erschaffen – und dann machte man so was damit?"

Ein Amphitheater des Schrotts, bestehend aus neun kleiner werdenden Kreisen, die in Ebenen untereinanderlagen. Das war wirklich beeindruckend hässlich. Dass ständig neuer Müll darauf herunterregnete, machte es noch trostloser. Dieser seltsame Niederschlag bestand größtenteils aus Fotos. Eines sank nur wenige Zentimeter von mir entfernt hinab in den Orkus. Ich war froh, dass es ziemlich grob verpixelt war, mir schien sich da nämlich irgendwas Unappetitliches drauf abzuspielen.

„Warum so viele Bilder?", fragte ich.

„Weil so viele gelöscht werden müssen. Diese ganzen Pics und Reels und Clips, die hier herunterkommen, werden gerade in einem Schwellenland von absolut lächerlich bezahlten

Leuten aussortiert, da sie gegen die Nutzungsregeln irgend-
welcher Social-Media-Plattformen verstoßen."

„Und das müssen sich echte Menschen tausendfach am Tag
angucken, weil andere Leute solchen Mist hochladen", murmelte ich und senkte den Blick. Jetzt erst fiel mir auf, dass zwischen dem ganzen Müll, der schon auf dem Boden lag, kleine
flinke Wesen hin und her zischten, die aussahen wie Krebse
aus Elektroschrott.

„Was sind das für Viecher?", fragte ich.

Dann sah ich, dass es nicht die einzigen, na ja, Lebewesen
waren. Es gab sogar auch fliegende Exemplare. Sie waren eher
träge und erinnerten an Quallen. Mechanische Quallen.

„Kollektoren", erklärte Vincent. „Programme, die versuchen, irgendwas Nützliches aus dem ganzen Datenmüll zu fi-
schen. Kreditkartendaten. Passwörter. So ein Zeug. Ziemlich
primitive Software, die sich nicht für aktive Daten wie uns
interessiert, solange wir ihr nicht zu nahe kommen. Wir müssen uns eher vor *denen* in Acht nehmen."

Ich folgte seinem Zeigefinger zu einer Gestalt, die aussah
wie ein schwebender schwarzer Umhang. In ihrer schatten-
haften Krallenhand hielt sie einen langen Stab, an dessen
Spitze ein grün leuchtender Kristall befestigt war. Aus der
Tiefe ihrer Kapuze ragte eine Lichtfläche, mit der sie den Boden abscannte.

„Sekurotoren", erklärte Vincent. „Sicherheitsprogramme,

die außerordentlich aggressiv auf ungewöhnliche Aktivitäten reagieren – wie zum Beispiel auf uns. Bevor sie dir mit ihren Stäben zu nahe kommen, bist du hoffentlich *damit* schneller. SCREEN." Er tippte auf sein Display und in seiner Hand erschien ein längliches schwarzes Stück Holz, das in einen schlichten, weißen Griff mündete.

„SCREEN", sagte ich, suchte die passende Kachel dazu und besorgte mir das gleiche Equipment. Allein, um herauszufinden, ob das wirklich ein ...

„Ist das dein Ernst?", fragte ich. „Ein Zauberstab?" Ich musterte das Ding genauestens und war mir sicher, dass es einer war. „Was soll das werden? Bibi Blocksberg und Harry Potter in der Cyberhölle?"

„Du musst ihn in den richtigen Modus stellen." Vincent drehte an seinem Griff und zeigte auf das dort nun eingestellte Sternsymbol.

Ich machte es ihm nach.

„Nach jedem Schuss muss dein Stab nachladen. Er ist einsatzbereit, wenn der Stern wieder gefüllt ist. Das kostet ein bisschen Zeit, daher ist es besser, du triffst beim ersten Versuch. Der Effekt ist nicht immer der Gleiche. Manche Sekurotoren lösen sich auf, andere sind nur gelähmt und manche brauchen mehr als einen Treffer. Noch ein Grund, dir besser keine Fehlschüsse zu leisten."

Vincent drehte sich zur Seite und feuerte mit einem Schlenker aus dem Handgelenk auf eine Qualle, die sich in eine silbrige Pixelwolke verwandelte.

„Ey!", rief ich empört. „Du kannst doch nicht einfach die armen Viecher abknallen, bloß um mir irgendwas zu zeigen!"

„Das sind keine Viecher. Das sind Programme", merkte Vincent an. Er deutete auf das Sternsymbol, das sich langsam wieder mit goldener Farbe füllte.

„Das hätte ich auch so kapiert. Diese Programme sehen aus wie was Lebendiges, also lass sie in Frieden, denn ..."

Ein lauter werdendes Dröhnen unterbrach meinen Vortrag. Am Horizont sah ich einen schwarzen Punkt, der schnell näher kam.

„Was ist das?"

Vincent folgte meinem Blick und eine Falte erschien auf seiner Stirn. Die Haarsträhne, die sie halb verdeckte, wippte sogar im virtuellen Raum äußerst cool.

„Das sind meine Leute", sagte er. „Die leider nicht wissen dürfen, dass ich hier bin. Vor allem nicht, dass ich mit *dir* hier bin. SCREEN." Mit einem Nicken wies er mich an, auch meinen Bildschirm aufzurufen.

„Wir müssen in den Tarnmodus", erklärte Vincent und wischte auf die zweite Seite. „Der macht uns leider nicht unsichtbar, aber man weiß zumindest nicht sofort, *wer* wir sind."

Er tippte auf eine Kachel, die eine menschliche Silhouette mit einem Fragezeichen zeigte. Seine Gestalt verfärbte sich daraufhin in dunkelstes Schwarz. Er wirkte wie ein dreidimensionaler Schatten.

Ich tippte auf die gleiche Kachel und betrachtete meine freie Hand, die nun ebenfalls wie mit Nacht überpinselt aussah. Von Vincents Gesicht sah ich nur noch seine Augen, die den Punkt am Himmel musterten.

Man konnte schon die Form eines futuristischen Fluggleiters erahnen. Er sah aus wie aus diesem uralten Computerspiel, das mein Papa manchmal zockte. Mir lag der Name auf der Zunge, aber ich kam einfach nicht drauf.

„Ich hoffe, sie kriegen nicht mit, wenn ich unser Objekt lokalisiere", murmelte Vincent. Er wischte auf seinem Display weiter bis zu einem Tastaturfeld mit Zahlen und Buchstaben, in das er schnell irgendeine Kombination tippte.

Kurz darauf stieg ziemlich weit hinten im Orkus eine Feuerwerksrakete nach oben, die explodierte. Mein Blick folgte den verglimmenden Funken, die in die Tiefe segelten. Dort leuchtete in all dem graubraunen Schrott plötzlich etwas signalrot auf. Da war es also, unser Zielobjekt: die Mail.

„Immerhin ist es nur der siebte Kreis und nicht der achte oder neunte", seufzte Vincent. „Das wird trotzdem 'ne Menge Geballer. Hoffentlich merken die da oben im Typ R nicht zu schnell, was hier läuft."

R-Type. Natürlich. So hieß dieses Computerspiel von Papa. Bei ORGA arbeiteten wohl echt nur Nerds.

Der Gleiter war nun am Rand des Orkus angekommen, wo er in einigen Dutzend Metern Höhe langsam entlangschwebte. Vermutlich saßen darin ORGA-Agenten, die nach einer passenden Absprungstelle suchten.

„Okay", sagte Vincent. „Dann hoffe ich mal, dass du mit deinen VR-Fähigkeiten nicht nur geprahlt hast."

Damit sprang die nachtschwarze Vincent-Silhouette in den ersten der neun Kreise des Orkus.

Einer der langmanteligen Sekurotoren wandte sich in seine Richtung und schwebte schnell auf ihn zu. Dummerweise stand Vincent mit dem Rücken zu ihm und war abgelenkt, weil er gerade auf drei Quallenkollektoren Sterne aus seinem Zauberstab schleuderte.

„Ich hab nicht geprahlt", murmelte ich. „Und außerdem habe ich jeden *Harry Potter* mindestens zweimal gelesen."

Ohne noch mehr Zeit zu verlieren, sprang ich ebenfalls in den Orkus und schleuderte im Sturz einen Sternenschwall auf den Sekurotor, kurz bevor er Vincent erreicht hätte. „Expelliarmus!", rief ich.

Okay, das war irgendwie übertrieben, aber ich war gerade so in Stimmung.

20

Dafür, dass sie sich eben noch wie die Arten-
schutzbeauftragte für Computerviren aufgeführt hatte, legte Celia nun ordentlich los. Egal,
was ihr vor den Zauberstab lief – kurz darauf war es
nur noch Pixelstaub. Sie hatte es wirklich drauf, das musste
Vincent zugeben. Und sie sah dabei unfassbar elegant aus.
Fast, als würde sie tanzen.

Allerdings fehlte ihr der allumfassende Gesamtüberblick.
Während Vincent den Gleiter von ORGA im Auge behielt,
schien Celia nur den rot markierten Gegenstand im siebten
Kreis zu fixieren. Gerade sprang sie schon von der gut zwanzig Meter hohen Wand des ersten Kreises in den zweiten Kreis
des Orkus. Der Gleiter schwebte direkt auf der gegenüberlie-
genden Seite über der obersten Etage des Amphitheaters. Er
hatte ihn und seine Begleiterin offensichtlich bisher nicht bemerkt. Das blieb hoffentlich noch ein Weilchen so.

„Bekämpfst du da oben immer noch Cyber-Quallen oder

kommst du langsam mal?", hörte Vincent es aus dem zweiten Kreis heraufschallen.

Er nahm Anlauf und sprang. Etwa drei Schritte neben Celia kam er auf. Sein Fuß versank in einer breiigen, braunen Pampe.

„Ich hoffe, das ist nicht das, wofür ich es halte", merkte die Schattengestalt mit Celias Stimme an.

„Keine Sorge. Das ist vegane Mousse au Chocolat", erklärte Vincent. „Kaum etwas wird so viel gelöscht wie Rezepte für vegane Desserts."

„Es gibt sehr geile vegane Desserts", widersprach Celia.

Vincent feuerte auf einen krakenarmigen Trojaner, der sich gerade hinter Celia aus dem Müll gegraben hatte, um ihr an den Hals zu springen. Ein zweiter seiner Art schoss nun von der Seite auf Celia zu. Die Sternsalve schleuderte sie ihm selbst ins aufgesperrte Maul.

„Was will dieses Ding von mir?", fragte sie irritiert und wedelte die Pixelwolke zur Seite.

„Schadsoftware der dümmsten Sorte", erläuterte Vincent. „Will eigentlich nur mutwillig etwas zerstören. Vermutlich hat irgendein Zwölfjähriger sie programmiert und zwei Jahre später gelöscht, als sie ihm peinlich wurde."

„Werden deine Kumpels eigentlich auch irgendwann mal landen?", fragte Celia.

Vincent folgte ihrem Blick hinauf zum Gleiter. Er war inzwischen etwas näher gekommen, aber immer noch in sicherer Entfernung.

„Wenn sie unser Ziel exakt geortet haben, bestimmt", sagte Vincent. „Bis dahin halten sie aber einen Sicherheitsabstand. Damit ihnen nicht so ein pubertärer Virus oder ein profaner Sekurator in die Quere kommt."

„Ja, in so einem Science-Fiction-Flugzeug wird einem nichts gefährlich", kommentierte Celia und lief zur nächsten Kante. Sie blieb abrupt stehen, als plötzlich das Wrack eines Omnibusses in die Luft schoss und gegen den Gleiter knallte.

Der R-Typ kam heftig ins Trudeln. An seinen Vorderflügeln glühten zwei Punkte auf, aus denen kurz darauf ein Stromimpuls abgefeuert wurde. Eigentlich hätte der Blitz irgendwo auf dem Boden im vierten Kreis aufschlagen müssen, doch er prallte vorher an etwas ab und zeichnete eine gewaltige Silhouette nach, die zwei mächtige Arme emporreckte.

„Das hat kein Zwölfjähriger programmiert", murmelte Vincent.

Die hünenhafte Gestalt griff sich mit Krallenfingern ein paar Stockwerke eines Hochhausrohbaus und warf sie nach dem Gleiter.

Der R-Typ versuchte auszuweichen, doch der Gebäudeteil traf ihn mit voller Wucht. Er drehte sich zweimal um die eigene Achse, fing sich wieder und gab etwas Gas, um von der riesenhaften Kreatur wegzukommen.

„Das klappt nie im Leben", murmelte Celia.

Der Gleiter schlenkerte nun direkt auf Vincent und sie zu. Beide warfen sich blitzschnell auf den Boden. Nur wenige Meter über ihnen sauste der R-Typ in bedenklicher Schräglage vorbei und krachte dann …

… *nicht* auf den Boden. Seine Spitze dellte sich ein, er schwebte einen Moment in der Luft und sank schließlich schwerfällig von dem Hindernis herunter, das ihn gestoppt hatte.

Der Aufprall hatte einen zweiten Hünen enttarnt. Seine Gestalt wurde immer erkennbarer. Er schlug mit seinen gewaltigen geballten Fäusten auf den Gleiter, der daraufhin in Millionen silbrige Pixel zerstob.

Immerhin musste Vincent sich nun keine Sorgen mehr machen, dass seine Kollegen von ORGA ihn entdeckten. Die waren jetzt erst mal aus dem Spiel.

 *„Alarm im Weltall"*, sagte ich. „Ich wusste doch, dass ich euch kenne."

„Was?", hörte ich Vincent neben mir.

„Alarm im Weltall", wiederholte ich. „Da habe ich diese Dinger schon mal gesehen. Die Monster, die gerade deine Kollegen pulverisiert haben, sind aus einem uralten Sci-Fi-Film geklaut. Und euer Gleiter aus einem Computerspiel von neun-

zehnhundertirgendachtzig. Das ist doch wirklich albern, wenn man drüber nachdenkt."

Ich fing an zu lachen, bremste mich aber selbst, als ich bemerkte, dass Vincent mit starrem Blick das zweite Ungetüm fixierte.

„Das Monster, das gerade meine Kollegen pulverisiert hat, will jetzt uns pulverisieren", murmelte er. „Da ist mir völlig egal, woher es geklaut ist."

Das Wesen war nun vollständig materialisiert. Seine Haut glänzte silbrig, vor allem aber seine Augen zogen meine Aufmerksamkeit auf sich. In den schlitzartigen Pupillen drehte sich etwas in eigenartigen symmetrischen Formationen. Dieser Blick hatte etwas Hypnotisches. Einen Moment fürchtete ich tatsächlich, ich könnte mich nicht mehr bewegen. Doch dann riss ich meinen Zauberstab hoch und schleuderte ein paar Sterne auf das Ungetüm.

Seine schillernde Haut flackerte nur kurz an der Stelle auf, wo ich es getroffen hatte. Noch beeindruckender war das Brüllen, das es ausstieß. Hinter mir ertönte etwas leiser ein ziemlich ähnliches Brüllen.

„Na, vielen Dank", zischte Vincent. „Mir persönlich hätte ja eines von den Dingern gereicht."

Er rannte los und ich folgte ihm, während aus einiger Entfernung das gewaltige Stampfen der Bestien zu hören war. Der Boden vibrierte.

Vincent packte mich an der Schulter und riss mich hinter eine Eisenplatte, die schräg aus dem Boden ragte. Sie sah aus wie die Überreste einer fliegenden Untertasse.

Vincent atmete neben mir so leise wie möglich. Das Vibrieren des Bodens ließ etwas nach, als würde sich das Biest entfernen.

Moment. Das Vibrieren des Bodens?

„*Spürst* du das auch?", flüsterte ich.

Er legte den Zeigefinger an seine Lippen.

Dann sah ich sogar im Tarnmodus, wie seine Augen größer wurden.

„Das kann nicht sein", raunte er. „Das hier ist alles nur Lichtprojektion. Wir *können* nichts spüren. Das kriegt nicht mal POMPEJI hin."

„Ich hab da auch eher die zwei Riesenkollegen im Verdacht ..."

Als hätte ich damit ein Stichwort gegeben, fuhr hinter uns das halbe Ufo aus dem Boden. Der zweite Hüne hatte es herausgerissen und hielt die gewaltige Metallscheibe nun über seinen Kopf, während er uns anbrüllte.

Vincent packte mich am Arm – es tat tatsächlich *weh*, obwohl das eigentlich unmöglich war – und riss mich einige Meter zurück.

In letzter Sekunde. Sonst hätten wir genau dort gestanden, wo das Monster die Scheibe nun niederkrachen ließ.

„Ich denke, wir holen uns jetzt schleunigst, was dein indischer Freund uns hiergelassen hat", entschied ich. „Lenk du diese Viecher ab, du kennst dich besser mit deinen Tools aus. Rennen und einsammeln funzt hier ja hoffentlich genauso wie in der echten Welt."

Ich wartete seine Antwort nicht ab, sondern spurtete los. Nach knapp zweihundert Metern stürzte ich mich in den nächsten Kreis. Der fünfte, wenn ich richtig gezählt hatte.

Als ich auf dem Boden aufkam, tat das viel zu sehr weh für etwas, das man eigentlich gar nicht spüren durfte. Hoffentlich fand ich heute nicht auch noch heraus, wie sich ein Game Over im Orkus anfühlte.

21

Vincent und Celia liefen dem rot markierten Punkt entgegen, der noch unendlich weit entfernt zu sein schien. Es war wirklich verdammt ärgerlich, dass die Raketenrucksäcke im Orkus nicht funktionierten. Sonst wären sie in wenigen Sekunden dort gewesen, hätten sich das Kästchen schnappen und dann schleunigst den Orkus verlassen können. Unter ihnen bebte der Boden und der Hüne holte immer weiter auf.

Vincent geriet ins Straucheln, als er mit der Hüfte gegen eine Metallstange stieß, die senkrecht vor ihm aus dem Unrat aufragte. Er hielt sich keuchend die schmerzende Stelle und feuerte dann blind ein paar Salven Sterne hinter sich. Das wütende Heulen ließ ihn vermuten, dass er den Hünen getroffen hatte. Aber aufhalten ließ das Ding sich mit dem Zauberstab nicht.

Vincent sprang auf die nächste Ebene, rollte sich ab und suchte nach Celia. Sie war ihm einige Hundert Meter voraus und konnte wohl in ein, zwei Minuten den Zielpunkt errei-chen. Dummerweise würde der zweite Riese sie vermutlich vorher erwischen, denn er stürmte gerade von der Seite auf sie zu. Vincent konnte nicht erkennen, ob Celia ihn schon be-merkt hatte. Es war sein Job, ihn rechtzeitig auszuschalten.

Er schaute auf seinen Zauberstab und drehte an dem hellen Griff. Statt der Sterne befand sich an der Spitze nun das stili-sierte Symbol einer Eisenkette.

Normalerweise verschloss man mit Datenketten Zugänge zu Websites oder Rechnern, in denen man eine Zeit lang un-gestört sein wollte. Vincent hoffte, dass sie auch bei Schad-programmen weiterhalfen. Ausprobiert hatte er das aber bisher noch nie.

Er warf einen Blick über seine Schulter. Der erste Riese war etwas zurückgefallen. Diese Kreaturen waren zwar überra-schend flink für ihre Statur, aber zum Glück nicht *so* flink.

Vincent atmete tief ein, wartete, bis der Riese dicht genug bei ihm war, und dann schleuderte er den vorderen Teil der Datenkette auf ihn. Die Kette bohrte sich etwas oberhalb der Schulter in den gewaltigen Körper des Riesen.

Vincent suchte sein zweites Ziel, entschied sich für die obe-ren Stockwerke eines Hochhauses und ließ den Zauberstab ein weiteres Mal nach vorne schnellen. Der untere Teil der Kette durchschlug die Mauer und keilte sich darin fest. Der Riese brüllte wütend, stürzte auf Vincent zu, holte aus ...

Und griff ins Leere. Die Kette hielt der Belastung stand.

„Gut, das funktioniert also", murmelte Vincent und drehte sich wieder zu Celia. Sie sprang gerade in die nächste Kreisebene. Der zweite Hüne würde ihr in wenigen Schritten folgen. Während Vincents Stab automatisch eine neue Datenkette lud, jagte er den beiden hinterher.

Ehrlich, ich mochte Fitness. Aber langsam reichte mir dieses anstrengendste Computerspiel aller Zeiten. Das Vieh aus dem Fünfzigerjahrefilm kam mir eindeutig zu nah und die Schüsse aus meinem Zauberstab juckten es nicht mehr als ein paar Mückenstiche.

Ich sah wieder geradeaus. Kurz vor der nächsten Klippe, die in den achten Kreis des Orkus führte, stand ein uralter Schreibtisch – und darauf eine leuchtend rote Metallkassette. Das Zielobjekt. Doch ich würde es nicht mehr erreichen, denn der Hüne zu meiner Rechten …

… schrie überrascht auf. Ich spürte einen Luftzug, als seine Krallenhände nur wenige Zentimeter neben meinem Kopf ins Leere fuhren. Auch wenn es völlig bescheuert war, blieb ich stehen und starrte dem Ding in die Augen. Zwei Kreise, die in entgegengesetzte Richtungen rollten.

„Was ist los mit dir?!", fauchte ich.

Das Vieh brüllte und ich konnte sogar seinen Atem riechen.

Obwohl es eigentlich unmöglich war, zog mir das unverwechselbare Aroma von altem Katzenfutter in die Nase.

„Celia! Lauf! Die Kette hält nicht ewig!"

Ich drehte mich um und sah in einiger Entfernung Vincent. Neben ihm steckte ein Zugabteil im Boden und von diesem Abteil führte eine stählerne Kette zum Bein des Hünen, der mich nun nicht mehr erreichen konnte. Doch er zerrte an der Kette und der Zugteil wackelte bedenklich.

„Steck den roten Kasten in deinen Rucksack und dann logg dich aus!", rief Vincent. „Ich halte die Dinger solange auf!"

Ich rannte los. Als ich an dem antiquarischen Schreibtisch angekommen war, blickte ich noch mal zu Vincent. Es war ihm gelungen, eine zweite Kette an dem Riesen zu befestigen. Der war nun auch mit seinem Unterarm an den Boden genagelt und brüllte umso wütender. Auch Vincent brüllte, allerdings triumphierend. Ich gönnte ihm seine Freude. Nur leider entging ihm, dass gerade der zweite Riese hinter ihm herangeschritten kam. Er zog etwas neben sich her, das aussah wie ein ziemlich großes Stück unfertiges Hochhaus.

„Vincent, pass auf!", schrie ich.

„Kümmer dich um das Zielobjekt!", schrie er zurück.

Das tat ich, so schnell ich konnte. Denn mein persönlicher Lieblingsriese hatte gerade mit einem gewaltigen Ruck beide Ketten losgerissen und rannte nun mit großen Schritten auf mich zu.

22

Verdammt, dachte Vincent.

Der Gigant hinter ihm hatte sich befreit.

Die Kette, an der das halbe Hochhaus hing, schwang er wie ein Lasso über seinem Kopf, bevor er es auf Vincent schleuderte.

Vincent riss die Arme vors Gesicht, als das Gebäudeteil gegen ihn donnerte.

„Das ist nur eine Projektion", flüsterte er, als wäre es ein Zauberspruch.

Ein nutzloser Zauberspruch, offensichtlich. Es fühlte sich nämlich sehr realistisch an, als die Betonwand gegen ihn krachte und ihn aus der Simulation des Orkus schleuderte. Vincent landete hart auf dem gefliesten Boden des Fitnessraums. Mit einem Pfeifen entwich die Luft aus seinen schmerzenden Lungen. Vor seinen Augen tanzten Sterne an der Zimmerdecke im Hause der Lurkings.

Diesem Ding war es tatsächlich gelungen, ihn mit einem

Schlag aus dem Orkus zu feuern, indem es ihm das obere Stockwerk eines Rohbaus gegen die Brust geschmettert hatte.

Obwohl es nur eine Simulation gewesen war, fühlte er sich vollkommen erschlagen. Er schob mit tauben Fingern sein T-Shirt nach oben und betastete die Haut auf Bauch und Brustkorb. Sie war heiß, brannte bei der Berührung und verfärbte sich bereits ein bisschen. Das würde ein riesiger blauer Fleck werden. Wie zur Hölle konnte etwas, das nicht real war, einen riesigen und sehr realen Bluterguss hinterlassen?

Er stützte sich stöhnend auf seine Handflächen und richtete den Oberkörper langsam auf. Vor ihm standen die zwei Hometrainer. Celia war noch unter ihrer Lichtkuppel verborgen. Die Riesen hatten sie also bisher nicht erwischt. Sein eigener Hometrainer sah wieder aus wie ein ganz normales Fitnessgerät. Nur die Leuchtschrift auf dem Bedienungsterminal verriet, dass nicht alles in Ordnung war:

... SYSTEMABSTURZ ... NEUSTART ERFORDERLICH ... FÜR TECHNISCHEN SUPPORT KONTAKTIEREN SIE UNS BITTE UNTER SERVICE@FITMAKER24.COM ...

Eine Anweisung, die nur für den schönen Schein existierte. Die Firma FITMAKER24 gab es ebenso wenig wie die Möglichkeit, mit einer schlichten Mail ein Problem dieser Art zu lösen. Selbst wenn Vincent einen Neustart durchführte: Die Tür zum Orkus war für ihn erst mal verschlossen. Ein neuer Zugang programmierte sich nicht mal eben auf die Schnelle.

„Lass mich bloß in Ruhe, du Scheißteil!", knurrte Celias Stimme unter der Lichtkuppel des noch eingeloggten Gerätes.

Vincent musste lächeln. Ihre schlechte Laune hatte etwas sehr Witziges, wenn sie nicht ihm galt. Er widerstand dem Impuls, sich einfach zu Celia auf den Hometrainer zu stellen. Das würde die laufende Simulation überlasten und das Zielobjekt wäre definitiv verloren. Celia musste das leider allein hinbekommen.

Na ja, fast allein. Denn sie konnte ihn immer noch hören.

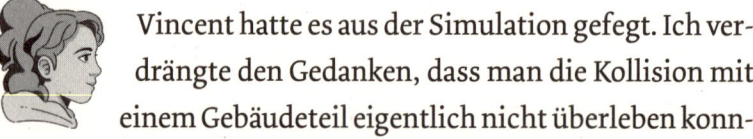 Vincent hatte es aus der Simulation gefegt. Ich verdrängte den Gedanken, dass man die Kollision mit einem Gebäudeteil eigentlich nicht überleben konnte, und legte den Sprint meines Lebens hin. Die rote Metallkiste war meine einzige Mission. Ich warf mich mit letzter Kraft nach vorn und riss sie vom Schreibtisch. Sie wirkte etwas altmodisch, bis auf das Zahlen- und Buchstabenfeld auf ihrem Deckel.

„Woher soll ich denn jetzt bitte schön ein Scheißpasswort kriegen?!", fauchte ich frustriert.

Hinter mir näherten sich die beiden Giganten mit donnernden Schritten. Mir blieben bestimmt nur noch wenige Sekunden.

„IdxR42", erklang es plötzlich neben mir wie aus dem Nichts. „Das I und R bitte großschreiben."

„Vincent?", murmelte ich überrascht. Gleichzeitig fuhren meine Finger über die Buchstaben und Zahlen. Wenn es drauf ankam, war Multitasking für mich anscheinend doch nicht so ein großes Problem, wie ich immer gedacht hatte.

„Ich bin hier. Alles in Ordnung, aber ich kann nicht mehr zurück in den Orkus. Hast du es?", hörte ich wieder Vincents Stimme.

„Fast", sagte ich, während der Deckel der Kiste aufklappte.

Ich wusste nicht genau, *was* ich darin erwartet hatte. Aber auf jeden Fall nicht so einen simplen, vollgekritzelten Zettel, den man von einem Servierblock gerissen hatte. Oben war sogar noch ein Werbeaufdruck zu erkennen.

„Das ist nur ein beschissener Fetzen Papier", sagte ich.

„Egal. Lad ihn runter. Irgendwo muss ein Symbol dafür …", wies mich Vincents Stimme an, die von einem markerschütternden, zweistimmigen Brüllen verschluckt wurde.

Ich tippte auf den hingeskribbelten Pfeil am unteren Ende des Zettels, der sich daraufhin in viele kleine Lichtpunkte auflöste.

Dann blickte ich nach oben. Insgesamt vier gewaltige Monsterfäuste sausten mir entgegen.

„Ich bin raus", keuchte ich, stieß mich vom Boden ab und machte einen Satz nach hinten.

Ich legte eine unsanfte Landung auf meinem Steiß hin. Immerhin landete ich nicht auf einer Müllkippe des Wahnsinns, sondern auf dem völlig normalen Fliesenboden eines – zumindest angeblich – völlig normalen Einfamilienhauses.

Ich stützte mich auf und sah, wie vor mir eine Lichtkuppel in sich zusammenfiel. Darunter lag ein Hometrainer, der in Leuchtschrift einen Systemabsturz verkündete. Neben dem Gerät stand Vincent und schaute mich angespannt an.

„Hast du es?", fragte er.

„Mir geht es bestens, alle Knochen noch heil", fauchte ich außer Atem. „Danke der Nachfrage."

„Schön", rang er sich immerhin ab. „Und? Hast du es?"

Ein leises Ploppen aus seiner Hosentasche lenkte ihn ab. Er kramte sein Handy hervor. Dann lächelte er. „Du hast es", sagte er. Als er mich wieder ansah, lächelte er immer noch. „Gut gemacht."

Ich ärgerte mich, dass ich mich über sein Lob freute.

Sein Lächeln fiel in sich zusammen, als eine quäkende Kinderstimme zu uns in den Keller herunterschallte: „Bin wieder zu Hause!"

23

„Was macht ihr denn da unten?"

Für Außenstehende wirkte Siri, die am Ende der Treppe stand, mit Sicherheit wie eine ganz normale überraschte Neunjährige, die sich nicht erklären konnte, warum ihr älterer Bruder und dessen neue Freundin schweißgebadet aus dem Keller kamen.

„Wir brauchten was zu trinken", sagte Vincent und hielt zum Beweis eine Flasche Cola hoch.

„Sehr viel zu trinken", ergänzte Celia und tat das Gleiche mit einer Orangenlimonade.

Sie gingen an Siri vorbei in die Küche.

Die Kleine folgte ihnen. „Und warum seid ihr so durchgeschwitzt?", krähte sie.

„Trockenstedter Herbstmarathon", erklärte Celia. „Dein Bruder hat behauptet, ich wäre dafür nicht fit genug. Da musste ich ihm das Gegenteil beweisen. Wo sind denn bei euch die Gläser?"

„Im Esszimmer, der Schrank links", sagte Vincent. „Siri, kannst du uns noch ein paar Eiswürfel besorgen? Du kriegst dafür auch ein Glas Cola. Ich verrate es auch nicht Mama."

Er zwinkerte ihr liebenswürdig zu, während sie für eine Millisekunde ihre Augen zu missmutigen Schlitzen verengte. Dann trällerte sie ein aufrichtig klingendes „Au ja, danke!".

Celia hatte bereits Gläser auf den Esstisch gestellt und füllte sie mit Cola.

„Du lügst wie eine Profispionin", raunte Vincent ihr zu.

„Ich lüge wie eine ganz normale Teenagerin", raunte sie zurück.

Siri kehrte mit einer Schüssel klimpernder Eiswürfel zurück.

„Warum bist du eigentlich schon wieder zu Hause, Siri?", fragte Celia sie lächelnd. „Vincent meinte, du seist auf einem Ausflug?"

„Die Hagenbecks haben eine Warnung aufs Handy bekommen, weil ihre Alarmanlage losgegangen ist", erklärte Siri. „Da mussten wir umdrehen. Es sind wohl in der ganzen Stadt gerade Alarmanlagen losgegangen. Herr Hagenbeck meinte, das wäre ein Seibert-Angriff. Keine Ahnung, wer dieser Seibert ist." Sie streckte sich mit leuchtenden Augen nach dem Glas, das Celia ihr über die Tischplatte entgegenschob, und griff es sich.

„Vermutlich meinst du einen *Cyberangriff*", erklärte Vincent. „Das kannst du in deinem Alter noch nicht kennen. Hat was mit Internet zu tun."

Natürlich war ihm klar, dass Siri bestens wusste, was ein Cyberangriff war. Sie hatte schon selbst einige geplant und durchgeführt.

„Och, wieder so ein langweiliger Computerkram", seufzte Siri scheinbar enttäuscht und leerte ihr Glas dann mit gierigen Schlucken. Dabei hasste sie Cola.

Vincent freute sich, dass Celia Siri gleich noch mal nachschenkte.

„Ähm, Vincent", sagte Celia. „Falls du jetzt nicht zu gekränkt bist, weil ich dich bei unserem kleinen Sprint abgehängt habe – hilfst du mir noch mit dem Regal? Bevor mein Vater endlich mal den Akkuschrauber in die Hand nimmt, sind meine Bücher zu Staub zerfallen."

Erst wusste Vincent nicht, was Celia von ihm wollte, aber dann verstand er. Er sollte sie nach Hause in ihr Zimmer begleiten und ihr erzählen, was sie da aus dem Orkus geborgen hatte. Doch er wollte erst mal allein einen Blick darauf werfen und sich eine passende Geschichte für Celia zurechtlegen.

„Gern, aber ich glaube, meine Eltern finden es nicht so cool, wenn ich Siri jetzt alleine lasse", entgegnete er.

„Ich bin schon neun", protestiere sie. „Du kannst mich ruhig mal ein paar Stunden alleine lassen."

Das kleine Miststück vereitelte seine Pläne natürlich sogar, wenn sie diese Pläne gar nicht kannte. Und natürlich war es ein versteckter Hinweis, dass sie sich nun brühwarm von Midnight die neuesten Ergebnisse des ORGA-Einsatzes im ORKUS abholen würde.

Es erfüllte Vincent mit einer gewissen Befriedigung, dass Midnight nur von einem zerschmetterten Datengleiter erzählen konnte, während er selbst genau das besaß, worauf alle so scharf waren: die neu aufgetauchte Mail. Auch wenn er sie nun wohl oder übel mit der neugierigen Nachbarin teilen musste.

„Gut, dann lass uns mal dein Bücherregal aufbauen, Celia", seufzte er und drückte Siri einen Schmatzer auf ihre Stirn, die sie widerwillig anspannte. „Aber wehe, du erzählst Mama, dass ich dich so lange allein gelassen habe."

Er war sich sicher, dass Siri beide Mittelfinger in die Höhe recken würde, nachdem die Haustür hinter ihm und Celia ins Schloss gefallen war.

24

„Mum? Paps?", rief ich, als ich mit Vincent das Haus betrat. Gerade heute wollte ich nicht riskieren, dass ein unerwartet früh heimgekehrter Elternteil in mein Zimmer stürzte, während ich mit Vincent unter die Lupe nahm, was auch immer wir diesen virtuellen Monstern entrissen hatten.

Stille.

Montags war immer Highlife in Papas Autohaus und in Moms Agentur.

„Keiner da", erkannte Blitzchecker Vincent.

Ich nickte nur und gab ihm mit einem Wink zu verstehen, dass er mir in mein Zimmer folgen sollte.

„Hab ich dir schon mal gesagt, dass ich deine Schwester noch gruseliger finde als dich?", fragte ich auf der Treppe.

„Soll mich das jetzt freuen?", fragte er zurück. „War das die Celia-Lopez-Variante eines Kompliments?"

Ich zuckte die Schultern und stieß die Tür zu meinem Zimmer auf. Dann räumte ich meine Dreckwäsche vom Bett, damit Vincent sich setzen konnte.

„Finden ihre richtigen Eltern das eigentlich okay, was sie so treibt? Oder sind das etwa Tatjana und Mark?"

Vincent stieß ein schnaubendes Lachen aus. „Tatjana hasst Mark. Und Kinder hat man bei ORGA eh nicht."

„Aber bei ORGA gibt es Kinder?" Ich sah ihn verständnislos an. „Da muss man sich doch fragen, wo sie herkommen? Also, ich an deiner oder Siris Stelle würde mich das fragen."

„Würdest du nicht", erwiderte Vincent. „Hierfür gilt wie für alles andere das Motto von ORGA: *NON ROGAMUS. RESPONSA INVENIMUS.*"

„Wir fragen nicht, wir ... erfinden ... irgendwas?", versuchte ich mein Glück mit meinen ausbaufähigen Lateinkenntnissen. Theoretisch hatte ich Latein seit zwei Jahren in der Schule. Praktisch würde ich einen toten Römer die meiste Zeit ratlos angucken, wenn er mir noch was erzählen könnte.

„Wir fragen nicht, wir finden Antworten", gab Vincent mir die korrekte Übersetzung.

„Klingt für mich nach einem ziemlichen Kackmotto. Insbesondere, wenn es um etwas nicht ganz Unwichtiges wie Familie geht."

„So wichtig können Siri und ich unseren Familien ja nicht gewesen sein, wenn wir unser gesamtes bisheriges Leben bei ORGA verbracht haben, oder?"

Vincents Gesichtszüge wirkten angespannt. Ich hatte wohl einen wunden Punkt getroffen, was ich gut verstehen konnte.

„Vielleicht wart ihr ihnen einmal wichtig“, murmelte ich. „Vielleicht wurdet ihr … entführt?“

„Es ist mir egal. Es ist Siri egal. Kein Mensch braucht Familie, wenn er ORGA hat.“ Vincent verschränkte die Arme vor der Brust und sah mir fest in die Augen. „Können wir uns jetzt endlich um unsere Beute kümmern?“

„Logisch“, nickte ich. Ich fand das Familien-Thema ziemlich spannend, aber ich wollte Vincent auch nicht stressen. „Wohin wurde das eigentlich downgeloadet, als ich auf den Pfeil gedrückt habe?“

„In einen sicheren Ordner. Den rufen wir jetzt auf.“

„Okay, dann brauchen wir meinen Rechner?“ Ich nahm meinen Laptop vom Schreibtisch und winkte damit, doch Vincent lehnte mit einem schnaubenden Lachen ab.

„Super Idee, damit Siri schön mitlesen kann. Wir vertrauen lieber auf mein Handy.“

„Willst du etwa sagen, eine Neunjährige hat auf meinem Rechner rumgeschnüffelt?“ fragte ich einigermaßen entsetzt.

„Bei deinem bescheuerten Passwort könnte *jede* Neunjährige auf deinem Rechner rumschnüffeln“, sagte Vincent, während er bereits auf seinem Display rumwischte. „Machst du mal die Rollläden runter? Die Projektion könnte etwas weniger Licht gebrauchen.“

„Du kennst mein Passwort?!", fragte ich fassungslos, während ich schon für die Verdunklung sorgte.

Über Vincents Handy erschien das bläulich leuchtende Logo, das mal wie ein Buchstabe, mal wie ein Schlüsselloch aussah. Das geisterhafte Licht ließ sein Gesicht gespenstisch blass wirken. Ein Ladebalken unter dem Logo füllte sich rasch.

„Ja, ich war auf deinem Rechner. Du warst meine Zielperson." Vincent wirkte kein bisschen schuldbewusst.

„Schon klar", ich hob die Augenbraue. „Und was weißt du jetzt alles über mich?"

Vincent grinste vielsagend, antwortete aber nicht.

Der Ladebalken hatte sich inzwischen komplett gefüllt. Das Logo hatte sich in den vollgekritzelten Servierblockzettel aus dem Orkus transformiert. Wenn ich Vincents immer länger werdendes Gesicht richtig interpretierte, war unser Profispion genauso enttäuscht wie ich.

Vincent atmete tief ein. Nein, er musste etwas übersehen haben. Das war bestimmt nur das Deckblatt der eigentlichen Datei. Für so etwas hatte Kotto ihn bestimmt nicht in den Orkus geschickt.

Er suchte nach dem Pfeil, den er anklicken musste, um die richtige Datei runterzuladen.

Es gab keinen.

Dieser erbärmliche Zettel war tatsächlich alles. Dafür hatten sie in ganz Trockenstedt Fehlalarme in Geschäften und Privathäusern ausgelöst – und es hätte theoretisch sogar schlimmer kommen können. Auch großflächige Stromausfälle konnten die Folge sein, wenn man im Orkus Rabatz machte. Einer der vielen Gründe, warum selbst die oberste Spitze von ORGA den Orkus mied. Man wusste eben nie genau, was man mit dem Herumpfuschen in gelöschten Daten anrichtete.

Vincent war dieses Risiko eingegangen. Weil er überzeugt gewesen war, dass Kotto eine weitere Mail von Hypnos aufgespürt hatte. Eine, die noch vollständig erhalten war.

„Dafür haben wir uns fast von zwei Cyberspace-Riesen zu Brei hauen lassen?", riss Celia ihn aus seinen Gedanken. „Was ist das überhaupt? Ich dachte, wir kriegen wenigstens eine Mail?"

„Ein Datenblatt", knurrte Vincent. „Zu einer Mail."

Celia trat einen Schritt näher und betrachtete, was Vincents Handy über ihr Bett projizierte.

„Das würde ich sehen, wenn ich *Eigenschaften* bei einem Dokument anklicke, richtig?"

Vincent nickte nur deprimiert.

„*Datum: 22. 4. Autor: unbekannt*", las Celia vor. „*Größe:*

1,2 *Megabyte* – da hing anscheinend noch ein Anhang dran. *Typ: EvercrestPro Business.* Toll, jetzt wissen wir sogar, was für eine Art PC verwendet wurde … *Betreff: Vorstellung MM.* Na, das macht ja richtig Lust auf mehr. Blöd nur, dass sie hier wieder eine Abkürzung verwendet haben, oder?"

„Sehr schön vorgelesen und präzise analysiert, Frau Lopez", gab Vincent bissig zurück.

Celia las unbeirrt eine durch Punkte getrennte Zeichenreihe vor. „Aha. Diese IP-Adresse verrät uns also, von wo die Mail abgeschickt wurde?"

„RESEARCH", befahlt Vincent.

Sein Handy übersetzte die Zeichenfolge in eine Standortangabe des Absenders.

„Dein Vater ist gerade noch ein Stückchen höher in der Liste der Hauptverdächtigen gerutscht", bemerkte er trocken, als die Adresse des Autohauses aufleuchtete.

Celia warf ihm einen abschätzigen Blick zu und betrachtete wieder die Projektion. Dann legte sie den Kopf schief und der Anflug eines Lächelns war auf ihren Lippen zu erahnen.

„Ja, das wäre wirklich verdächtig, wenn es diesen kleinen Schönheitsfehler nicht gäbe. Hast du dir das Datum genau angesehen?"

„Natürlich", sagte Vincent. „Aber ich glaube nicht, dass ihr an einem Aprilmontag in Schweden unterwegs wart."

„Es geht nicht um den Monat", präzisierte sie. „Das war der

22. April vor *drei Jahren*. Da waren wir gerade erst hergezogen. Und was deine Hypnos-These noch ein bisschen komplizierter macht: Mein Vater hat das Autohaus damals erst zum 1. Mai übernommen."

„Aber … das kann nicht sein", hauchte Vincent. „Alle anderen Mails waren vom letzten Jahr. Warum sollte diese eine Mail aus dem Raster fallen?"

„Ja, das ist strange", gab Celia zu und ließ sich auf ihren Bürostuhl fallen. Eine angestrengte Denkfalte erschien auf ihrer Stirn, die ebenso plötzlich wieder verschwand.

„Dir ist gerade etwas eingefallen, oder?", fragte Vincent hoffnungsvoll.

„Ja, aber das ist wahrscheinlich Blödsinn. Das habt ihr bestimmt alles schon gecheckt."

„Celia? Bist du da?", rief es plötzlich von unten.

Celia zuckte zusammen und auch Vincent konnte seinen Schreck kaum verbergen. Eilige Schritte kamen die Treppe hinauf.

„OFF", befahl er blitzschnell.

Die Präsentation verschwand.

Gerade noch rechtzeitig, bevor Frau Lopez ins Zimmer fegte.

„Celia, ich … oh, Vincent! Dich hab ich ja gar nicht erwartet!" Frau Lopez lächelte ihn erfreut an. Im Gegensatz zu ihrer Tochter mochte sie ihn ja anscheinend wirklich.

„Schon mal was von Anklopfen gehört?", fuhr Celia sie an.

„Du hast recht", gab Frau Lopez zu. „Entschuldigung. Ich wollte euch bei nichts stören." Sie zwinkerte verschwörerisch.

„Hast du was im Auge?", ließ Celia sie auflaufen. „Wir haben übrigens Hausaufgaben gemacht, falls es dich interessiert."

„Bei geschlossenen Rollläden?", fragte Frau Lopez und zeigte zum Fenster.

„Wir haben einen Film geguckt", behauptete Celia. „Grundlagen der Weltwirtschaft. Ist genauso spannend, wie es klingt. Willst du mal reinschauen?" Sie wies auf ihren zugeklappten Laptop.

Frau Lopez unterdrückte ein Grinsen. „Nein danke, schon gut. Ich wollte hier auch gar nicht so reinplatzen. Ich habe nur vorhin Herrn Cauder beim Einkaufen getroffen und wollte fragen, ob du das mit Sophias Opa schon gehört hast ..." Sie sah nun sehr ernst aus.

Celia zog ihr Handy aus der Hosentasche und checkte die Festnetznummer auf dem Display, die sie mehrfach nicht erreicht hatte.

„Oh shit ... sie hat dreimal angerufen."

Vincent spürte ein merkwürdiges Ziehen in der Leistengegend. Er erschrak, als ihm aufging, dass es sich um eines der unprofessionellsten Gefühle überhaupt handelte: Mitleid. Celia schien sich Vorwürfe zu machen.

„Ich bin wirklich 'ne tolle Freundin", murmelte sie.

„Geh am besten gleich mal zu ihr", schlug Vincent vor.

Frau Lopez nickte zustimmend, legte Celia kurz die Hand auf die Schulter und verließ dann das Zimmer.

„Und ...", Vincent räusperte sich, „... richte ihr bitte mein Beileid aus."

Er merkte selbst, wie steif das klang, als Celia wieder mal die Augenbraue hochzog.

„Eine Sache nur: Verrätst du mir bitte noch, was wir vermutlich eh schon gecheckt haben bei den Mails?"

25

„Hallo, Celia", begrüßte mich Herr Cauder und wies hinter sich. „Sie ist in ihrem Zimmer."

„Es tut mir leid", murmelte ich kaum hörbar, obwohl ich es wirklich so meinte.

Er nickte nur und verschwand in seinem Arbeitszimmer.

Soff saß in der kleinen Sitzecke, die sie sich neben ihrem Bett eingerichtet hatte. Sie hob die Hand und lächelte traurig, als sie mich sah. Auf ihrem Schoß lag ein aufgeklapptes Fotoalbum.

„Wie in so einem kitschigen Film, oder?", fragte sie. „Jemand stirbt und die Heldin blättert erst mal durch Fotoalben."

„In einem Film braucht die beste Freundin wenigstens nicht Stunden, um das mitzukriegen." Ich setzte mich neben sie. „Sorry, Soff. Heute ist vermutlich der erste Tag, seitdem ich hier wohne, an dem ich nicht hundertmal aufs Handy geguckt habe. Ich habe es tatsächlich eben erst gesehen."

„Du bist ja jetzt da." Sie lächelte wieder traurig. Dann deutete sie auf die kleine Teekanne vor sich und ich nickte. Sie holte noch eine Tasse aus ihrem Wandschrank und warf meine zwei üblichen Zuckerwürfel hinein, bevor sie den Tee eingoss.

„Ich werde damit klarkommen, denke ich", sagte sie, als ich meinen ersten Schluck nahm. „Wenn ich mal traurig bin, habe ich dich zum Reden und die Fotoalben. Aber ich weiß nicht, wie *er* damit fertigwerden soll." Bei ihrem letzten Satz zitterte die Stimme etwas.

„Du meinst … deinen Vater?"

Soff nickte. Eine einsame Träne tropfte auf ihr Knie und hinterließ einen dunklen Fleck auf ihrer grauen Jeans.

„Ich weiß, du kannst ihn nicht ausstehen. Es ist ja auch schwierig, ihn zu mögen. Aber er hat Opa wirklich geliebt. Du hättest ihn vorhin sehen sollen. Ich habe Papa vorher noch nie weinen sehen. Er hat ständig gesagt, dass es ihm leidtut, als hätte er irgendwas für diese beschissene Krankheit gekonnt."

Mittlerweile flossen die Tränen ungehemmt und ich konnte nichts anderes tun, als Sophia in den Arm zu nehmen und ihr weiter zuzuhören.

„Er hat doch gar keine Freunde. Mit wem soll er denn jetzt reden?", flüsterte Soff. „Klar, er hat mich, aber eine Tochter ist doch nicht dasselbe."

Ich drückte sie an mich und ließ sie erst mal weiter schluchzen.

„Hat er wirklich gar niemanden?", fragte ich.

Soff schüttelte den Kopf. „Früher hatte er wenigstens noch Frau Frescher, aber die ist ja auch schon lange tot. Falls es Gott gibt, dann ... Was er mit meinem Vater macht, ist absolut nicht in Ordnung."

„Da muss Gott sich echt warm anziehen, wenn er dich mal trifft", entschlüpfte es mir und ich wollte mich sofort dafür entschuldigen. Aber als Sophia lachte, merkte ich, dass sie diese Vorstellung in ihrer Trauer gerade gut gebrauchen konnte. Und ich sah selbst bildlich vor mir, wie Soff gegen Gott in einer himmlischen Box-Arena antrat.

„Noch ein bisschen Fotoalbum gucken?", fragte ich.

„Unbedingt", sagte sie und schlug die nächste Seite auf.

Normalerweise hielt sich ORGA mit unwichtigen Details zurück, doch diesmal gab es davon reichlich. Midnight erzählte nun schon über fünf Minuten von den Riesen im Orkus und den Agenten im R-Typ, die sich von ihrem Einsatz immer noch erholen mussten. Dass außerdem zwei Unbekannte durch die neun Kreise gezogen waren, schien zum Glück niemandem aufgefallen zu sein.

„Woher kamen diese Riesen denn?" Diese Frage hatte sich Vincent schon im Orkus gestellt, nun stellte er sie Midnight. Der Geist hatte aber auch nichts als eine Vermutung. „Die An-

deren, nehmen wir an. Eigentlich sind es ja immer die *Anderen*, wenn wir Schuldige suchen."

„Und diese Monster haben einen Datengleiter zerstört? Einen Typ R?", hakte Siri nach. „Die sind doch geschützt wie nichts Gutes."

„Für die Riesen kein Problem. Wir können uns glücklich schätzen, dass unsere Leute im Gleiter keine größeren Verletzungen davongetragen haben."

„Wieso Verletzungen?", fragte Tatjana. „POMPEJI ist doch nur eine große Lichtillusion. Licht verletzt nicht."

Vincent war froh, dass seine angebliche Mutter die Frage stellte und er es nicht selbst tun musste. Ihn interessierte nämlich auch ungemein, warum Celia und er plötzlich Dinge im Orkus gespürt hatten, doch er wollte nicht unnötig Aufmerksamkeit auf sich lenken. Auf seiner Brust brannte nach wie vor der Bluterguss.

„Natürlich kann Licht keine körperlichen Schäden bewirken", bestätigte Midnight. „Unsere Agentinnen und Agenten haben aber berichtet, dass diese Ungetüme sehr spezielle Augen hatten. *Hypnotisch* war ihre Formulierung. Wir vermuten, dass durch ihren Blick eine Art mentale Umprogrammierung stattgefunden hat. Das Unterbewusstsein wurde dahingehend ausgetrickst, dass man Illusionen nicht mehr als solche erkannt hat. Und der Körper reagierte darauf wie auf reale Bedrohungen. Eine Verletzung hinterließ wahrscheinlich keine echten körperlichen Schäden – aber die dadurch ausgelösten Schmerzen und andere Begleiterscheinungen sind real."

Vincent tastete unwillkürlich über seine Brust. *Mentale Umprogrammierung*, dachte er. Konnte das tatsächlich der Grund sein?

Aus den Entspannungstechniken, die er bei ORGA gelernt hatte, wusste er, dass man mit Gedanken tatsächlich die körperliche Wahrnehmung beeinflussen konnte. Der Herzschlag wurde ruhiger, wenn man sich an einen schönen Ort träumte. Arme und Beine wurden wärmer, wenn man sich Sonnenstrahlen auf der Haut vorstellte. Aber es dauerte, bis solche Effekte eintraten. Wenn die *Anderen* einen Weg gefunden hatten, einen Effekt in dieser Intensität in Sekundenschnelle hervorzurufen, war das eine sensationelle Technik. Eine Technik, die man auf keinen Fall in den Händen von Feinden wissen wollte.

„Wurde wenigstens die Mail gefunden, die dieser Hacker Kotto im Orkus versteckt hat?", riss Siri Vincent aus seinen Überlegungen.

Nein, dachte Vincent. *Aber falls es jemanden beruhigt: Die war eh 'ne ziemliche Enttäuschung.*

„Nein", wiederholte Midnight den ersten Teil von Vincents Gedanken. „Wir haben einen zweiten Datengleiter in den Orkus geschickt. Da war nichts mehr. Keine Riesen, keine Spuren von Kottos Mail. Aber die IT-Probleme, die kurz darauf in

Trockenstedt aufgetreten sind, weisen eindeutig darauf hin, was in der Zwischenzeit passiert ist."

Vincents Kiefer spannte sich an. „Was denn?", hakte er nach.

„Es wurde ein Rekonvaleszenzsignal ausgelöst."

Vincent spürte, wie sich ein Kribbeln entlang seiner Wirbelsäule ausbreitete. War das Datenblatt nur der Zusatz zu Kottos eigentlichem Meisterstück gewesen? Bedeutete das tatsächlich, dass …

„Ein Rekonvaleszenzsignal?", rief Siri. „Das heißt, irgendwo auf einem der Tausenden Rechner in dieser Stadt ist jetzt eine Mail wiederhergestellt? Vielleicht sogar die Mail, die uns verrät, wer Hypnos ist und was die *Anderen* mit ihm zu schaffen haben?" Sie wirkte völlig aufgebracht.

Der Geist über der Tischplatte nickte nur.

„Und wie sollen wir die Mail jemals finden? Sollen wir von Tür zu Tür gehen und fragen, ob wir uns mal kurz einloggen dürfen?" Siri war alles andere als amüsiert.

„Nun, ich hätte gehofft, dass sich vielleicht bei euren Zielobjekten zu dem Zeitpunkt des Vorfalls irgendetwas … Ungewöhnliches ereignet hat?"

„Bei mir war nichts Besonderes zu beobachten", behauptete Vincent. Er verstand inzwischen, was passiert war: Mit Kottos Code hatte er nicht nur das Feuerwerk ausgelöst, das ihn – oder besser gesagt Celia – zu dem Datenblatt im Orkus geführt

hatte. Er hatte damit die Wiederherstellung der verschwunde-
nen Mail eingeleitet.

„Meine Zielobjekte waren in Panik", knurrte Siri, die anders
als Vincent gerade kein Aha-Erlebnis hatte. „Was aber wohl allen Zielobjekten so geht, wenn ihre Alarmanlage gerade einen
Einbruch funkt."

„Möglicherweise ist es kein Zufall, dass ausgerechnet bei
ihnen die Alarmanlage losging?" Midnights gezeichneter Au-
genlidstrich bewegte sich fragend ein Stück nach oben.

„Ich werde es natürlich kontrollieren", murmelte Siri.

Auch wenn sie keine Lust darauf hatte, würde Siri gründ-
lich sein, da war sich Vincent sicher. Als Hackerin, die ihren
Job ernst nahm, würde sie nicht nur den Computer der Hagenbecks, sondern alle Rechner der Stadt unter die Lupe nehmen, die sie für verdächtig hielt. Dabei würde sie irgendwann
bei den Rechnern im Autohaus landen. Vincent musste einen
Vorsprung gewinnen. Und das ging am besten, wenn man Siri
mit einer Trophäe ablenkte, die sie einem vor der Nase weg-
schnappen konnte.

26

„Das sind keine genialen Erfinder. Das sind stinklangweilige Rentner, die sich nichts sehnlicher als eine Enkelin wünschen, mit der sie den ganzen Tag Bubu und Baba machen können. Jede Sekunde, die ich denen hinterherspioniere, ist Zeitverschwendung!"

Siri war immer noch mächtig frustriert. Das erkannte Vincent daran, dass sie diesen Frust überhaupt mit ihm teilte, während sie neben ihm zur Schule dackelte.

„Ich hab das Gefühl, dass wir in einer Sackgasse stecken. Irgendwas stimmt doch vorne und hinten nicht bei dieser Mission."

Vincent brummte zustimmend und nicht einmal die Tatsache, dass er ihr ausnahmsweise beipflichtete, machte Siri misstrauisch. Zeit, den Köder auszulegen.

„Zumal da irgendwas mit den Daten nicht hinhaut", murmelte Vincent so leise, dass Siri es gerade noch hören konnte.

„Von was redest du eigentlich?!", zischte sie.

„Ach nichts." Er tat so, als würde er seiner eigenen Vermutung nicht glauben. „Ich bin nur genervt. Die Daten von den Mails lassen sich irgendwie nie hundertprozentig zuordnen. Zumindest nicht zu meinem Zielobjekt. Die bisher wichtigste Mail würde in allen Belangen zu Christian Lopez passen, doch der Zeitpunkt des Absendens überhaupt nicht. Lopez war an diesem Tag in Schweden. Aber die Daten stehen ja fest, an ihnen kann nicht rumgepfuscht worden sein."

„Das wurde ja alles mehrfach geprüft", bestätigte Siri. Ihre Stimme, die perfekt auf Schauspielkunst getrimmt war, klang natürlich wie immer. Vincent spürte jedoch, dass Siri angebissen hatte.

„Vermutlich hat Lopez die Mail vorher vorbereitet und ein Datum zum Abschicken eingestellt", hielt er das Gespräch am Laufen.

„Vermutlich", sagte Siri. Sie waren an ihrer Grundschule angelangt. „Wir müssen die Abschiedsnummer abziehen."

„Hab einen schönen Tag!" Vincent lächelte sie an und drückte sie.

Siri spannte sich nicht wie sonst voller Widerwillen an. Sie musste mit ihren Gedanken ganz woanders sein. Vermutlich rätselte sie bereits, ob man bei den Daten doch etwas übersehen hatte.

„Ich vermiss dich jetzt schon!", behauptete sie trotzdem

mit souveräner Glaubwürdigkeit – natürlich laut genug, damit alle Umstehenden es hören konnten.

Der Köder war geschluckt. Als Vincent sich umdrehte und den Weg zum Gymnasium fortsetzte, wurde sein Grinsen noch etwas breiter.

„Dich gibt's nicht in Pünktlich, oder?", begrüßte mich Vincent, als ich zur ersten Stunde das Klassenzimmer betrat.

„Das liegt nur daran, dass ein gewisser Herr Lurking mir eine Nachricht geschickt hat. Wozu brauche ich Klamotten, die ich eigentlich niemals anziehen würde?", zischte ich. Die dadurch ausgelöste Fahndung in Mums Kleiderschrank hatte halt etwas länger gedauert. Letztlich hatte ich mir in meiner Verzweiflung ein entsetzliches beiges Kleid mit Glitzersteinchen gemopst, das so ziemlich das Gegenteil von allem war, was ich jemals getragen hatte.

Herr Schropp suchte zum Glück umständlich was in seiner Ledertasche und war noch nicht unterrichtsfähig.

„Nicht hier", murmelte Vincent. „Nicht dass uns jemand hört. Sophia würde ja wahrscheinlich sogar kapieren, was wir machen. Die habe ich allerdings noch nie verspätet erlebt." Er sah sich suchend um, als würde meine beste Freundin seit Neuestem Verstecken zum Schulbeginn spielen.

„Beerdigung von ihrem Opa", erklärte ich. „Da schickt nicht mal ihr Unmensch von Vater sie hierher."

„Ich bin mir sicher, ihr habt euch viel zu erzählen. Und das könntet ihr auch tun, wenn ihr alle *vor* Unterrichtsbeginn da wärt", unterbrach uns Schroppo. Er hatte wohl gefunden, was auch immer in seiner Tasche verloren gegangen gewesen war.

Den Rest des Schultages schwieg Vincent eisern zu unserem Vorhaben. „Profis müssen mit Überraschungen leben", war seine einzige Erklärung und er grinste auch noch frech auf meine Antwort: „Profis müssen gleich mit Eins-auf-die-Mütze leben." Das Schweigen brach er erst zum letzten Klingeln der Schulglocke, als er plötzlich verkündete: „Wir haben einen Termin", und mich mit sich zog.

Kaum hatten wir den Schulhof hinter uns gelassen, fing er an, kompliziertes Zeug von sich zu geben.

„Hey, drück mal auf Pause, Vinci", bremste ich ihn. „Was ist jetzt dieses Rekodingenssignal und wo gehen wir überhaupt hin?"

„Rekonvaleszenzsignal. Ein spezieller Impuls, mit dem man gelöschte Daten wiederherstellt – an einem Ort, an dem sie zwischengespeichert wurden. Kotto konnte zwar nicht die Mail selbst für uns im Orkus verstecken, weil er sie nicht hatte. Aber er konnte uns einen Wegweiser schicken."

„Hä? Wenn er weiß, wo die Mail ist, warum kann er sie dann nicht einfach dort runterladen, und gut ist?"

„Gerade umfangreiche Datenmengen sind oft sehr instabil. Du hast gesehen, dass die Mail ziemlich groß war, also hängt da auch richtig viel dran. Das wollen wir alles haben und nicht nur Teile davon. Deswegen brauchen wir das ganze Medium, in dem es ursprünglich zwischengespeichert wurde."

„Also brauchen wir den Zwischenspeicher von ... Moment ... Wir gehen nicht zufällig zum Autohaus und holen uns den Rechner raus?"

„Manchmal bist du erfreulich schnell von Begriff."

Lob von Vincent Lurking fühlte sich irgendwie an wie ein Schlag auf den Hinterkopf. Oder hatte ich dieses Gefühl eher, weil mein Papa plötzlich in der Liste der Verdächtigen wieder eine ganze Ecke hochgerutscht war?

„Wobei eigentlich die Festplatte reicht", sprach Vincent weiter, ohne mein Unwohlsein zu bemerken.

„Und warum latschen wir dafür in diese Bäh-Ecke?", lenkte ich ab.

Wir waren mittlerweile in Trockenstedt-Taufen angekommen, einer ziemlich runtergekommenen Gegend im Vergleich zu unserer sonst so gestriegelt-öden Stadt. Der parkende Mercedes, vor dem wir nun stehen blieben, sah für Taufen ungewöhnlich edel aus.

„Hier ist kaum mal jemand auf der Straße. Perfekt, um sich vorzubereiten", sagte Vincent. Er zog einen Autoschlüssel aus der Tasche und drückte drauf.

Der Mercedes gab ein aufmunterndes „Tröt" von sich und die Verriegelungen sprangen nach oben.

„Steig ein", sagte er.

Celia warf sich neben ihn auf den Beifahrersitz, als hätte er vor, den Wagen zu stehlen. Der Mercedes war eines von mehreren Fahrzeugen, die ORGA in der ganzen Stadt für den Fall der Fälle positioniert hatte.

„Okay, wir haben ein Auto. Aber was sollen wir damit? Wer soll damit fahren?", flüsterte sie.

„Ich. Und du brauchst nicht zu flüstern, auch wenn das deine Stimme eigentlich ganz angenehm macht", sagte er mit einem Lächeln.

„Du hast einen Führerschein?", entfuhr es ihr, diesmal lauter. „Oh, okay. Führerschein hakt man in eurer Agentengrundschule wahrscheinlich in der ersten Klasse ab."

„So ungefähr", pflichtete er ihr bei.

„Aber bist du nicht trotzdem ein bisschen jung, um hier durch die Straßen zu kreuzen? Die Leute halten dich doch alle für einen Teenie-Psychopathen mit geklauter Karre."

Er klappte das Handschuhfach auf. Aus dem erstaunlich großen Innenraum holte er einen ordentlich zusammengelegten Anzug mit weißem Hemd heraus. Obenauf lag eine protzige, schwarz glänzende Lederbrieftasche. Er legte die Kleidung auf seinen Schoß, klappt das Portemonnaie auf und zog eine Plastikkarte heraus.

„Ich fahre auch nicht. Es fährt …" Er betrachtete die Karte. „Willem Sondersberg." Dann zeigte er Celia den Führerschein.

„Ähm … ich schmeichle dir ja nur ungern, aber du siehst deutlich jünger aus als Willem."

„Dafür gibt es *Morphee*", sagte Vincent und griff erneut an Celia vorbei ins Handschuhfach. Er zog erst eine und dann eine zweite Aluminiumdose heraus, auf der in geschwungenen Buchstaben *Morphee* stand.

„Ist das Schaumfestiger?", fragte Celia.

„Eine ganz besondere Entwicklung unserer Beauty-Spezialisten bei ORGA", grinste er. „Spaßvögel nennen es den Anti-Anti-Aging-Bodyfoam." Vincent drehte langsam an der Dosierdüse – zweimal gegen und einmal mit dem Uhrzeigersinn. Es zischte leise, als sich ein Teil der Dosenrückseite verschob und ein kleines Display offenbarte.

„Krabbel am besten mal auf die Rückbank und zieh dir dein Kleid an. Wir müssen uns langsam sputen."

„Oh mein Gott. Ich hätte echt nicht gedacht, dass ich mal halb nackt hinter dir auf einer Rückbank rumrutschen würde", fluchte Celia, während sie sich aus ihren Alltagsklamotten schälte und in das mitgebrachte Kleid mit unfassbar altmodischen Glitzersteinchen schlüpfte.

Vincent unterdrückte ein Lachen und stellte derweil auf

dem Display die gewünschte Alterung sowie die Anpassung des Hauttons ein.

„Was ist das denn für ein Termin?", maulte Celia von hinten.

Er warf einen Blick in den Rückspiegel und musste schon wieder ein Grinsen bändigen. Das Kleid war wirklich hundertprozentig nicht sie. Aber genau das sollte es ja auch sein.

„Willem Sondersberg hat eine Probefahrt vereinbart. Im teuersten Modell, das dein Vater im Angebot hat, daher wird sich der Chef persönlich um ihn kümmern. Währenddessen wird Oma Sondersberg sich auf die Suche nach einem ganz speziellen Computer machen. Und damit du auch wirklich glaubwürdig bist, reib bitte mal alle freien Hautstellen mit *Morphee* ein."

Er warf die fertig eingestellte Dose hinter sich und begann nun mit den notwendigen Einstellungen an seiner eigenen.

Celia beugte sich zwischen den Vordersitzen nach vorne. „Ähm, ich bin mir nicht sicher, ob ich das jetzt richtig verstanden habe. Dieses *Morphee* macht dich zu Willem Sondersberg?" Sie drehte die Dose etwas zögerlich in den Händen.

„In Kombination mit den Klamotten und einem ganz klassisch angeklebten Schnauzbart – ja", erklärte Vincent.

„Und … ich soll deine Oma sein?"

Vincent nickte und bat Celia, sich umzudrehen, da er jetzt aus seiner Jeans in die Anzughose wechseln musste.

„Für deine Haare brauchen wir noch eine Perücke. Mach mal den Sitz neben dir runter, da müsstest du eine Auswahl finden."

Er hörte das Aufklappen des Rücksitzes, dann Celias flüsternde Stimme: „Ich hoffe, das ist ein Scherz. Oder es funktioniert nicht."

Ein leises „Sprotz" verriet Vincent, dass sie sich ihre erste Portion *Morphee* auf die Handfläche sprühte. Und der darauffolgende unterdrückte Aufschrei ließ ihn vermuten, dass Celia gerade beobachtete, wie die Nanopartikel der Creme Altersflecken auf der makellosen Hand einer Fünfzehnjährigen bildeten.

„Das verzeih ich dir nie", murmelte Celia.

27

Ich konnte es immer noch nicht fassen. Diese Frau im Rückspiegel – diese uralte und schrecklich blasse Frau – hatte nicht die entfernteste Ähnlichkeit mit mir. Abgesehen von der Stimme, die zugegebenermaßen etwas schrill klang.

„Wenn du dir irgendeine Geschichte zu einem verdammten Probefahrttermin ausdenkst, kann da nicht vielleicht eine *junge* Frau drin vorkommen? Oder wenigstens keine Hundertjährige?!"

„Du bist achtundachtzig", korrigierte Vincent, aus dem mittlerweile ein braun gebrannter Mittvierziger geworden war. Die Lotion hatte in seinem Gesicht nicht nur eine Alterung und Verdunklung des Hauttons bewirkt. Wie bei mir hatte sie die Wangenwölbung verstärkt, die Lippen verkleinert und die Stirnpartie verlängert. „Und nein, das ging nicht. Es muss einen guten Grund geben, warum du im Autohaus bleibst. Dass eine alte Dame keine Lust auf eine Spritztour in einem Sportwagen hat, ist logischer als zum Beispiel bei meiner Ehefrau."

„Okay, bevor ich deine Ehefrau bin, bin ich lieber achtundachtzig."

Vincent fuhr gerade auf den Parkplatz vor dem Autohaus. Ich zupfte meine Perücke zurecht.

„Alles klar, mit der Optik erkennt mich nicht mal mein eigener Vater. Aber hast du auch daran gedacht, dass wir mit ihm sprechen müssen? Verstellen wir unsere Stimmen?" Ich setzte zwei Oktaven höher an. „Findest du, das klingt glaubwürdig?", fiepste ich.

„Guck mal ins Handschuhfach. Da müssten noch Kaugummis sein."

„Machst du dir jetzt Sorgen um deinen Atem?", fragte ich, während ich im Handschuhfach wühlte und Vincent einparkte. Dann betrachtete ich die Kaugummidose, deren Marke mir nur zu bekannt vorkam. „Oder willst du uns alle in die Luft jagen, falls mein Vater uns erkennt?"

„Es ist eine andere Sorte. Die gibt es in vielen unterschiedlichen Geschmacksrichtungen. Bedien dich. Keine Explosionen, versprochen."

„Ah ja, *New Breath*", las ich vor, warf mir das Kaugummi in den Mund und reichte die Dose weiter. „Schmeckt aber genauso lame wie deine Super-Crasher", bemerkte ich, nachdem ich ein paarmal drauf rumgekaut hatte.

„Kau noch ein bisschen, dann merkst du schon …", begann Vincent, als plötzlich neben mir die Tür aufgerissen wurde.

Ich sah zur Seite und bevor ich mich selbst bremsen konnte, war mir beim Anblick meines Vaters auch schon ein „Papa!" entschlüpft.

Allerdings mit einer mir völlig unbekannten Stimme. Sie war viel tiefer, wie von einer Operndiva oder so.

„Das wäre mir neu", lachte Paps. „Mein Name ist Christian Lopez. Herr Sondersberg und seine Frau Mama, nehme ich an?"

Ich starrte meinen Vater immer noch mit großen Augen an. Unglaublich, dass er nicht merkte, wer da vor ihm saß. Er zeigte nichtsahnend sein schlimmstes Autoverkäuferlächeln. Keine Spur von Irritation blitzte in seinen Augen.

„Ich bin seine Großmutter", erklärte ich und fand nach dem ersten Schreck irgendwie Gefallen an meiner neuen Stimme und an der Rolle. „Glauben Sie mir, meinem Mann Herrmann und mir wäre so ein unvernünftiger Bengel nicht passiert. Ein Rennwagen! Das ist doch gar nicht mehr zeitgemäß!"

Paps lachte nervös auf und hielt mir galant den Arm entgegen. Ich hakte mich ein und stieg gespielt schwerfällig aus.

„Meine Oma hat nicht viel Sinn für Tempo und guten Geschmack", bemerkte Vincent, der ebenfalls ausgestiegen war und nun neben uns trat. „Aber ihre Yogagruppe für Senioren ist ausgefallen, da musste ich mich kümmern."

„Natürlich, natürlich", versicherte mein Vater mir und meinem „Enkel". „Und wenn Sie uns auf unserer kleinen Spritztour nicht begleiten möchten", er tätschelte mir wohlwollend die Hand, „mein Büro hat sehr bequeme Sessel. Dort müssen wir eh noch ein paar Formalien erledigen, bevor es losgehen kann."

Ich trippelte neben meinem Vater durch die Verkaufshalle bis in sein Büro und ließ mich von ihm in den megaspießigen Ledersessel bugsieren.

„Sehr geschmackvoll", behauptete ich, dabei fand ich die Dinger ultrahässlich. Aber immerhin hatte ich Papa damals von Kunst- statt Echtleder überzeugen können.

„Vielen Dank", sagte Papa und nahm hinter seinem Schreibtisch Platz. Vincent-Willem bot er mit einer Handbewegung den Stuhl gegenüber an.

Paps fragte nun ein paar persönliche Daten ab, die Vincent völlig flüssig von sich gab, als wäre er tatsächlich Willem Sondersberg.

„So, das war es schon." Papa lächelte seinen Kunden aufmunternd an. „Bereit für einen Geschwindigkeitsrausch? Leider müssen wir uns an die Verkehrsregeln halten, aber ich hab mir da was Schönes für Sie rausgesucht."

„Ich bin bereit", sagte Vincent und erhob sich. Dann zeigte er auf Papas Rechner. „Ist das etwa noch ein *EvercrestPro*?", fragte er.

„Nein, um Gottes willen! Wir sind doch nicht mit der Technik von vorgestern unterwegs", wehrte Papa ab.

„Ich war vor ein paar Jahren schon mal hier", behauptete Vincent. „Da stand hier noch ein *Evercrest*. Ich bin halt ein Nostalgiker, an so einem Rechner hab ich schon als Jugendlicher gespielt."

„Ja, mein Vorgänger hat auf die Dinger geschworen." *Vorgänger*. Ich hoffte, Vincent hatte das auch gecheckt. Es zeigte ja wohl überdeutlich, dass eben nicht mein Papa etwas mit den Mails zu tun haben konnte, die davon abgeschickt worden waren. „Jetzt stehen die alten Teile unten im Keller und schürfen nebenbei ein bisschen Kryptowährungen", erklärte Paps und brachte mich direkt auf die Palme.

„Du machst so einen Kryptoscheiß?", entfuhr es mir.

Vincent sah mich streng an, mein Vater überrascht.

Dann lachte Paps wieder. „Sie würden sich gut mit meiner Tochter verstehen. Die würde mir die Ohren langziehen, wenn sie davon wüsste."

„Recht hat sie", bemühte ich mich um ein etwas altersgemäßeres Auftreten. „Diese Kryptowährungen sind nämlich absolut unnötige Energiefresser. Steht in ... einer meiner Wissenschaftszeitungen, die ich abonniere."

„Das interessiert den Herrn Lopez sicherlich sehr, was du so liest in deiner zu großzügig vorhandenen Freizeit", merkte Vincent mit genervtem Tonfall an. „Ist es wirklich in Ordnung, wenn meine Oma während unserer Testfahrt hier-bleibt?"

„Natürlich", versicherte mein Vater. „Darf ich Ihnen einen Kaffee von meinem Büroleiter bringen lassen?"

Ich verneinte und bat um ein Wasser. Ich wusste, dass Paps immer eine Kiste im Büro stehen hatte. Also würde ich unge-stört bleiben. Tatsächlich stellte er mir gleich ein Glas und eine frisch geöffnete Flasche auf den Glastisch.

„Sie können gerne solange etwas lesen", bot er an und wies auf die Auto-Magazine, die sich auf einem Beistelltisch neben meinem Sessel stapelten.

„Danke", lehnte ich mit einem Kopfschütteln ab. „Ich werde einfach wie die jungen Leute auf mein Handy starren, bis mir jemand sagt, dass ich es lassen soll."

„Bis nachher, Oma", sagte Vincent und drückte mir einen völlig überflüssigen Schmatzer auf die Wange.

„Lass das mal, Junge. Mit dem Austausch von Zärtlichkei-ten müssen wir jetzt auch nicht mehr anfangen", wies ich ihn ab.

Das schallende Gelächter meines Vaters lenkte glücklicher-weise davon ab, dass mein Gesicht glühte. Bestimmt ein Ne-beneffekt dieser seltsamen Gesichtscreme.

„Da ist das gute Stück." Christian Lopez wies mit stolzem Lächeln (wann lächelte dieser Mann eigentlich mal nicht?!) auf den blau lackierten Flitzer, den einer seiner Verkäufer gerade vorgefahren hatte. „Und jetzt ...", er zog den Autoschlüssel aus der Hemdtasche und ließ ihn verlockend klimpern, „... gehört er Ihnen. Erst mal nur eine halbe Stunde, aber ich bin mir sicher: Danach wollen Sie ihn für immer."

„Das befürchte ich auch." Vincent grinste zurück und nahm den Schlüssel entgegen. Dann zuckte er zusammen, als wäre ihm noch etwas eingefallen. Er holte sein Handy aus der Innentasche seines Jacketts. „Kleinen Moment. Ich muss meiner Frau texten, dass ich etwas später komme." Schon tippte er auf seinem Handy. Allerdings eine etwas andere Botschaft.

EVERCREST PRO. Seriennummer 3455. Steht auf einem kleinen Aufkleber unter dem Rechner.
Und der ist im Keller.

Er nickte Herrn Lopez dankbar zu.

„Die Gattin ahnt wohl noch nichts von Ihren automobilen Plänen?" Celias Vater lächelte verständnisvoll.

„Sie ahnt es, aber sie wird es ungefähr genauso gut finden wie der Drache in Ihrem Büro", behauptete Vincent. Er war überrascht, dass ein Brummen bereits das Eintreffen einer Antwort signalisierte. Einer ausführlichen Antwort. Celia Lopez konnte bemerkenswert schnell tippen, wenn sie wollte.

ICH WAR ZUFÄLLIGERWEISE DABEI, ALS PAPS DAS
VERSTECK VERRATEN HAT, UND ICH WEIß GANZ ZU-
FÄLLIG AUCH, WO DER KELLERSCHLÜSSEL LIEGT. UND
DANKE FÜR DEN HEIßEN TIPP MIT DER SERIENNUM-
MER, WÄRE ICH NIEMALS SELBST DRAUF GEKOMMEN.
ABER WAS JETZT VERDAMMT NÜTZLICH ZU WISSEN
WÄRE: WIE SOLL ICH DIE MAIL DA RUNTERKRIE-
GEN?!!!

„Steigen Sie schon mal ein", wandte sich Vincent an Herrn
Lopez. „Ich muss noch mal kurz telefonieren."

„Natürlich, natürlich. Die Gattin weiß wohl schon zu gut,
was Sie vorhaben?"

Vincent nickte zerknirscht.

Herr Lopez klopfte ihm aufmunternd auf die Schulter und
ließ sich auf den Beifahrersitz gleiten.

Vincent trat ein paar Schritte zur Seite, neben den Mülllei-
mer, der vor dem Eingang stand. Dem Sportwagen hatte er
den Rücken zugekehrt.

„BUG", flüsterte er und wartete, bis sich Fühler und Beinchen aus seinem Handy geschoben hatten. „MICRO", wies er
dann leise an.

Bug griff mit seinen dünnen Vorderbeinchen zwischen seine Fühler. Aus einem winzigen Fach zog er ein noch winzige-
res metallisches Plättchen und streckte es seinem Besitzer
entgegen. Vincent klebte es an die Innenseite seines Ohres.

„LOCATE: Celia Lopez. THEN: Audioübertragung: ON."

Dann ließ er sein Telefon unauffällig in den Mülleimer fallen, drehte sich schulterzuckend um und bestieg neben Herrn Lopez den Wagen.

„Na, dann schauen wir mal, was die Kiste kann", sagte er und drehte den Schlüssel im Zündschloss.

28

Papa verwahrte seine Schlüssel originellerweise in der Schublade seines Schreibtisches. Diese Hürde hatte ich in knapp einer Sekunde genommen. Schwieriger war der nächste Programmpunkt: unbemerkt in den Keller kommen. Dazu musste ich eine Etage abwärts, einmal durch den Verkaufsraum und dann noch eine Treppe runter. Außerdem galt es herauszufinden, wo genau ich hinmusste. Im Keller vom Autohaus war ich noch nie gewesen.

Ich öffnete die Tür und lugte nach rechts. Vom Flur gingen noch vier weitere Türen ab. Sie führten zu den Büros von Papas Angestellten. Auch der Pausenraum für die Leute aus der Werkstatt war hier. Unter der Tür quollen lautes Lachen und Zigarettenrauch hervor. Mit etwas Musik hätte man glauben können, da steige 'ne Party.

Kaum war ich auf den Gang gehuscht, flog die Tür zum Pausenraum auf und Kalle kam heraus. Kalle war einer von Papas

Autoschraubern, der schon seit hundert Jahren in dieser Werkstatt arbeitete, aber angeblich noch keine fünfzig war.

Rauchen lässt ihre Haut altern, kommentierte eine Stimme in meinem Kopf. *Und das ganz ohne Morphee!*

„Na, hamwa uns verloofen?", berlinerte Kalle mich an.

„Nein", sagte ich und bemühte mich um den würdigen Ton einer alten Dame. „Ich warte hier nur auf meinen Enkel. Allerdings habe ich gerade ein menschliches Bedürfnis ...''

„Ach, pullern müssense?", übersetzte Kalle freundlicherweise. „Eenfach die Treppe abwärts, durch den *Schouruhm,* wie se heutzutage sagen, und dann nach der Treppe rechts."

Großartig. Die Toiletten waren das perfekte Alibi auf meinem Weg zum eigentlichen Ziel.

Ich bedankte mich artig, ging übertrieben vorsichtig die Treppe zum Verkaufsraum hinunter und zwischen den glänzenden Neuwagen hindurch Richtung Toilette. Der anwesende Verkäufer hatte zum Glück nur Augen für ein Männerpaar, das gerade durch die Glastüren trat. Kurz vor der Treppe warf ich noch mal einen Blick über die Schulter und bog dann rasch ab.

Die massive Eisentür zu meiner Rechten führte vermutlich in den Heizungskeller, den brauchte ich nicht zu checken. Blieb nur eine der beiden Holztüren zur Linken.

Ich nahm den Schlüsselbund und prüfte die Beschriftungen. *HK* bedeutete Heizungskeller, so weit klar. Aber warum gab es nur K1, obwohl hier *zwei* weitere Kellertüren waren? Ich steckte den Schlüssel auf gut Glück in das Schlüsselloch der ersten Tür. Sie ging widerstandslos auf.

Leider wurden hier nur die Vorräte für die Küche und den Pausenraum aufbewahrt. Kartonweise Kaffeebohnen, Getränkekisten, Milch. Kein Computer weit und breit.

„Mist", fluchte ich leise. Ich schloss wieder ab.

Dann probierte ich es mit K1 auch beim zweiten Kellerraum. Aber der Schlüssel funktionierte dort leider genauso wenig wie der für den Heizungskeller. Es musste einen separaten Schlüssel geben.

„Kacke."

Herr Lopez legte sich bei seinem Verkaufsgespräch wirklich ins Zeug. Er hatte sich für Vincent die beeindruckendste Route um Trockenstedt ausgesucht. Durch die Altstadt ging es hoch zur sogenannten Rennstrecke, die sich auf kurvigen Straßen durch die Landschaft schlängelte. Dabei referierte Herr Lopez begeistert technische Daten, die Vincent dank seiner Vorbereitung auf diesen Termin natürlich alle schon kannte. Das ermöglichte ihm souverän interessierte, aber auch kritische Rückfragen.

„Ob man mit einer Duloxinlegierung den Stoßdämpfern wirklich zu mehr Festigkeit verhilft, daran scheiden sich ja die Geister", fachsimpelte Vincent gerade, als sich in seinem Ohr das Audiosignal von Bug meldete.

„Ziel lokalisiert", erklärte die Stimme, die immer etwas abgehackt und zugleich kindlich klang. Sie übersetzte die visuellen Eindrücke des Eingangsgerätes in knappe, möglichst aussagekräftige Worte.

„Kellerflur Autohaus Lopez. Probleme bei Türzutritt. Erwarte Anweisung."

„Ha-Ha-", setzte Vincent an, um seinen Befehl dann in einem Niesen zu verstecken: „A-A-ASSIST!"

„Gesundheit", sagte Herr Lopez. „Allergiker? Die Pollen sind echt 'ne Plage dieses Jahr, oder?"

Vincent nickte und zog die Nase hoch.

Wütend schlug ich gegen die Tür. „Drecksschloss!" Eine riesige Kakerlake starrte mich an, sie befand sich direkt auf Augenhöhe.

Ich stieß einen Schrei aus, bevor ich realisierte, dass es Bug war. Das Elektro-Insekt schaute mich noch einen Moment prüfend mit seinen runden Kulleraugen an, dann wandte es sich dem Schloss zu, in dem es nun die Fühlerchen versenkte.

Ich ging ein Stück in die Knie, bis mein Kopf neben dem konzentriert vor sich hin werkelnden Mobilkäfer war. „Sag mal, Lurking – kannst du mich hören?", flüsterte ich.

Das elektrische Insekt hob leicht sein Display, sodass die Linse der Handykamera auf mich gerichtet war.

„Das ist ja wirklich eine fantastische Aussicht, Herr Lopez", verkündete die Willem-Sondersberg-Stimme von Vincent. Damit hatte ich meine Antwort: Er belauschte mich nicht nur – er sah mich offensichtlich auch.

Im Hintergrund vernahm ich undeutliches Gemurmel, das eindeutig nach meinem Vater klang. Vincent machte also gerade seine Probefahrt mit Paps und sendete nebenbei Botschaften an mich.

Ein klickendes Geräusch lenkte mich ab. Der Handykäfer krabbelte ein paar Schrittchen zurück und blickte mich auffordernd an. Ich fragte mich, aus welchem Material seine Beinchen waren, dass er nicht einfach abrutschte. Dann drehte ich am Knauf und die Tür sprang auf.

„Dein Krabbler hat es geschafft", flüsterte ich und schob mich in den Raum. Ich wartete, bis das Tierchen mir gefolgt war, und schloss die Tür hinter mir.

„Es ist immer gut, in Gesellschaft von jemandem zu sein, der wirklich Ahnung hat", sagte Vincent an meinen Vater gerichtet und gab mir damit gleichzeitig einen mit.

„Idiot", zischte ich zurück.

Der Raum lag in einem bläulichen Dämmerlicht – mehrere aufgeklappte Laptops schürften hier gerade Kryptowährungen. Ich knipste das Licht an.

„Okay, dann suchen wir mal das richtige Exemplar", verkündete ich Bug und seinem eingebildeten Besitzer. „Mach ich ja jeden Morgen auch mit meinen Socken."

 „An dem Parkplatz dort bitte wenden", sagte Herr Lopez. „Ich weiß, in diesem Wagen wünscht man sich, man könnte ewig weiterfahren."

Vincent nickte zustimmend. „Meine Oma wird bestimmt schon ganz ungeduldig, wenn ich nicht in zehn Minuten wieder ihr zittriges Händchen tätschle." Er fuhr von der Landstraße ab und wendete.

„Das zittrige Händchen muss dir dringend mal eine reinhauen", erklang Celias Stimme in seinem Ohr. „Ich hab den richtigen Rechner übrigens gefunden. Was jetzt?"

„REMOVE HARD DISC", erklärte Vincent und zeigte auf die Bedienfläche auf dem Lenkrad.

Herr Lopez sah ihn fragend von der Seite an. „Wie bitte?"

Gleichzeitig fragte Celia in Vincents Ohr: „Dass dein Handykäfer hier gerade zum Computerchirurgen wird, ist wahrscheinlich gewünscht?"

Vincent antwortete Herrn Lopez und Celia: „Natürlich. REMOVE HARD DISC. Ich hatte den ganzen Tag einen Ohrwurm, jetzt weiß ich wieder, wie das Lied hieß."

„Oh. Den Song kenn ich gar nicht", bekannte Herr Lopez.

„Der Käfer hat die Festplatte rausoperiert", sagte Celia währenddessen. „Die nehme ich einfach mit?"

„Ja, das ist wirklich perfekt ...", begann Vincent, hatte aber keine Ahnung, wie er den Satz unauffällig beenden sollte.

„Wir sind fertig, oder?", wollte Celia sichergehen.

„... das ist wirklich das perfekte Auto für mich. Diese Fahrt hat ihren Zweck absolut erfüllt. Vielen Dank, Herr Lopez. Dort vorne rechts muss ich abbiegen, richtig?"

„Genau", bestätigte Herr Lopez. „In fünf Minuten sind wir wieder am Autohaus."

„Da wird sich die Oma aber freuen, mich in fünf Minuten wiederzusehen", erklärte Vincent.

„Die Oma kann es kaum erwarten", knurrte Celia.

„Sie müssen nämlich wissen", raunte Vincent seinem Beifahrer zu, „ihr Make-up hält nur noch maximal eine halbe Stunde. Danach fällt ihr alles aus dem Gesicht und sie sieht noch älter aus, als sie ist."

„What?!", zischte es in seinem Ohr, während Herr Lopez pflichtschuldig lachte.

29

„Tut mir wirklich leid, dass es so lange dauert",
sagte Paps. „Wir hatten hier vor Kurzem in der
ganzen Stadt so einen merkwürdigen Internet-
Crash. Anscheinend ist da noch nicht alles wiederhergestellt."

Papas Online-Kalender hatte seit einigen Minuten Probleme, sich mit dem Server zu verbinden. Dabei wollte Vincent
nur einen zweiten Beratungstermin ausmachen, zu dem er
natürlich nicht mehr erscheinen würde. Wir hatten schließlich, was wir wollten: die Festplatte. Allerdings blieben uns
nur noch höchstens zehn Minuten, bis *Morphee* seine Wirkung verlor. Ich hatte keine Ahnung, wie Vincent so ruhig
bleiben konnte. Mir wurde abwechselnd heiß und kalt und ich
sah anscheinend sogar durch meine zweite Hautschicht so
blass aus, dass mein Vater das Fenster für Frischluft weit aufgerissen hatte.

Ich knetete unruhig mein Handy. Eine unerwartete Berührung am Daumengelenk ließ mich meinen Blick senken. Auf meinem Schoß lag etwas. Es sah verdächtig nach einem Stück von meinem falschen Ohrläppchen aus. Es fiel in sich zusammen und war dann nur noch ein weißes Cremefleckchen auf meinem scheußlichen Kleid.

Ich blickte entsetzt zu Vincent. Er bemerkte meine ruckartige Kopfbewegung und erkannte sofort, was mit mir nicht stimmte. Ich legte rasch eine Haarsträhne über mein Ohr, das sich gerade auflöste, und stand auf. Ich streckte mich übertrieben.

„Ach, das lange Sitzen vertrag ich einfach nicht mehr", behauptete ich. „Ich lass euch Jungs mal machen. Ich warte unten, Knuffelchen."

Zum Glück hatte Vincent unseren Wagen am hinteren Ende des kaum besuchten Kundenparkplatzes abgestellt. So bekam keiner mit, dass meine Hände ihre jugendliche Frische mittlerweile nicht mehr unter Altersflecken, sondern nur noch unter einer dicken Cremeschicht versteckten. Ich beugte mich hinunter und betrachtete mich im Rückspiegel des Autos. Auch an meinem Hals gab *Morphee* mittlerweile den Geist auf.

„So war das eigentlich nicht geplant", hörte ich hinter mir Vincents Stimme. Seine echte Stimme. Auch die Wirkung von *New Breath* ließ nach.

Ich drehte mich um. Vincent sah noch komplett aus wie Willem Sondersberg.

„Wie bist du jetzt so schnell da rausgekommen?", fragte ich und bemerkte, dass auch meine Stimme wieder normal klang.

„Na, wie wohl?", fragte er. „Ich hab's gekauft. Die Verkaufssoftware läuft noch wie 'ne Eins bei deinem Vater. Nächste Woche kann ich ihn abholen."

„Du hast gerade einen Sportwagen für 150 000 Euro gekauft?"

„148 000. Dein Vater hat mir für die schnelle Entscheidung einen Dankeschönrabatt gegeben." Vincent stöhnte. „Ich muss mir jetzt was für ORGA ausdenken. Wir werden zwar kaum überwacht, um möglichst wenig Spuren zu hinterlassen. Aber wenn's um Geld geht, werden die schon hellhörig. Gerade bei solchen Beträgen."

Sein Willem-Gesicht klappte komplett herunter und landete auf dem Asphalt, wo es sogleich eine milchige Pfütze bildete.

„Würg", bemerkte ich. „Lass uns mal losfahren, bevor uns jemand sieht."

Vincent nickte.

Wir stiegen ins Auto ein, er aktivierte die Fensterverdunklung und fuhr los.

Nachdem ich mir dir Perücke abgezogen hatte, setzte ich unser Gespräch fort: „Aber deine ORGA-Leute sind doch bestimmt zufrieden, wenn du ihnen die neue Mail zeigst."

„Ich will sie ihnen nicht zeigen. Noch nicht. Ich muss erst

wissen, was da überhaupt dranhängt. Sobald ORGA es hat, hat es auch Siri, und ich will erst meinen Vorsprung ausbauen."

Unter Geschwistern gibt es ja angeblich immer Konkurrenzdenken. Bei Fake-Geschwistern schien das noch ausgeprägter zu sein.

„Okay, dann lass uns gleich mal schauen, was wir da aus Papas Kryptokeller geholt haben."

„Ich schau es mir an und sage es dir morgen in der Schule", versuchte Vincent mich abzuwimmeln. „Gibst du mir die Festplatte?"

„Forget it", widersprach ich und wedelte mit dem kleinen Stück Technik vor seinem Gesicht herum. „Ich will es jetzt sofort sehen."

„Das geht nicht. Bei mir zu Hause ist Siri, bei dir deine Mutter. Das ist zu gefährlich. Und auf offener Straße gucken wir da bestimmt auch nicht rein. Für so was braucht man einen ungestörten Ort."

„Ich hab eine Idee", erklärte ich. „Gib auf deinem Navi mal den Parkplatz auf der Trockenstedter Höhe ein."

„Das muss ich nicht", sagte Vincent. „Da war ich gerade erst mit deinem Vater bei der Probefahrt. Aber ein Parkplatz ist auch nicht der richtige Ort dafür."

„Der richtige Ort dafür ist nur zehn Minuten Fußweg vom Parkplatz entfernt. Vertrau mir einfach."

„Ein Agent vertraut niemandem", murmelte Vincent.

„Aber dieser Agent vertraut jetzt mir, sonst weiß bald die ganze Welt, dass er ein Agent ist", stellte ich mal wieder unsere Arbeitsbasis klar.

„Ein Grund mehr, niemandem zu vertrauen", knurrte er, fuhr aber nun wirklich in die von mir angesagte Richtung.

Ich spürte eine leise Vorfreude und deshalb ein Lächeln auf meinen Lippen. Ich hatte diesen Ort schon viel zu lange nicht mehr besucht.

Aus den angeblichen zehn Minuten wurden tatsächlich eher zwanzig. Als Vincent schon glaubte, völlig sinnlos mit seiner anstrengenden Nachbarin durch den Wald zu stolpern, stieß sie einen entzückten Schrei aus.

„Da ist es! Ich wusste es doch!" Sie zeigte auf einen großen Stapel aufgeschichteter Baumstämme vor einer Felswand. Sie schienen dort vom örtlichen Forstamt vor einiger Zeit vergessen worden zu sein, denn sie waren bereits von einer dicken Moosschicht überwuchert.

„Ein verrotteter Holzstapel. Genial." Vincent seufzte. Dann bemerkte er, dass die Stämme eine etwa eineinhalb Meter hohe Öffnung verbargen, in der seine Nachbarin gerade verschwand.

„Komm schon, Klugscheißer", hörte er dumpf ihre Stimme.

„Ich weiß, es tut weh, dass ich immer recht habe. Aber das hier ist nun mal der perfekte Ort."

Vincent folgte Celia, die mit ihrem Handy vor sich leuchtete. Die kühle Luft war erstaunlich trocken. Deshalb wuchs an den glatten Wänden wohl auch kein Moos. Der Gang wurde nach wenigen Schritten deutlich breiter und mündete in eine geräumige Höhle, die überraschend gleichmäßig geschnitten war. An der Seite standen ein paar stabile Holzbänke und ein Tisch.

„Die waren beim letzten Mal noch nicht da", stellte Celia fest. Sie stieß mit dem Fuß gegen ein paar leere Bierflaschen. „Das nutzt anscheinend jemand als seinen geheimen Partykeller."

„Was ist das?", fragte Vincent. „Das sieht nicht nach einer natürlichen Höhle aus."

„Ist es auch nicht", erklärte Celia. „Die wurde hier irgendwann reingefräst, als man vor hundert Jahren auf die Idee kam, Ölbohrungen zu machen."

„In dieser Gegend wurde nach Erdöl gesucht?", wunderte sich Vincent. „Warum das denn?"

„Weil in Trockenstedt schon vor hundert Jahren nur Idioten gewohnt haben?", schlug Celia vor. „Wenn du eine sachlichere Antwort brauchst, frag Schroppo."

„Wie hast du die Höhle überhaupt gefunden?", fragte Vincent, während er im Licht seines Handys die Wände abschritt.

„In den ersten Monaten hier hatte ich nicht so viele Freunde. Also, gar keine, um genau zu sein. Da bin ich einfach viel in der Natur unterwegs gewesen. Aber dann kam Soff und mit ihr hab ich viel zu Hause abgehangen. Jedenfalls war ich schon ewig nicht mehr in der Höhle. Aber für uns ist sie doch perfekt, oder?"

Vincent nickte widerwillig.

„Hilf mir mal, diesen Tisch in die Mitte zu stellen. Dort ist die Höhlendecke besonders hoch und wir haben genug Platz für die Präsentation."

Nachdem das erledigt war, legte Vincent sein Telefon auf den Tisch und tippte darauf herum. „Festplatte, bitte."

Celia holte sie heraus. Sobald die Festplatte in der Nähe war, fuhren dünne metallene Tentakel aus dem Handy aus und griffen sich das Speichermedium.

„FIND: IdxR42", gab Vincent die nächste Anweisung.

Nachdem Bug anhand des Ortungscodes von Kotto die dazugehörige Datei auf der Festplatte gefunden hatte, wurde der Text einer Mail in die Luft projiziert.

„AUDIO ON", befahl Vincent und eine angenehm tiefe Männerstimme trug den Text vor.

„Werte Geschäftspartner, ich habe lange überlegt, ob ich Ihrer Bitte um Erläuterung nachkommen soll. Aber natürlich wollen Sie wissen, wofür Sie Geld und Ressourcen bereitstellen."

„Klingt erstaunlich seriös für einen bösen Wissenschaftler", merkte Celia an, bevor die Männerstimme den Vortrag fortsetzte.

„Nun hoffe ich, dass die kleine Präsentation im Anhang Sie überzeugt. Mit freundlichen Grüßen Hypnos."

„Und auch ziemlich höflich", ergänzte Celia.

Eine Büroklammer schwebte nun in der Luft und symbolisierte den mitgeschickten Anhang.

„Dein Vater ist ja auch sehr höflich", entgegnete Vincent spitz.

„C'mon!", rief Celia entnervt. „Du hast Papa doch jetzt kennengelernt. Der schafft es nicht mal, seinen Terminkalender zu öffnen. Und noch mal: Die Festplatte stammt vom Computer des VORBESITZERS!"

„Videodatei starten?", fragte nun eine Frauenstimme.

„Ja", antwortete Vincent.

„Für 3D-Simulation optimieren?", hakte die Frau nach.

Auch das bejahte Vincent.

Ein kleiner Punkt schwebte in der Mitte des Raumes, von dem gelbe Wellenlinien ausgingen.

Die Worte *„Nur ein kleiner Impuls ..."* erschienen über dem Punkt und darunter wurde der Satz vervollständigt: *„... gibt ein ganzes Leben zurück."*

„Sorry, aber Papa könnte nicht mal PowerPoint", murmelte Celia.

30

In dreidimensionaler Optimierung schlängelte sich ein niedliches rundes Ding mit quicklebendigem Schwänzchen auf einen großen Kreis zu. Mit einer kleinen Explosion drang es darin ein.

„Was macht die Kaulquappe da?", entfuhr es Vincent leise.

Celia sah ihn entgeistert an und schüttelte den Kopf. „Okay, Sexualkunde lassen sie in Agenten-Hogwarts offensichtlich weg. Das war eine Befruchtung!"

„Vom Beginn unseres Lebens an", sprach nun eine sonore, warme Männerstimme, **„besteht dieses Leben aus unterschiedlichsten Situationen."**

Celia hatte das Kaulquappenrätsel offensichtlich korrekt gelöst.

Ein Baby flog der Höhlendecke entgegen, gluckste in Zeitlupe und wurde von zwei Händen aufgefangen, die sich ihm entgegenstreckten.

„Glückliche", erläuterte die Stimme, während ein quietschvergnügtes Kleinkind auf einem Dreirad durch die Höhle raste.

„**Spannende**", fuhr die Stimme fort. Dazu sah man eine Gruppe Kinder, die mit einer Taschenlampe in einem Zelt lag. Alle zuckten zusammen, als ein weiteres Kind durch den Eingang stolperte. Es folgte ein schlaksiger Teenagerjunge in Badehose, der von einem hohen Sprungturm auf die scheinbar unendlich weit entfernte Wasseroberfläche schaute.

„**Romantische.**" Zahlreiche Gesichter aller möglichen Altersstufen und Ethnien sahen sich verliebt an, bevor sie sich küssten – auch homosexuelle Paare waren vertreten.

„Lobenswert divers", befand Celia. „Wirkt jetzt auch nicht so abgrundtief böse."

„Wenn es so einfach wäre, das Böse gleich zu erkennen, wäre die Welt kein so verdammt unsicherer Ort", zischte Vincent, den Celias Kommentare allmählich nervten.

„**... und auch traurige**", schloss die Stimme ihre Aufzählung. Dabei lehnte sich eine schwarz gekleidete Frau auf einem Friedhof an die Schulter eines weinenden Mannes, während ein Windstoß Herbstlaub um sie herumtanzen ließ.

„**All diese Situationen machen unser Leben auf dieser Erde aus.**"

Die Erde lag nun im Zentrum der Milchstraße – groß, rund und prächtig.

„**Doch nicht nur die Situationen selbst erschaffen unser**

Leben. Es sind vor allem die Erinnerungen daran, die uns prägen."

Die Erde verwandelte sich vor Vincents und Celias Augen in ein Gehirn, während die Planeten dahinter verblassten. Eine hereinfliegende Sternschnuppe landete auf dem Gehirn und ließ eine Region kurz aufleuchten.

„Das stellt das Entstehen einer Erinnerung dar", erklärte Celia.

„Ja, hab ich begriffen!", sagte Vincent spitz.

„Sorry", murmelte Celia. „Hätte ja sein können, dass Bio ganz allgemein nicht auf eurem Stundenplan stand."

„Wie die Erinnerung gehört auch das Vergessen zum Leben dazu." Zur Untermalung flog eine Sternschnuppe aus dem Gehirn und verblasste.

„Doch manchmal vergessen wir mehr, als gut ist. Durch Unfälle."

Ein Kleinwagen stürzte eine Böschung hinunter.

„Durch Krankheiten."

Eine ältere Frau bekam in einer Arztpraxis eine offenbar erschütternde Diagnose mitgeteilt.

„Durch Traumata."

Das Gesicht eines Mannes wurde von flackerndem Licht erhellt. Vermutlich blickte er auf ein brennendes Gebäude.

„Dieses Vergessen ist schädlich. Dieses Vergessen ist grausam. Denn es nimmt uns das, was uns ausmacht."

In der Luft schwebten angedeutete Silhouetten von Menschen, die nach und nach verblassten.

„Doch es gibt einen Weg, dieses Vergessen zu beenden. Für immer."

Plötzlich tauchten die Silhouetten wieder auf.

„Bisherige Versuche in diese Richtung setzen hauptsächlich auf Medikamente."

Pillen flogen durch die Luft.

„Sie behandeln unser Gedächtnis wie einen großen Aktenschrank, in dem mehr und mehr Schubladen klemmen."

Ein riesiges braunes Möbel wurde eingeblendet, in dem alle Schubladen offen standen und sich nun ruckartig schlossen. Die wild herumklappernden Griffe daran deuteten darauf hin, dass sie nicht mehr aufgingen.

„Musst du auch an unseren Netztrip in die Schulbehörde denken?", fragte Celia.

„Psst", zischte Vincent, nickte dabei aber.

„All die Pillen und Tabletten sollen die Schubladen ölen oder dafür sorgen, dass sie sich gar nicht erst verschließen. Dabei wird aber missverstanden, wie Erinnerungen funktionieren."

Die Stimme machte eine kurze Pause.

„Hier setzt mein Konzept an. Es basiert nicht auf Chemie, sondern fokussiert sich auf das, was zu jeder Tages- und Nachtzeit in unserem Kopf präsent ist."

„Neid?", entfuhr es Vincent.

„Langeweile?", riet Celia fast gleichzeitig.

Blitze leuchteten unter der Höhlendecke auf, untermalt von mächtigem Donner. Das Gewitter war so realistisch, dass beide kurz zusammenzuckten und sich verschämt anlächelten.

„ELEKTRIZITÄT", hallte die Stimme von den Höhlenwänden wider.

„Oh, Frankenstein lässt grüßen", kommentierte Celia. „Jetzt wird es doch ein bisschen creepy."

„Wer ist Frankenstein?", fragte Vincent.

„Wenn die ganze Scheiße hier vorbei ist, muss ich mit euren Verantwortlichen echt mal über euren Lehrplan reden. Du kennst Frankenstein nicht?!", empörte sich Celia.

In der Höhle verschob sich die Perspektive des virtuellen Bildes nun so, dass man vom Gewitterhimmel auf einen darunterliegenden Acker schaute.

„Denn Erinnerungen sind keine unveränderlichen Akten, die man aus Schubladen zieht", erklärte die Stimme, während das Bild einen Flug über den Acker zeigte, der nun ein Stückchen näher kam. **„Sie sind Samenkörner, die immer wieder neu wachsen, wenn wir sie aktiv aufrufen oder ein Reiz sie anspricht."**

An einer Stelle auf dem Feld wuchs eine Sonnenblume. Rechts daneben schnellte eine Rose empor und einige Schritte weiter drehte sich eine knorrige Weide aus dem Boden.

„Hypnos sollte eigentlich beim Fernsehen anfangen", fand Celia. „Das hier ist so viel geiler als dieser übliche Doku-Kram. Obwohl ich ziemlich viel davon schon wusste. Soff hat mir mit dem Thema schon häufiger das Ohr abgekaut."

Sie biss sich auf die Lippen. Vermutlich fiel ihr ein, dass sie in diesem Moment wieder nicht an der Seite ihrer trauernden Freundin war. Aber immerhin schwieg sie mal, was Vincent ganz erholsam fand.

„Wenn Erinnerungen nicht erneut wachsen, wie sie es sonst tun", erklärte die Stimme, während sich ein Stück Ackerboden wölbte, aber nichts hervorkam.

„Oder wenn sie zu schwach sind und sich nicht halten können", fuhr die Stimme fort.

Ein schlaffer Halm kämpfte sich aus der Wölbung und sank kurz darauf kraftlos zu Boden.

„Dann kann Elektrizität helfen. Im ersten Schritt muss sie zerstören."

Ein Blitz zuckte, schlug in eine verdorrte Grasfläche ein, die sofort Feuer fing. Die Kamera folgte den Rauchschwaden, dann senkte sich der Blick wieder zu Boden, der nun mit grauer Asche bedeckt war.

Langsam ging die Sonne hinter der grauen Fläche auf, während die Stimme in beruhigendem Tonfall erklärte: **„Um im zweiten Schritt neues, kraftvolleres Wachstum zu ermöglichen."**

Sattes grünes Gras wuchs aus dem Boden, kurz darauf folgten Blumen, dann verharrte der Blick auf einem prächtig belaubten Baum.

„Deswegen heißt die Erfindung Memory Master", schloss die Stimme.

Der Baum wurde zu einer stilisierten Zeichnung in sattem Goldton, um den sich ein silberner Kreis schloss: das Logo für die Erfindung, die Hypnos gerade vorgestellt hatte. Damit endete die Übertragung.

Celia und Vincent saßen einen Moment schweigend in der nun völlig dunklen Höhle. Dann spendete Celias Handy wieder etwas Licht.

„Memory Master", murmelte Vincent. „Nicht Money Master. Aber in der Mail mit den Buchstabenlücken haben nur drei Buchstaben gefehlt. Deshalb kamen wir überhaupt auf Money. Bei Memory wären es vier fehlende Buchstaben gewesen. Wie kann das sein?"

„Vertippt", antwortete Celia nach einigen Sekunden. „Hypnos hat sich einfach vertippt. Vielleicht war er nicht bei der Sache. Oder in Eile. Was ja gut sein kann, wenn man seine Mails an Rechnern abschickt, die einem gar nicht gehören."

Mal wieder hatte Celia Lopez eine ziemlich nachvollziehbare Erklärung gefunden.

31

Nach unserem Ausflug musste ich erst mal zu Sophia. Die Beerdigung ihres Opas war ja heute gewesen und ich wollte beim üblichen stunden-langen Kaffeetrinken danach noch auftauchen. Allerdings parkte kein einziges Auto vor Soffs Haus. Kein Geräusch drang heraus. Herr Cauder war ja nicht dafür bekannt, dass er Unmengen von Freunden hatte. Aber sein Vater hatte doch bestimmt ein paar gehabt?

Ich klingelte. Als Sophia mir öffnete, stand sie tatsächlich allein im leeren Flur. Hinter ihr parkte an der Treppe ihr ulkiger lila Koffer, den sie auch immer auf Klassenfahrten mitnahm.

Ich begrüßte sie mit einer Umarmung. Sophia war stocksteif und erwiderte den Druck nicht.

„Ähm … verreist ihr?", fragte ich und zeigte auf den Grundschul-Trolli.

„Nur ich." Sie schluckte. „Zu Verwandten nach Norddeutschland. Papa sagt, er hat zu viel zu tun. Er war ja eh schon ganz durch den Wind wegen Opa. Aber jetzt ist er völlig am Durchdrehen." Sie senkte ihre Stimme. „Gestern sind in der Stadtverwaltung bei diesem Netzzwischenfall ein paar Rechner ausgefallen, das hat ihm den Rest gegeben."

„Wieso nach Norddeutschland? Was soll das alles?" Ich kapierte gar nichts mehr.

„Keine Ahnung. Ich kenn diese Verwandten überhaupt nicht und jetzt soll ich zwei Wochen da hin! Mitten in der Schulzeit! Papa hat dafür sogar ein ärztliches Attest gefälscht!"

Ich merkte, dass sie mit den Tränen kämpfte, und nahm sie in den Arm, bis sie sich beruhigt hatte. Dann führte ich sie in ihr Zimmer. Sie ließ sich von mir wie ein willenloses Stofftier aufs Bett setzen und schüttelte nur den Kopf, als ich ihr mein Handy zur Ablenkung anbot. Dann ging ich in die Küche, um uns einen Tee zu kochen.

Irgendwie kracht gerade alles zusammen, dachte ich, während ich in den Küchenschränken nach Teebeuteln suchte.

„Bist du fertig? Wir müssen los zum Bahnhof!", rief es hinter mir.

Mit einem leisen Aufschrei feuerte ich den Teekarton durch die Küche. Herr Cauder kam hereingestürzt und schrie auch erst mal, als nicht seine Tochter in der Küche stand. Er beruhigte sich aber ziemlich schnell, als er mich erkannte. „Oh,

Celia. Schön, dass du nach Sophia schaust. Aber wir müssen jetzt los."

„Ich halte das für keine gute Idee", merkte ich an. „Sophia kennt diese Leute doch gar nicht. Sie trauert genauso wie Sie. Ich finde, Sophia und Sie sollten jetzt zusammen sein."

Er sah mich schweigend an. „Geh nach Hause, Celia. Ihr könnt telefonieren, wenn Sophia angekommen ist."

„Sie hat ja nicht mal ein Handy!", entgegnete ich scharf. Meine aufgestauten Hassgefühle drängten wie Lavamasse in einem Vulkan nach oben. „Sie hat ja eigentlich nichts, was eine normale Teenagerin ...!"

„Schon okay, Celia", bremste Sophias Stimme meinen Ausbruch. „Die haben bestimmt Festnetz da. Und es sind ja nur zwei Wochen."

Meine Freundin trat mit ihrem Koffer in die Küche und stellte sich zwischen ihren Vater um mich, als bestünde die Gefahr, dass wir uns gleich duellieren würden. Was sich gar nicht so unrealistisch anfühlte.

„Stimmt", schluckte ich meinen Zorn hinunter. „Sind nur zwei Wochen."

Mich beschlich das seltsame Gefühl, dass es vielleicht tatsächlich besser war, wenn Sophia die nächsten Tage nicht hier war. Auch wenn ich keine Ahnung hatte, wo dieses Gefühl plötzlich herkam.

Noch nicht.

Vincent hörte Stimmen aus dem „Entertainment-zimmer". Die außerplanmäßige Sitzung, von der er eben erst erfahren hatte, lief bereits. Er atmete tief durch und öffnete die Tür. Midnight schwebte schon über der Tischplatte, selbst Tatjana war aus dem Büro in Hinterforst herberufen worden. Siris unterdrücktes Grinsen ließ Vincent nichts Gutes erwarten.

„Wo warst du?", fragte Midnight.

„Im Einsatz natürlich", entgegnete Vincent und hoffte, sein zickiger Tonfall würde keine Konsequenzen haben.

„Ein teurer Einsatz", sagte Midnights verfremdete Stimme. „Fast 150 000 Euro – für einen Luxussportwagen?"

„Ich musste mich im Autohaus umsehen. Es war erforder-lich, zu etwas unkonventionellen Methoden zu greifen, um …"

„Resultate?", unterbrach Midnight ihn barsch.

Jede Menge, dachte Vincent. Immerhin wusste er jetzt, dass Hypnos nicht den *Money Master* erfunden hatte, sondern den *Memory Master*. Dass er gar nicht den Eindruck machte, etwas Böses zu planen. Vincent hätte das Spiel mit einem Schlag zu seinen Gunsten verändern können – aber irgendetwas hielt ihn zurück. Also schüttelte er nur den Kopf.

„Du kannst das Geld von ORGA nicht einfach so ausgeben", merkte Tatjana an. „Ich arbeite den ganzen Tag, um es heran-zuschaffen. Das wächst nicht auf Bäumen."

„Es lief alles etwas unerwartet", setzte Vincent an und wurde gleich wieder von Midnight unterbrochen.

„Bei dir läuft es häufiger etwas unerwartet. Es tut mir leid, was ich dir jetzt sagen muss, Vincent. Insbesondere, weil der von mir hoch geschätzte Hieronymus immer große Stücke auf dich gehalten hat. Aber ich bin mit deinen Leistungen in dieser Mission unzufrieden. Mehr als unzufrieden."

Die Erwähnung seines Mentors traf Vincent. Tränen schossen ihm in die Augen bei der Vorstellung, Hieronymus zu enttäuschen. Völlig unprofessionell. Er senkte schnell den Blick, damit es niemand bemerkte.

„Wurde diese Sitzung deshalb einberufen?", murmelte er.

„Nein", antwortete Midnight. „Einberufen habe ich sie, weil zumindest andere in dieser Organisation Resultate erzielen. An vorderster Front – deine Kollegin Siri."

Vincent schaute kurz zu ihr hoch. Auch wenn Siri ihr Grinsen unterdrückte, glitzerte der Triumph deutlich in ihren Augen.

„Sie hat herausgefunden, was all unsere Expertinnen und Experten bislang übersehen haben."

„So?" Vincent sah Midnight fragend an.

„Ihr sind logische Lücken bei der zeitlichen Reihenfolge der bislang ausfindig gemachten Mails aufgefallen. Also hat sie diese noch mal mit neuen Methoden analysiert. Sie hat festgestellt, dass die Mails viel älter sind, als wir bislang dachten.

Die Absendedaten wurden manipuliert. Mit einer Software, die wir bislang nicht auf dem Schirm hatten."

Neben Midnight erschien eine visuelle Auflistung der sechs Mails, die sie alle nach Trockenstedt geführt hatten. Rechts waren ihre Absende-Daten aufgeführt, die nun nacheinander durchgestrichen wurden. Daneben erschienen neue Daten.

„Die Mails sind alle ... zwei Jahre älter?" Vincent bemühte sich, seine Stimme aufrichtig überrascht klingen zu lassen. „Also hat sich das Ganze bereits vor über drei Jahren und nicht erst vor einem ereignet?"

Natürlich. Siri hatte seine Erkenntnisse genutzt, um selbst die Lorbeeren zu ernten. Hatte ihren ganzen computertechnischen Sachverstand auf die verfälschten Absendedaten gerichtet und die Wahrheit zutage gefördert. Immerhin hatte er nun Gewissheit bei dieser Sache.

„So ist es", bestätigte Midnight. „Der zeitliche Vorsprung der *Anderen* ist also viel größer als bislang angenommen. Es dürfte klar sein, dass das höchst besorgniserregend ist."

„Klar", murmelte Vincent.

„Doch nicht nur Siri hat im Gegensatz zu dir Erfolge zu vermelden. Wir haben noch eine weitere Abordnung in den Orkus geschickt. Sie konnten nachvollziehen, was die *Anderen* offensichtlich mit ihren Riesen beschützen wollten."

„Was denn?" Vincent spürte sein Herz im Brustkasten wummern. Fast befürchtete er, jemand könnte es hören.

„Es gab noch eine Mail. Auf den Rechnern im Autohaus. Wo *du* aber nichts gefunden hast."

Verdammt, sie waren wirklich sehr nah gekommen. Er konnte jetzt die Karten auf den Tisch legen. Dass er bislang geschwiegen hatte, würde allerdings Ärger für ihn bedeuten. Abziehung vom Projekt. Das konnte er nicht riskieren. Er war so dicht dran, den Fall Hypnos zu knacken.

„Da war auch nichts." Ab jetzt verheimlichte Vincent nicht nur etwas. Ab jetzt log Vincent ORGA bewusst an. „Ich war sogar an den alten Laptops des Vorbesitzers – es war nichts drauf."

„Natürlich nicht", erklärte Midnight. „Weil die *Anderen* schneller waren. Weil Hypnos schneller war. Die Mail wurde bereits vernichtet."

„Wie?" Das Gespräch nahm gerade eine Wendung, die Vincent nicht hatte kommen sehen.

„Die Spuren sind eindeutig. Offensichtlich stimmt die naheliegendste Vermutung: Christian Lopez *ist* Hypnos. Durch das Datenbeben ist er unruhig geworden und hat die letzte Spur verwischt. Aber das wird ihm nun auch nichts mehr nützen. ORGA will zwar nach Möglichkeit Aufsehen vermeiden, aber durch deine Fehlleistung haben wir zu viel Zeit verloren. Das Sonderkommando wird bereits zusammengestellt. Übermorgen erfolgt der Zugriff."

„Zugriff worauf?" Vincent verstand nur noch Bahnhof.

„Auf Hypnos natürlich." Der Geist zuckte ungeduldig mit dem Kopf. „Wir werden Christian Lopez entführen. Und dann wird er dieses Puzzle für uns zusammensetzen, an dem *du* gescheitert bist. Übertragung Ende."

Der Geist und die Datenliste verschwanden. Das Zimmer lag einen Moment in völliger Dunkelheit.

Plötzlich tauchte Midnights Gestalt noch einmal auf. Sie zeigte auf Vincent und ihre grünen Geisteraugen funkelten bedrohlich.

„Und nur damit das klar ist: Du bist von nun an aus dem Spiel. Verhalte dich unauffällig. Halte dich von Celia Lopez fern. Ab jetzt übernehmen Agenten, die ihren Job wirklich beherrschen."

32

Vincent war komisch.

Klar, ich hatte Vincent schon immer komisch gefunden. Aber heute war er anders komisch. Er sprach in der Schule kaum ein Wort mit mir.

„Sag mal, die Lücke zwischen unseren Plätzen ist dir nicht aufgefallen, oder?", fragte ich ihn in der Fünf-Minuten-Pause nach Mathe.

„Oh." Er sah verwirrt aus. „Ist Sophia einfach noch fertig von der Beerdigung oder richtig krank?"

„Nein. Nicht wirklich, auch wenn ihr Vater ihr ein Attest besorgt hat", antwortete ich. „Er hat sie mitten in der Schulzeit einfach für zwei Wochen weggeschickt. Der hat sie doch nicht mehr alle."

„Na ja, er ist ihr Vater. Wenn er das für richtig hält ..."

„Mal abgesehen davon, dass Kinder nicht die Besitztümer ihrer Eltern sind, besteht ja auch noch so was wie Schulpflicht. Aber egal, ich glaube, ich kenne den wahren Grund."

„Sag mal, bahnt sich da was zwischen euch an?", unterbrach uns eine Stimme von hinten.

Rufus. Na klar. Immer zur Stelle, wenn ihn keiner brauchte.

„Bei dir bahnt sich eine gebrochene Nase an, wenn du nicht gleich Leine ziehst", ließ ich ihn wissen.

„Rufus, auf deinen Platz!", rief Frau Dittrich, die soeben hereinmarschierte. „Celia, hör auf, deinem Klassenkameraden körperliche Gewalt anzudrohen. Burak, wisch mal die Tafel." Unsere Deutschlehrerin hatte nicht nur ein allgemeines Faible für Grammatik, insbesondere den Imperativ liebte sie wirklich außerordentlich. Aber wenigstens zog Rufus Leine.

„Ich glaube, ich hab da eine Idee, was unser ... kleines Projekt angeht", flüsterte ich Vincent zu.

„Das muss ruhen", ließ er mich sofort auflaufen.

„Wie?" Ich schüttelte den Kopf. „Nein, das muss es nicht ..."

„Celia", unterbrach er mich. „ORGA hat mich jetzt richtig im Visier. Wegen der Karre und weil ich nichts wie vorgesehen auf die Kette kriege. Wir können nicht weitermachen, ohne dass die bemerken, dass du irgendwie mit mir unter einer Decke steckst."

„Dieser Unterricht ist kein freiwilliges Angebot. Er ist das Einzige, was euch jetzt zu interessieren hat!", rief Frau Dittrich uns zu und beendete unsere Unterhaltung.

Wir konnten auch nach Schulschluss nicht weiterreden. Vincent nutzte den Moment, als ich meinen unter den Tisch gerollten Kugelschreiber suchte, um sich abzusetzen. Er schien sich wirklich Sorgen zu machen, dass ORGA uns auf die Schliche gekommen war.

Er dampfte zügig ab und ich sah ihn beim Schultor abbiegen. Ich beschloss, ihn zu verfolgen. Spannend, wohin es ihn wohl trieb, ohne meine störende Gesellschaft.

Es war gar nicht so einfach, an ihm dranzubleiben. Der Typ schaute sich wirklich oft unauffällig um. Alter Agententick, nahm ich an.

Zunächst machte es den Anschein, als würde Vincent nach Hause gehen. Erst am Ende des Flemmingkarrees änderte sich seine Route.

Sein Weg führte zu Herrn Frescher.

„Oh, Vincent", begrüßte ihn Herr Frescher im Garten. Er wirkte schon am frühen Nachmittag ganz schön zerknittert. Ein leichter, aber unverkennbarer Alkoholgeruch war in seinem Atem. „Was kann ich für dich tun?"

„Ich wollte eigentlich was für *Sie* tun", sagte Vincent. „Sie hatten doch erwähnt, dass Sie endlich mal den Keller aufräumen wollen." Er legte sein strahlendstes Engel-der-Nachbarschaft-Lächeln auf und hoffte, dass es auch bei verkaterten Personen seine Wirkung entfaltete.

Zunächst sah es nicht danach aus, denn Herr Frescher schüttelte den Kopf. „Nein, Vincent, nein, das geht nicht. Ich kann dich nicht für alles einspannen, was ich allein nicht gebacken kriege. Ich schäme mich jetzt noch, dass du für den Rasen kein Geld genommen hast. Wer arbeitet, soll dafür auch was kriegen."

Vincent schaltete schnell vom *Völlig selbstlos*-Modus in *ein bisschen Eigennutz* um. Im Fach *Grundlagen der Psychologie* war es häufiger darum gegangen, dass Menschen Hilfe eher annahmen, wenn sie das Gefühl hatten, selbst helfen zu können.

„Na ja", Vincent tat zerknirscht, „etwas Geld würde ich schon nehmen. Ich wollte Celia gerne am Wochenende ins Kino einladen und könnte da noch ein bisschen … äh … Unterstützung brauchen."

Herr Freschers Miene hellte sich auf.

„Ach, so ist das … Du kommst also voran mit der spröden Nachbarin?"

„Ein wenig", behauptete Vincent.

„Na gut. Aber du schaffst die Kisten einfach nur von unten in die Garage. Dann organisiere ich in den nächsten Tagen den Sperrmüll. Länger als eine Stunde brauchst du dafür wahrscheinlich nicht. Und du nimmst meine Bezahlung an, auch wenn sie dir zu hoch erscheint, verstanden?"

„Aye, aye!", erklärte Vincent und salutierte.

Dabei war das Geld ihm herzlich egal. Er hatte eine Stunde,

um die Sachen der verstorbenen Annette Frescher durchzu-
gucken.

Herr Frescher ließ ihn glücklicherweise in Ruhe. Daher kam
Vincent bei seiner Mischung aus Spionage und Schleppen
recht gut voran. Tatsächlich hatte er schon nach wenigen Kisten das Gefühl, auf der richtigen Spur zu sein. Frau Frescher
war, wie ihr Mann ja schon erzählt hatte, eine vielseitig interessierte Frau gewesen. Kaum ein Hobby schien sie nicht ausprobiert zu haben. Von Sportgeräten über Malzubehör bis hin
zu einer Nähmaschine fand man im Keller alles, womit man
sich die Zeit vertreiben konnte. Aber wenn es ums Lesen ging,
schien vor allem eine Sache sie interessiert zu haben: das
menschliche Gedächtnis. Anatomie, Psychologie, Philoso-
phie bis hin zu Religion – aus allen möglichen Fachbereichen
hatte sie Bücher gesammelt, die sich mit dem Erinnern be-
fassten. Als Neurologin hätte ihr Schwerpunkt auf Medizin
und Biologie liegen müssen, aber ihre Lektüre wies darauf
hin, dass sie das Thema vollständig begreifen wollte. Hatte es
sie nur interessiert – oder steckte dahinter tatsächlich mehr?
War ihr Autounfall wirklich nur ein Unfall gewesen? Rein zufällig kurz nachdem Hypnos die Zusammenarbeit mit den *Anderen* aufgekündigt hatte?

Nein, dachte Vincent und schüttelte unmerklich den Kopf.
Es musste einen Zusammenhang geben.

„Vincent? Brauchst du Hilfe?", rief Herr Frescher von oben.

„Du kannst auch jederzeit Schluss machen, ich bin mit den Kisten hier schon überfordert."

„Sind nur noch die Steuerordner!", rief Vincent, der tatsächlich nur noch einen Karton mit der Aufschrift *Steuer* vor sich stehen hatte.

„Gut", schallte es von oben. „Wobei ich mich frage, was sie da großartig gesammelt hat. Steuererklärung war immer mein Job."

Vincent setzte den Karton wieder ab. Er klappte ihn auf und nahm sich den ersten Ordner vor: Amtsschreiben, Rechnungen, Kontoauszüge. Doch als er weiterblätterte, sah er, dass Frau Frescher sich nicht wirklich um die Steuer gekümmert hatte. Sie hatte zwischen diesen Papieren nur versteckt, um was es wirklich ging. Er blickte auf eine akkurate Zeichnung: eine Art ... Knopf. Der schwarze Punkt in der Mitte war mit *Impulsgeber* beschriftet. Darum lag ein grauer Ring, der mit den Zahlen von 1 bis 30 in gleichmäßigen Abständen beschriftet war. Um diese wiederum lag ein transparenter Ring mit der Aufschrift *Alyrem*.

Vincent überlegte, was er darüber wusste. Alyrem war ein extrem teurer synthetischer Kunststoff. Man konnte ihn je nach Bedarf auf unterschiedliche Faktoren wie Lichteinfall, Temperatur oder auch elektrische Wellen einstellen, sodass er seine Farbe veränderte. Alyrem bekam man nicht im Baumarkt, dafür war es viel zu teuer und zu selten. Um an Alyrem zu kommen, brauchte man Hilfe. Zum Beispiel von den *Anderen*.

Vincent ließ den Ordner aufschnappen. Er entnahm die Zeichnung und die darauffolgenden Blätter, die mit handschriftlichen Notizen beschrieben waren. Er faltete sie und ließ sie in der Hintertasche seiner Jeans verschwinden. Wenn ihn nicht alles täuschte, hatte er hier den Beweis, von wem der *Memory Master* erfunden worden war.

Er fühlte sein Handy vibrieren.

Celia, natürlich.

`Tolle Idee mit der Funkstille, aber WIR MÜSSEN REDEN.`

Er überlegte kurz und antwortete: `Gib mir noch zwei Tage. Dann reden wir.`

Zwei Tage. Das würde reichen, um ORGA vom Zugriff auf Christian Lopez abzubringen, den wahren Hypnos zu enthüllen und dem wohlverdienten Aufstieg in seiner Organisation entgegenzugehen.

33

Ich versuchte es mit einem winzig kleinen Kiesel und zielte auf Vincents Fenster. Lauter auf mich aufmerksam zu machen, traute ich mich nicht, weil im Zimmer nebenan seine Schwester schlief. Und die schlief ja bekanntermaßen nicht so, wie man das eigentlich in ihrem Alter tun sollte.

Ein helles „Pling" war zu hören. Und auch wenn kein Licht anging, spürte ich, dass Vincent kurz darauf an seinem Fenster stand und mich aus seinem dunklen Zimmer heraus anstarrte. Vermutlich hoffte er, dass ich einfach Ruhe gab.

Ich hob einen deutlich größeren Stein auf und schwenkte ihn mit bedrohlichem Lächeln.

Es funktionierte. Das Fenster wurde hochgeschoben und eine dunkle Gestalt zog sich hinaus, die das Fenster wieder behutsam schloss und in den Garten sprang. Dann kletterte Vincent über den Gartenzaun und noch bevor ich ihn begrüßen konnte, legte er seinen Finger an meine Lippen. Die sanfte Berührung überraschte mich so sehr, dass ich nicht mal protestierte. Ich nickte nur als Zeichen, dass ich verstanden hatte.

Er zog mich ein paar Meter weiter auf unsere Wiese. Dann wies er auf unser winziges Spielhaus am Sandkasten – beides hatte schon im Garten gestanden, als wir nach Trockenstedt gezogen waren.

Ich tippte mir an die Stirn. Zwei Teenager würden in das Häuschen niemals reinpassen, und so groß war mein Bedürfnis nach Nähe nun doch nicht. Ich zerrte ihn hinter das Häuschen. Dort konnte uns auch keine neugierige Siri sehen und wir mussten nicht ersticken.

„Celia, das ist kein Spiel", zischte er, sobald ich mich geduckt hatte. „Wenn ich sage, wir sehen uns nicht, habe ich dafür gute Gründe. Es ist zu deinem eigenen Besten."

„Komisch. Ich habe eher das Gefühl, du hast meine Hilfe gerne in Anspruch genommen, solange du festgesteckt hast. Jetzt, wo wir dicht dran sind, Hypnos und seine Erfindung zu enttarnen, machst du wieder einen auf einsamer Rächer."

Er schaute mich mit fest zusammengekniffenen Lippen an.

„Aber keine Sorge, ich bin dir weiterhin nützlich", fuhr ich fort. „Ich denke, ich weiß, wer Hypnos ist."

Eigentlich rechnete ich nun mit einem gierigen Blick und einem „Raus damit!". Aber Vincent sah mich nur einen Moment starr an.

„Ich weiß es auch", sagte er dann. „Und deshalb wird dein

Vater morgen und übermorgen und an jedem anderen Tag ganz normal nach Hause kommen, anstatt spurlos zu verschwinden."

„Ähm … was?"

„ORGA ist mittlerweile bekannt, dass die ganze Sache viel früher angelaufen ist als ursprünglich angenommen. Um genau zu sein: vor drei Jahren statt einem. Glückwunsch, Celia, du warst auf der richtigen Fährte. Nur leider erhöht das den Druck immens. Da greift meine Organisation zu jedem Mittel, das nötig ist, um Gefahr abzuwenden."

„Sorry, aber komm mal runter! Wir wissen bislang von einem Gerät, das verloren gegangene Erinnerungen wiederherstellen kann! Das ist keine Gefahr! Und mein Vater ist auch keine Gefahr."

„Aber wir wissen nicht, was die *Anderen* mit der Erfindung vorhaben", entgegnete Vincent. „Wir wissen nur, was Hypnos damit machen wollte. Und als er aus der Sache ausstieg, ist er am selben Tag gestorben. Die *Anderen* sind lebensgefährlich, Celia."

Wenn ich jemals gedacht hatte, Vincent und ich seien auf derselben Spur, hatte ich mich getäuscht. Denn mein Hypnos war quicklebendig.

„Du meinst, Hypnos ist … war …" Ich hoffte, er würde den Satz vervollständigen, und glücklicherweise tat er das auch.

„Frau Frescher, genau. Geniale Neurologin. Vielseitig interessiert. Und so clever, sich hinter einem männlichen Pseudonym zu verstecken."

Ich nickte, als würde ich seine Annahme nur bestätigen.

„Das war auch dein Verdacht?" Er hob die Augenbrauen.

„Klar", sagte ich. „Wer soll es sonst gewesen sein?"

„Gut. Dann kapierst du jetzt hoffentlich, warum wir beide keinen Kontakt mehr miteinander haben dürfen, bis dein Vater aus der Schusslinie ist."

Erneut nickte ich. „Ja. Bring deinen Leuten erst mal bei, dass Hypnos leider tot ist. Danach steht unserer Freundschaft nichts mehr im Wege."

Vincent spähte über das Spielhaus und hatte schon wieder seine angespannte Agentenhaltung drauf, lächelte aber dabei. Dann guckte er mich unvermittelt an. „Das … das hat irgendwie Spaß gemacht mit dir."

Damit verschwand er. Ich sah noch einen Schatten über den Zaun huschen und hörte dann das leise Zuschieben seines Fensters.

Stimmt, dachte ich. Das hatte Spaß gemacht. Vincent war echt schräg, aber irgendwie mochte ich es, diese Agentennummer mit ihm zu machen. Und es tat mir fast schon leid, dass ich ihm nicht erzählen konnte, was es mit dieser letzten Mail tatsächlich auf sich hatte:

Hypnos hatte sie am 17. August vor drei Jahren verschickt. Es war unser erstes Jahr in Trockenstedt gewesen und wir hatten den Sommerurlaub natürlich in Schweden verbracht. Wie auch die Jahre davor und danach. Sophia war seit Kurzem meine Freundin und weil sie so gut mit Zimmerpflanzen sprechen konnte, hatte meine Mutter ihr unseren Haustürschlüssel gegeben. Am selben Tag, an dem Hypnos die Mail verschickt hatte, starb Frau Frescher nach einem Autounfall.

Was Vincent aber offensichtlich nicht wusste: Schon vor dem 17. August hatte Frau Frescher auf der Intensivstation zwei Wochen ums Überleben gekämpft. Sie war leider nicht mehr aufgewacht. Und sie hatte garantiert keine Mails mehr geschrieben.

Das hatte wohl derjenige getan, den *ich* für Hypnos hielt. Und wenn ich durch die Gärten unserer Nachbarn einige Häuser weiter schaute, sah ich ausgerechnet bei ihm noch Licht.

Sosehr ich ihn auch verabscheute – ihn sollte ORGA genauso wenig entführen wie meinen Vater. Daher war es gut, wenn Vincent bis auf Weiteres glaubte, Frau Frescher sei es gewesen. Der konnte man wenigstens nichts mehr tun. Und den echten Hypnos würde ich noch in dieser Nacht warnen.

Vincent fand auf seinem Kopfkissen keine gute Position. Er war hellwach. Wahrscheinlich freute er sich zu sehr darauf, Midnight morgen zu beweisen, dass viel mehr in ihm steckte als in dieser völlig überschätzten Siri. Der Gedanke fühlte sich gut an, sehr gut sogar. Aber er wusste, dass die Vorfreude nicht der Grund für seine Schlaflosigkeit war. Der Grund war Celia.

Er setzte sich auf. Warum war ihm das nicht gleich aufgefallen? Er war fest davon ausgegangen, dass auch sie Frau Frescher im Verdacht hatte. Aber – wie sollte Celia auf sie gekommen sein? Herr Frescher hatte ja selbst zugegeben, dass er sich von Familie Lopez möglichst fernhielt, weil er Celias Vater eine Mitschuld am Tod seiner Frau gab. Daher wusste Celia wahrscheinlich so gut wie nichts über Frau Frescher. Wie intelligent sie gewesen war. Wie sehr sie sich mit dem Gedächtnis und seinen Funktionsweisen beschäftigt hatte. Celia war clever, keine Frage, das musste sogar Vincent mittlerweile zugeben. Aber hellsehen konnte sie nicht.

Trotzdem hatte sie seiner These sofort beigepflichtet.

Vincent hielt es nicht mehr aus in seinem Bett. Er stand auf, ging ans Fenster und schaute zu Celias Fenster hinüber. Ob sie jetzt wohl ruhig schlief? Oder sich selbst den Kopf zerbrach? Zum Beispiel darüber, warum sie Vincent nicht ihren wahren Verdacht genannt hatte?

„BUG", flüsterte Vincent.

Er hörte auf seinem Nachttisch das leise Schaben der Beinchen, die sich aus dem Handy schoben. „Präsentationsmodus."

Das Emblem von ORGA schwebte über Bugs Rücken.

„LOCATE: Celia Lopez."

Das Logo wurde zum Globus, der sich in eine Karte verwandelte, die erst auf Europa, dann auf Deutschland, dann auf Trockenstedt zoomte. Ein kleiner blinkender Punkt verriet, wo das Handy von Celia war. Direkt nebenan. Natürlich. Aber der Punkt bewegte sich.

„Wo zur Hölle willst du hin?", murmelte Vincent.

Jetzt kam der Punkt zum Stillstand. Nur zwei oder drei Häuser weiter. Da wohnte doch …

Nein. Der Punkt bewegte sich wieder.

Aber viel zu schnell für jemanden, der gerade zu Fuß unterwegs war.

34

Verdammt, Celia, was machst du hier eigentlich?!, fragte ich mich, während ich hinter dem Beifahrersitz von Herrn Cauders Kombi kauerte.

Ich hatte Soffs Vater ja eigentlich nur warnen wollen. Aber dann hatte ich gesehen, wie er mitten in der Nacht einen Karton in den offenen Kofferraum seines Wagens wuchtete. Er guckte dabei extrem misstrauisch die Straße entlang und ich hatte Glück, dass er mich nicht entdeckte.

Als er zurück ins Haus hastete, pirschte ich zum Auto, öffnete eine der hinteren Türen, quetschte mich zwischen Rückbank und Beifahrersitz und wartete. Nur einige Sekunden später hörte ich das Zuklappen des Kofferraums, dann sah ich, wie Herr Cauder einstieg und den Wagen startete. Er checkte immer wieder den Rückspiegel, als wäre es nicht gerade zwei Uhr morgens, sondern Rushhour im Wohngebiet von Trockenstedt.

Er ist tatsächlich Hypnos, dachte ich. Bisher war es nur eine

Vermutung gewesen. Aber so, wie der Typ sich jetzt verhielt, war ich mir vollkommen sicher.

Interessant. Ein öder Angestellter der Stadtverwaltung entpuppte sich als Erfindergenie.

Seine Gesichtszüge wurden vom Licht der Straßenlaternen angestrahlt. Er wirkte angespannt. Und trotzdem fuhr er sehr ruhig und fast nervenaufreibend langsam. Als müsste man in fucking Trockenstedt jederzeit mit einer Polizeistreife rechnen.

Ich atmete so leise wie möglich. Seltsamerweise hatte ich keine Angst. Dabei fuhr ich gerade mit einem creepy Typen zu einem mir völlig unbekannten Ort. Keine Sau wusste, wo ich war. Weder meine Mutter noch mein Vater. Und leider nicht mal derjenige, der vielleicht eine Ahnung gehabt hätte, wie man mit so einer Situation umging: Vincent. Ich überlegte kurz, ihm eine Nachricht zu schicken. Aber ich entschied mich dagegen. Erstens: Das Licht des Handys würde Herr Cauder garantiert bemerken. Zweitens: Vincent sollte nicht wissen, was ich wusste. ORGA durfte nicht erfahren, dass Sophias Vater Hypnos war. Denn ich traute diesem dubiosen Agentenladen mittlerweile alles zu. Es überraschte mich selbst, aber ich wollte Herrn Cauder beschützen. Nicht nur, weil er Sophias Vater war. Ich wollte ihn beschützen, weil ich verstand, warum er all das getan hatte.

Sophia hatte mir oft von ihrem Opa erzählt, der mehr und

mehr von dem verloren hatte, was sein Leben ausmachte: seine Erinnerungen. Wie schrecklich musste es für Herrn Cauder gewesen sein, dabei hilflos zuzusehen?

Doch er hatte sich offensichtlich nicht damit abfinden wollen, dass sein Vater Stück für Stück verschwand. Er hatte ihm seine Erinnerungen und damit auch sein Leben zurückgeben wollen. Er hatte das alles aus Liebe getan, aus Liebe zu seinem Vater. Und darum durften ihn weder die *Anderen* noch ORGA erwischen.

Der Wagen kam zum Stehen.

 In welchem Fahrzeug auch immer Celia gerade steckte: Es hatte angehalten. Vincent betrachtete genauer, wo der blinkende Punkt auf der Karte zum Stehen gekommen war. Wo in Trockenstedt war das?

Im Industriegebiet. Immer wieder das Industriegebiet. Es konnte kein Zufall sein, dass hier das Autohaus und damit eine der wichtigsten Locations dieser Mission lag.

„Dein Vater steckt *doch* in irgendwas drin, oder?", fragte er den Punkt, als könnte Celia ihn hören und antworten.

Er blickte aus dem Fenster und runzelte die Stirn. Der BMW von Herrn Lopez parkte wie immer vor der Garage. Dann konnte das Auto von Frau Lopez auch nicht dort rausgefahren sein.

Vincent sah sich die Karte noch mal genauer an. Der Punkt war ein bisschen zu weit entfernt vom Autohaus.

„Celia, wo bist du? Und mit wem bist du dort, verdammt?!"
Der Punkt blinkte und schwieg.

Wenn Vincent es herausfinden wollte, musste er sich dorthin auf den Weg machen. Aber er würde zu Fuß mindestens eine halbe Stunde brauchen. Zeit, in der Siri aufwachen konnte – um festzustellen, dass er nicht da war. Zeit, in der unangenehme Fragen entstehen konnten.

Ist das wirklich dein größtes Problem? Du kannst Celia doch jetzt nicht alleinelassen!, rief eine Stimme in Vincents Kopf.

„Tu ich auch nicht", entschied er. „BUG."

Der Handykäfer drehte sich ein Stückchen zu ihm und schaute ihn fragend an.

„Präsentation beenden."

Die Kartenprojektion erlosch. Vincent schob das Fenster auf. „FOLLOW: Celia Lopez."

Bug nickte und krabbelte hinaus. Kurz darauf sah Vincent ihn durch die Latten des Gartenzauns schlüpfen. Dann war das winzige Viereck auch schon seinem Blick entschwunden.

Er schob das Fenster wieder zu und setzte sich aufs Bett. Immer wieder sah er auf die Uhr. Die Minuten verstrichen quälend langsam. Aber sobald Bug herausgefunden hätte, wo Celia steckte, würde ihm schon eine Lösung einfallen.

Ach ja?, erkundigte sich die Stimme in seinem Kopf. *Hast du schon mal daran gedacht, dass Celia mit einem der* Anderen *im Industriegebiet stecken könnte? Meinst du, ein Smartphone im Insektenlook hilft ihr dann entscheidend weiter?*

„Habe ich schon erwähnt, dass ich dich manchmal wirklich hasse, Celia Lopez?", flüsterte Vincent ins dunkle Nichts seines Zimmers.

Nein, Hass ist was anderes, kommentierte die Stimme. Was ganz anderes.

35

Nachdem Soffs Vater ausgestiegen war, hörte ich den Kofferraum aufgehen. Kurz darauf Schritte, die sich entfernten. Ich wartete, bis ich sie nicht mehr hören konnte, öffnete dann vorsichtig die Tür, schob mich hinaus und schloss sie leise wieder. Ich war auf einem unbeleuchteten Parkplatz. Licht spendeten nur die Laternen der nahe liegenden Straße. Okay, schon ein bisschen spooky.

Ich bückte mich und spähte unter dem Auto durch. Am Ende vom Parkplatz lag ein großes verlassenes Gebäude. Dort musste Herr Cauder reingegangen sein. Irgendwie kam mir das alles hier bekannt vor. Ich kniff die Augen zusammen. *Deutsche Qualitätsreifen* stand in verblassten Blockbuchstaben auf einem Schild über dem Eingang.

Klar, die alte Reifenfabrik. Bis Mitte der Neunziger waren hier Reifen hergestellt worden. Seither war die Stadtverwaltung völlig ratlos, was sie mit dem Areal und dem Gebäude anfangen sollte. Das hatte Herr Cauder mir mal vor Jahren erzählt, als ich ihn dummerweise gefragt hatte, was er denn eigentlich beruflich so machte. Seit seinem Wechsel aus der Steuerabteilung in die Immobilienverwaltung kümmerte er sich um leer stehende, abbruchreife oder sonst wie heruntergekommene Häuser und Anlagen in der Stadt. Als Hypnos konnte er die abgelegene Fabrik natürlich supergut gebrauchen. Im Hobbykeller konnte man sich vielleicht noch ein Gerät ausdenken, seine Funktionsweise skizzieren und einen Prototyp basteln. Aber um den *Memory Master* in größerem Maßstab herzustellen, brauchte man eine ganz andere Technik. Für so was erschien mir die alte Reifenfabrik tatsächlich perfekt.

Ich rannte zu der wild wuchernden Hecke an der Mauer des Firmengeländes. Dann schob ich mich hinter dem Gestrüpp Richtung Hauptgebäude. Die Zweige krallten sich in meine Klamotten, als wollten sie mich am Weiterkommen hindern. Mit einigen Kratzern im Gesicht und Löchern im Pulli schaffte ich es bis an die rechte Seite der Fabrik. Dann öffnete sich mit lautem Quietschen eine rostige Metalltür zwischen zwei Garagentoren und Herr Cauder hastete heraus. Mit großen Schritten eilte er Richtung Parkplatz. Bevor die Tür wieder zufiel, war ich unbemerkt hineingeschlüpft.

Ich befand mich in einem riesigen, leeren Raum. Vermutlich war das die alte Fertigungshalle, die früher bestimmt mit gewaltigen Maschinen vollgestellt gewesen war. Am Ende der Halle wurde eine offen stehende Luke von einer Stehlampe beleuchtet. Hypnos arbeitete also eine Etage weiter unten und würde wahrscheinlich gleich wiederkommen. Es sah so aus, als würde Herr Cauder nur schnell etwas aus dem Auto holen wollen. Daher traf ich die Entscheidung „Ab in die Tiefe" in Sekundenschnelle.

Ich lief zur Luke und stieg im Schein der Stehlampe zwanzig oder dreißig breite Treppenstufen hinab, die in einen Gang mit niedriger Decke führten. Er endete vor einer massiven Metalltür. Nicht besonders einladend. Aber als ich die schwere Tür aufdrückte, landete ich in einem Raum, der fast gemütlich wirkte. Warmes Licht bestrahlte Kisten und Kartons, die sich hier stapelten.

Die Tür hatte sich von selbst hinter mir geschlossen. Aus den Augenwinkeln nahm ich nun wahr, dass sich die Klinke senkte. *Shit, Herr Cauder war schneller zurück als gedacht!*

Mit einem fast lautlosen Satz verzog ich mich hinter einen der Kartonstapel. Ich hörte, wie sich die Tür wieder schloss, dann schwere Schritte und heftiges Atmen. Als ich mir sicher war, dass Cauder nicht ausgerechnet neben meinem Kartonstapel stand, lugte ich vorsichtig dahinter hervor.

Cauder setzte gerade am Ende des Raums eine Kiste ab und öffnete eine rostige Stahltür, die ihm nur bis zur Hüfte reichte. Die Öffnung wirkte wie eine Art Kamin. An der Seite befand sich ein altmodisches Steuerpaneel, an dem Soffs Vater herumdrückte. Dadurch loderten Flammen im Kamin auf. Was auch immer man damit früher in der Reifenfabrik gemacht hatte – heute Nacht ließ Hypnos Beweise darin verschwinden. Denn er pfefferte nun eilig einen Ordner nach dem anderen aus der herangeschleppten Kiste in den breiten Flammenschlund.

Ich beugte mich ein Stückchen vor, um erkennen zu können, um was für Akten es sich handelte. Dabei unterschätzte ich die Festigkeit der Kartons, gegen die ich mich stützte. Sie stürzten polternd in sich zusammen und ihr Inhalt verteilte sich über den Boden. Es waren Hunderte kleine Dinger, die mich irgendwie an ... Handtuchhalter erinnerten. Ich schaute erst sie sprachlos an und dann Herrn Cauder, der wiederum mich sprachlos anstarrte.

„Celia", brach er das Schweigen. Er kam ein paar Schritte näher. Dann blieb er stehen, hob eines der Dinger auf und drehte an ihm herum. „Was treibst du hier? Hast du mich etwa ... verfolgt?" Er klang bemüht freundlich.

Irgendwie war mir plötzlich gar nicht mehr ganz so wichtig, Sophias Vater zu retten. Mich selbst zu retten schien mindestens eine genauso gute Idee.

„Ich wollte gerade gehen. Was Hypnos übrigens auch tun sollte", rief ich. Das musste als Warnung reichen. Ich hastete zur Tür, um sie aufzureißen.

Sie war dummerweise verschlossen.

Herr Cauder kam mit langsamen Schritten näher.

„Es wird nicht wehtun", sagte er, während er weiter an der Plastikscheibe in seiner Hand herumdrehte. „Oder nur ein wenig. Ich will den Schaden für dich so gering wie möglich halten. Aber du musst jetzt ehrlich sein: Wie lange weißt du es schon und hast du es jemandem erzählt?"

Ich schwieg und hielt den Türgriff umklammert.

„Ich bitte dich, Celia: Lüg mich nicht an und mach keine Dummheiten. Denn die hier will ich ungern zum Einsatz bringen." Er zog etwas aus seiner Jackentasche.

Man lernt wirklich nie aus. Bis zu diesem Moment hätte ich im Traum nicht geglaubt, dass Herr Cauder eine Pistole besaß.

Vincent war zehn Minuten durchgesprintet und hatte die alte Fabrik schon beinahe erreicht. Er nahm ein wenig Tempo raus, um nicht zu verpassen, was Bug gerade an seine Armbanduhr sendete. Das Bild gab nicht viel her. Es war nur schemenhaft und winzig klein, aber trotzdem erkannte Vincent neben Celia jemanden, mit dem er nicht gerechnet hatte.

„Ich weiß alles und die Polizei auch", schrie Celia.

Die Audioübertragung war glasklar und Celia ging es offensichtlich gut, so laut, wie sie brüllen konnte.

„Sie werden gleich hier sein, und dann erzähle ich denen, dass Sie mit irgendwelchen Killerorganisationen zusammenarbeiten, um Ihren *Memory Master* fertig zu kriegen."

Obwohl das Bild so klein war, konnte Vincent erkennen, dass Herr Cauder nicht sonderlich beeindruckt wirkte. Und Vincent sah mit Schrecken noch etwas: Cauder hielt eine Waffe in der Hand. Offensichtlich war Hypnos ein Duo gewesen. Und der zweite Teil davon war am Leben und fühlte sich gerade extrem bedroht.

„Ach, und die Polizei hat dich vorgeschickt, damit du mir allein das Handwerk legst?" Sophias Vater stieß ein freudloses Lachen aus.

Celia schwieg.

„Vermutlich weißt du nicht viel. Aber da du mich offensichtlich anlügst, muss ich auf Nummer sicher gehen."

Vincent wandte den Blick von seiner Uhr ab und sprintete auf die Einfahrt der alten Reifenfabrik zu. Verlassen stand Herrn Cauders Wagen auf dem dunklen Parkplatz.

„Was haben Sie vor?", keuchte Celia aus dem winzigen Lautsprecher seiner Uhr. „Und … warum darf das keiner wissen? Ein Gerät, das Erinnerungen wiederherstellt, ist doch gut! Wenn Sie sich dafür mit ein paar zwielichtigen Gestalten eingelassen haben – okay, uncool. Aber bei so einer hammermäßigen Erfindung ist das doch nebensächlich."

Wie kam Vincent in das Fabrikgebäude? Und wie schnell

würde er Celia finden? Er war ganz dicht dran, aber er musste sich noch ein bisschen mehr Zeit verschaffen.

Beziehungsweise: Bug musste das tun.

Herr Cauder war einen halben Schritt vor mir stehen geblieben. Mir war noch nie aufgefallen, wie groß und wuchtig Soffs Vater war. Dass er mit seiner Pistolenhand gerade recht unbeholfen an diesem Plastikding rumdrehte, beruhigte mich auch nicht gerade. Und es war definitiv keine gute Idee, dass er dabei redete.

„Celia, ich verrat dir jetzt was. Ich verrat dir sogar alles. Zumindest alles, was wichtig ist. Erstens: Ich bin kein genialer Erfinder. Leider habe ich keinen blassen Schimmer, wie man Erinnerungen wieder wachsen lassen kann. Das wusste nur Annette."

Wer zum Teufel war denn jetzt Annette? Soffs Vater sah mir offensichtlich an, dass ich nicht wusste, von wem er sprach.

„Annette Frescher. Die Frau eures Nachbarn. Wir haben uns oft über die Funktionsweise unseres Gedächtnisses unterhalten, weil mich die Erkrankung meines Vaters so beschäftigt hat. Sie kannte die Krankheit von ihrer Mutter. Wir teilten dieses Leid – und den Wunsch, es zu beenden. Annette hatte die Idee. Und sie war intelligent genug, um die Idee auch zu realisieren – doch sie war dafür auf meine Hilfe angewiesen."

„Aber … Frau Frescher ist tot. Und nun vernichten Sie hier ihre Aufzeichnungen über die Erfindung?", fragte ich empört.

„Frau Frescher war die Geniale. Ich bin nur Beamter. Zugegebenermaßen: ein pfiffiger Beamter. Deswegen habe ich vor meinem Wechsel in die Immobilienverwaltung lange in der Betrugsabteilung bei der Steuerstelle gearbeitet. Und daher wusste ich wiederum, wie man Geld und Materialien verschiebt, ohne dass man es nachverfolgen kann. Das war wichtig, da wir uns mit Leuten einlassen mussten, denen wir eigentlich nicht trauten. Also entwickelte Annette das Gerät und ich tat alles andere. Ich habe die Mails verschlüsselt. Sie von allen möglichen PCs, an die ich irgendwie rankam, verschickt. Die Gelder verschoben und die ungewöhnlichen Materialien zwischen Lagern in ganz Europa hin- und herwandern lassen, bis wir sie zwischendurch – Simsalabim – abgreifen konnten. Ich dachte, ich hätte es gut gemacht. Aber es war wohl nicht gut genug."

„Weil … weil Frau Frescher …"

„Umgebracht wurde", ergänzte Herr Cauder den Satz. „Ich weiß, alle glauben, sie sei am Steuer eingenickt. Aber in meinen schlaflosen Nächten sehe ich Annette auf der Straße. Allein und hellwach in ihrem Auto. Und dann erscheinen hinter ihr Scheinwerfer."

„Die Schweinwerfer der *Anderen*?", fragte ich.

„Welche anderen?" Er runzelte die Stirn.

„So … nenne ich sie."

„Interessant. Du bist wirklich erstaunlich gut informiert. Sie selbst verwenden einen offizielleren Namen und geben vor, Erinnerungen retten zu wollen. Aber ich glaube mittlerweile, dass sie völlig andere Ziele haben. Sie wurden nämlich ungeduldig, als wir die erste Etappe erreicht hatten. Sie wollten direkt die Ergebnisse haben, legten viel zu viel Wert darauf, dass der *Memory Master* anzeigt, wenn er benutzt wurde …"

Jetzt runzelte ich die Stirn. „Moment. Stopp. Was meinen Sie mit der ersten Etappe?", stieß ich eine meiner vielen Fragen hervor.

„Erinnerungen löschen. Damit mussten wir anfangen, damit es überhaupt funktionieren konnte. Dieses Ziel haben wir erreicht. Aber das, worum es eigentlich ging … Erinnerungen neu wachsen zu lassen … das haben wir nie geschafft. Weil sie Annette vorher aus dem Spiel genommen haben. Ich hoffte, sie würden glauben, sie hätten Hypnos damit aus dem Weg geräumt. Aber seit diesem IT-Zusammenbruch vor einigen Tagen weiß ich, dass sie immer noch oder wieder hier sind. Sie suchen weiter. Nichts darf von unserer Forschung übrig bleiben, denn ORGA wird nichts Gutes damit anfangen. Darum werde ich unsere Erfindung und sämtliche Notizen dazu jetzt zerstören."

Vincent erstarrte. Was hatte er da grade gehört? Hatte der Typ wirklich ORGA gesagt? Er hatte das alte Fabrikgebäude inzwischen betreten und schaute in eine beleuchtete Luke hinab.

„Die hießen ORGA?", hakte nun auch Celia nach. Sie schien ähnlich entgeistert zu sein wie Vincent.

„Ja, so nennen sie sich. Moment … sagt dir das was?", hörte Vincent nun wieder Cauders Stimme aus seiner Uhr.

Glaub ihm nicht. Vincent kam es fast wie ein Gebet vor, so intensiv dachte er diesen Gedanken.

„Nein." Celia schien sein Gebet zu erhören. „Ich finde nur, das ist ein superöder Name für eine ORGANISATION."

Vincent schüttelte mit einem ungläubigen Lächeln den Kopf, während er die Treppe hinabstieg. Celia blieb echt immer noch ganz schön cool, während jemand sie mit einer Pistole bedrohte.

„Ich habe dir einige Antworten geliefert", erklang Herrn Cauders Stimme wieder aus der Uhr. „Jetzt bist du dran. Was hast du herausgefunden? Hat dir jemand geholfen? Und vor allem: Wie lange schnüffelst du schon hinter mir her?"

Celia schwieg.

„Okay, dann nehme ich das Maximum."

„Was denn für ein Maximum?"

„Dreißig Tage. Das ist das Maximum, das dir dieses Gerät aus deiner Erinnerung löschen kann. Und nun auch löschen wird. Ich hoffe, die Zeitspanne reicht, um dich alles, was du herausgefunden hast, vergessen zu lassen."

Er hielt etwas hoch. Es war zu klein, um es auf dem Uhrenbildschirm zu erkennen, aber Vincent war trotzdem klar, was es war: der *Memory Master*.

Es war Zeit, einzugreifen.

„BUG", sprach Vincent in die Smartwatch. „Präsentationsmodus. Live-Audio."

36

In extremen Situationen verhält man sich nicht nur irrational. Man fühlt auch irrational. Das erkannte ich, als Herr Cauder vor mir stand, den *Memory Master* in der einen, die Pistole in der anderen Hand. Eigentlich hätte ich Angst haben müssen. Davor, dass Soffs Vater ausrasten würde, wenn ich mich wehrte. Dass der *Memory Master* nicht so funktionierte wie vorgesehen. Dass er mehr Schaden anrichtete, als nur ein paar Tage aus meinem Gedächtnis zu streichen. Dass ORGA nicht nur Herrn Cauder, sondern auch Soff etwas antun würde, wenn ans Licht kam, wer sich – zusammen mit Annette Frescher – hinter dem Namen Hypnos verbarg.

Aber ich hatte keine Angst. Ich war nur traurig. Traurig, weil Herr Cauder vor lauter Verzweiflung nun die beste Freundin seiner Tochter bedrohte. Aber noch trauriger war ich, weil ich nicht vergessen wollte.

Ich wollte den letzten Monat nicht aus meinem Gehirn

streichen lassen. Weil er der beste, aufregendste und interessanteste Monat meines Lebens gewesen war. Ich wollte nicht vergessen, wie ich durch den Orkus gejagt war, verfolgt von virtuellen Riesen. Ich wollte nicht vergessen, wie mein Vater mir in seinem Büro ahnungslos gegenübersaß und mich für eine schrullige Rentnerin hielt. Ich wollte nicht vergessen, wie Vincent mich ansah, als ich ein harmloses Allerweltskaugummi ins Lagerfeuer spuckte.

Aber vor allem will ich Vincent nicht vergessen, dachte ich und stellte fest, dass sich unter meine Traurigkeit nun auch noch eine gehörige Portion Verwirrung mischte.

Ich schaute Herrn Cauder furchtlos in die Augen. Und plötzlich erschien ein leuchtendes Zeichen hinter ihm. Ein Omega, das sich in ein Schlüsselloch verwandelte.

Herr Cauder bemerkte, dass ich nicht mehr *ihn* anstarrte. Er drehte sich zur Seite, um meinem Blick zu folgen. Als er die Projektion erblickte, stieß er einen unterdrückten Schrei aus.

„Hier spricht ORGA", verkündete Vincents Stimme erstaunlich laut. „Geben Sie auf, Cauder. Oder sollen wir Sie Hypnos nennen?" Ich schaute unter das schwebende ORGA-Logo. Dort beamte Bug die Präsentation in den Raum.

„Das ist unmöglich", flüsterte Herr Cauder.

„Lassen Sie die Finger von den Geräten und auch von dem Mädchen. Waffe fallen lassen. Dann kommen Sie mit erhobenen Händen raus."

„Sie ... Sie sind hier?"

„Genau vor dieser rostigen Eisentür. Wir warten, kauen Kaugummi und hoffen, dass Sie verstehen, wann ein Spiel vorbei ist."

Herr Cauder betrachtete mit panischem Blick die Tür hinter mir. Ich fragte mich währenddessen, ob das cool sein sollte. Dieses Geschwätz vom Kaugummikauen.

Nein, wurde mir dann klar. Das sollte nicht cool sein. Das war eine Warnung an mich.

„Weg von der Tür!", rief ich, stürzte auf Soffs Vater zu und drängte ihn einige Schritte zurück, bevor wir zusammen vor der Kaminöffnung zu Boden gingen. Er fiel völlig unbeholfen, ohne sich abzufangen. Dabei glitt ihm die Pistole aus der Hand.

„Kopf runter!", zischte ich noch, während der *Memory Master* an mir vorbeikullerte.

Ein Donnern. Ein metallisches Krachen.

Ich drehte mich auf die Seite. Die verbeulte Tür hing noch in den Angeln, war aber geöffnet. Ich vermutete, Vincent hatte *Hidden Crush* sparsam dosiert, vielleicht sogar nur ein halbes Dragee genommen. Ein ganzes hätte wahrscheinlich einen Teil der Wand herausgerissen und die Steine auf uns katapultiert. Nett, dass er so weit gedacht hatte. Mir wäre dieses wichtige Detail im Eifer des Gefechts vermutlich entgangen.

Vincent war unfassbar erleichtert, als er Celia unverletzt auf dem Boden liegen sah. Am liebsten wäre er auf sie zugestürzt, um ihr aufzuhelfen, aber er hielt sich zurück. Stattdessen warf er ihr nur einen neutralen Blick zu, während er Cauders Pistole vom Boden angelte und sich in die Hosentasche schob. Er musste jetzt souverän wirken. Abgeklärt. Diese Show spielte er schließlich vor allem für Herrn Cauder, der sich gerade stöhnend hinter Celia aufrichtete und ihn entgeistert anschaute.

„Du?", stieß Cauder hervor.

Vincent ging in die Knie und hob das kleine runde Ding auf, das vor ihm auf dem Boden lag. Eigentlich sah es albern aus. Wie ein Saugknopf, an dem man Handtücher befestigte. Nur der kleine Ring mit der Zeitskala verriet, dass es sich hier um etwas anderes handelte. Vincent drehte die 30, auf die ein winziger Pfeil deutete, zurück auf die 1.

„Das ist er also", sagte er mit ruhiger Stimme. „Und dafür haben Sie sich so lange vor uns versteckt."

Celia war aufgestanden und wischte sich Staub von ihrer Jeans. Ihr Blick verriet Vincent, dass sie keine Ahnung hatte, was er gerade abzog.

Auch Herr Cauder war mittlerweile auf die Beine gekommen. Er schüttelte den Kopf. „Ich wusste ja, dass sie skrupellos sind, aber dass sie sogar Kinder für ihre Zwecke einsetzen …"

„Sparen wir uns die Moralkeule", sagte Vincent. „Bringen

wir das hier zu Ende." Er richtete sich wieder auf und sah Herrn Cauder abschätzig an. „Haben Sie was zu schreiben?"

Herr Cauder stutzte. Er schien sich nicht sicher zu sein, dass er richtig verstanden hatte. „Ähm ... ja?"

„Gut. Dann schreiben Sie jetzt genau auf, was ich sage. Versuchen Sie nicht, eine geheime Botschaft reinzuschmuggeln. Das durchschaue ich."

Herr Cauder zog ein kleines Notizbuch hervor, an dem ein silberner Kugelschreiber befestigt war. Er spähte an Vincent vorbei in den Kellerflur, dann sah er ihm ins Gesicht. „Kann es sein, dass du allein bist?"

Verdammt. Herr Cauder dachte schneller wieder klar, als Vincent recht war. Er musste wohl doch zu Mitteln greifen, auf die er gerne verzichtet hätte.

„Noch", sagte er und zog die Pistole aus der Hosentasche. „Aber das ist völlig egal. Ich kann auch allein sehr überzeugend sein."

Er ließ es sich zwar nicht anmerken, doch Celias entsetzter Blick versetzte ihm einen Stich ins Herz.

„Schreiben Sie, wenn Sie an Ihrem Leben hängen", fuhr Vincent fort. „Schreiben Sie, wenn Ihnen Sophia etwas bedeutet. Und ich verspreche Ihnen, hinterher wird es sich für Sie und uns alle besser anfühlen."

In seiner rechten Hand drehte Vincent den *Memory Master*. Er hoffte, dass er so funktionierte, wie er vermutete.

37

Völlig selbstverständlich hatte Vincent die Knarre gezückt, als würde er täglich mit solchen Dingern rumhantieren. Sein Blick war kalt und es fühlte sich an, als ob er mich nicht mal bemerkte. Vincent gehörte zu ORGA, daran führte kein Weg vorbei. Und ORGA war zu allem fähig.

Herr Cauder hatte sich auf einen Karton gestützt und schrieb mit zitternder Hand, während Vincent ihm diktierte:

Es tut so weh, all das hier zu zerstören. Aber es ist richtig. Du musst dich nicht daran erinnern. Du hast mehr als genug Schmerz, an den du dich erinnern kannst.

Fragend sah Herr Cauder Vincent an, doch der sagte nur: „Reißen Sie das Blatt raus. Falten Sie es zusammen und stecken Sie es sich in die Hosentasche."

Sophias Vater tat es. Er war völlig willenlos und zuckte nicht einmal zusammen, als Vincent auf ihn zutrat, den *Memory Master* auf seine Stirn drückte und ihn mit dem Daumen aktivierte.

Ein Schütteln durchlief Herrn Cauder. Dann stürzte er ohnmächtig zu Boden.

Aus meiner Kehle löste sich endlich ein heiserer Schrei.

„Scheiße, was machst du hier eigentlich?", fauchte ich Vincent an.

„Ich bringe das für alle so gut wie möglich zu Ende. Vertrau mir bitte." Sein Blick wurde weicher. Aber er war ein verdammt guter Schauspieler, so viel hatte ich mittlerweile begriffen.

Ich verschränkte die Arme. „Sorry, aber wenn jemand mit einer Pistole vor mir rumfuchtelt, ist das mit dem Vertrauen so 'ne Sache."

Er wischte den Griff der Waffe an seinem Pullover ab, bevor er sie dem reglosen Cauder vorsichtig in die Hosentasche schob.

„Ich hätte sie nicht benutzt", murmelte er.

Ich sah ihn lange an und er wich meinem Blick nicht aus.

„Okay", seufzte ich schließlich. „Mir bleibt eh keine andere Wahl, als dir zu glauben, Lurking. Und wie genau bringen wir das hier jetzt zu Ende?"

„Erst mal zerstören wir die *Memory Master*", antwortete er.

„Das wird wirklich das Beste sein, ehe sie in die falschen Hände geraten." Er lief zu den übereinandergestapelten Kartons, nahm den obersten und ging zur Ofenluke, die immer noch offen stand. Er griff sich eine Handvoll Saugnäpfe und warf sie in die Flammen.

„Hilfst du mir?", fragte er und sah mich über seine Schulter an.

Ich nahm mir ebenfalls einen Karton und stellte mich neben ihn. Während wir händeweise einen Meilenstein der Forschung nach dem anderen entsorgten, erklärte Vincent mir seinen Plan.

„Herr Cauder ist jetzt zwischen sechs und zehn Stunden bewusstlos. So stand das zumindest in den Aufzeichnungen von Frau Frescher. Dann wacht er auf, sieht, dass hier alles weg ist, und findet seinen Zettel. Er wird glauben, er habe es selbst zu Ende gebracht. Dass ORGA hier angeblich schon vor der Tür stand, hat er hingegen vergessen – und dich und mich auch. Er wird sicher noch ein Weilchen verstört sein, aber dann … dann kann er endlich sein Leben weiterleben."

Ich nickte. Mein Karton war schon leer und ich holte den nächsten.

„Aber … ORGA weiß doch nicht, dass alles zerstört ist", wandte ich ein. „Und was willst du ihnen sagen? Sie werden weiter nach Hypnos suchen, wenn du dich dumm stellst und so tust, als wüsstest du nichts."

„Ich stelle mich nicht dumm. Ich sorge dafür, dass jeder die Geschichte bekommt, die er braucht." Vincent deutete mit seinem Kinn auf den am Boden liegenden Herrn Cauder. „Er hat seine schon in der Tasche. ORGA liefere ich eine andere. Eine, die das Geheimnis aufklärt und keinen Menschen in Gefahr bringt. Keinen lebenden Menschen zumindest."

Während wir die *Memory Master* ins Feuer warfen, erzählte mir Vincent, was er in den letzten Stunden erlebt hatte. Die Puzzlestücke fügten sich zusammen: Vincents Part, die Details von Herrn Cauder und all das, was ich selbst herausgefunden hatte.

„Krasse Sache", sagte ich, als ich das gesamte Tausend-Teile-Puzzle allmählich überblickte. „Und auf die Gefahr hin, dass ich mich wiederhole: Was machen wir jetzt?"

„Jetzt schreiben wir ORGA eine schöne Mail", sagte Vincent und zückte sein Handy.

Wir diskutierten eine ganze Weile über Formulierungen, Satzzeichen und Sinnzusammenhänge. Aber schließlich hatten wir etwas zusammengebaut, womit wir beide ziemlich einverstanden waren.

„Warte", sagte ich, als ich mir die Mail noch einmal durchgelesen hatte. „An dieser Stelle wäre ein Gedankenstrich eigentlich besser."

Vincent tippte sich an die Stirn. „Ein Gedankenstrich, klar. Dann wird ORGA so richtig ins Grübeln kommen."

„Nee, wirklich. Das ist dann was ganz anderes vom Timing, wenn man das liest."

Vincent zog genervt die Augenbraue hoch, aber dann fing er plötzlich an zu lachen. Es war ein echtes und ansteckendes Lachen. Völlig absurd, aber wir lachten uns halb kaputt, während vor uns ein ausgeknockter Herr Cauder lag und wir gerade eine Mail an eine krasse Geheimorganisation schrieben.

Und plötzlich musste ich daran denken, wofür genau diese Mail sorgen würde: Bald würden die Lurkings nicht mehr bei mir nebenan wohnen. Die offizielle Begründung würde wahrscheinlich ein berufliches Angebot sein, das sie nicht ausschlagen konnten. Und Vincent würde mit seiner Fake Family sonst wo hinziehen, während in Trockenstedt wieder die Langeweile zu Hause wäre. Der Gedanke versetzte mir einen Stich.

Ich berührte Vincent kurz am Arm und auch sein Lachen verstummte. „Mir hat das auch echt Spaß gemacht ... mit dir", sagte ich und konnte ihn dabei nicht ansehen.

Ich starrte auf sein Handy. Dort wartete die Mail darauf, verschickt zu werden. Gleich würde sie all seine Ansprechpersonen bei ORGA erreichen und vor dem Morgengrauen hätten vermutlich alle sie gelesen. In dieser Nachricht erklärten wir, dass Frau Frescher – und zwar sie allein – hinter Hypnos steckte. Wir behaupteten, sie hätte in der alten Reifenfabrik Prototypen eines Gerätes zur Gedächtnismanipulation produziert, aber dass alle diese Prototypen mittlerweile vernichtet wären.

Ebenso wie große Teile der Unterlagen, die die Funktionsweise und die Herstellung des *Memory Master* erklärten. Wir hatten gemeinsam entschieden, welche dieser Dokumente Vincent als Beweis behielt. Den Rest würden wir ebenfalls zerstören. Denn auch Vincent zweifelte nach allem, was wir gemeinsam erlebt und erfahren hatten, daran, dass dieses Wissen bei ORGA in vertrauenswürdigen Händen sein würde.

„Übernimmst du?", fragte er und streckte mir die aussortierten Papiere entgegen. „Ich mach die Mail jetzt fertig und schick sie ab."

Ich nickte. Nur eine Sache beschäftigte mich noch. „Wir müssten schon irgendwie erklären, warum die Mails auf meinen Vater hingewiesen haben, oder? Solange da noch Fragezeichen offen sind, wird ORGA ihn doch hochnehmen, nur zur Sicherheit."

„Du hast recht, das muss noch rein." Vincent stimmte mir zum Glück sofort zu. „Aber wie hat Cauder eigentlich in eurem Urlaub Mails von euch zu Hause verschicken können?"

„Soff hat immer die Blumen bei uns gegossen. Da hat er sich wohl mal den Schlüssel geliehen. Wir behaupten einfach, das Blumengießen hätte Frau Frescher gemacht. Der können wir dann auch in die Schuhe schieben, dass sie die Mails aus dem Autohaus verschickt hat. Das war sie vielleicht sogar tatsächlich. Sie hatte zu der Zeit ja mehrere Termine da, weil sie ein neues Auto gekauft hat."

Ich nahm die Blätter und schob sie in die Ofenluke, während Vincent die zusätzlichen Infos in die Mail tippte. Die Flammen leckten über die Seiten und zerfielen zu Asche. Das blieb mir also von diesem Abenteuer: Nichts.

Na ja, fast nichts, erinnerte mich ein sanftes Druckgefühl in meiner Hosentasche. Aber dieser eine *Memory Master* war nicht mehr als ein kleines Souvenir. Ein Andenken an meine Zeit als Spionin. An Vincent, der bald zu neuen Ufern aufbrechen und von dem ich wahrscheinlich nie wieder etwas hören würde. Tränen traten mir in die Augen.

Vincent hatte die Mail angepasst. Und er hatte sie stärker angepasst, als Celia wusste. Außerdem war eingestellt, dass sie erst in zehn Stunden rausging. Jetzt steckte er sein Handy in die linke Hosentasche und holte den *Memory Master* aus der rechten. Beim Entsorgen der anderen Exemplare hatte er sich einen gesichert. Denn noch ein weiterer Schritt – ein schmerzhafter Schritt – war nötig.

Vincent drehte die Skala auf dreißig Tage und trat langsam zu Celia, die wie hypnotisiert in das Ofenfeuer schaute. Nun musste er ihr enthüllen, was noch absolut notwendig war. Aber vorher wollte er etwas komplett Außerplanmäßiges tun.

Plötzlich drehte sie sich um. Es war, als hätte sie seine Nervosität gespürt.

„Celia, ich …" Vincent stockte, als er ihre Tränen sah. „Alles klar bei dir?", fragte er etwas unbeholfen.

„Ja, alles klar, mir ist nur der Rauch ins Gesicht geweht."

Sie senkte ihren Blick auf den *Memory Master* in seiner Hand. Das Gerät, das mehr versprach, als es konnte. Es erschuf keine Erinnerungen. Es löschte sie nur.

Mit einer ruckartigen Bewegung sah sie wieder auf. In ihrem Blick lag Entsetzen. Und Enttäuschung. Dann schluckte sie.

„Ich hätte dir nicht vertrauen dürfen, oder?" Ihre Stimme klang beherrscht, aber Vincent bemerkte das Zittern darin. „Was genau hast du da eben für eine Mail abgeschickt? Ach nein, verrat es mir nicht. Ich kann mich ja bald eh nicht mehr daran erinnern, richtig? Drückst du mir das Ding jetzt einfach auf die Stirn? Oder willst du mich vorher noch ein bisschen mit der Knarre von Soffs Vater bedrohen?"

 Wie hatte mir das nur passieren können? Wie hatte ich auch nur eine Sekunde lang glauben können, dass dieser von Ehrgeiz zerfressene Schönling tatsächlich seine eigene, heilige Organisation hinters Licht führen würde? Nur um ein paar normale Menschen wie Paps oder Herrn Cauder vor ihr zu bewahren?

Wieder stiegen mir Tränen in die Augen, aber diesmal waren es Tränen des Zorns. *Nicht heulen*, dachte ich, *zuschlagen!*

Und dann abhauen und die ganze Sache öffentlich machen. Wir wollten doch mal sehen, wie geheim ORGA dann noch blieb!

Aber Vincents verdatterter Blick passte gar nicht zu dem finsteren Plan, den ich ihm gerade unterstellte.

„Ich … äh … ich will dich nicht bedrohen", stotterte er. „Ich will auch nicht dein Gedächtnis löschen."

Er schien zu überlegen, was er als Nächstes sagen wollte. Es kostete ihn offensichtlich extremen Mut, seine Gedanken auszusprechen.

„Ich will dich küssen, wenn ich darf." Er sah mich kurz an und senkte dann unsicher den Blick.

„Was?" Das war nun wieder eine dieser Wendungen, die es in meinem Leben vor Vincent Lurking einfach nicht gegeben hatte.

„Ich würde dich gerne küssen", sagte er, ohne mich anzuschauen. „Bevor ich …" Statt den Satz zu vollenden, deutete er mit dem *Memory Master* auf seine Stirn.

„Du willst dein eigenes Gedächtnis löschen?" Ich riss ihm den unscheinbaren Plastikstöpsel aus der Hand und schaute auf die Einstellung. „Du willst deinen ganzen letzten Monat löschen?"

„Es muss sein", sagte er. „ORGA wird das nicht einfach so schlucken. Sie werden wissen wollen, ob ich wirklich die Wahrheit in dieser Mail erzählt habe. Ich kann hervorragend lügen, aber das Lügen haben *sie* mir beigebracht und sie werden mich letzten Endes durchschauen. Es sei denn ... ich glaube selbst an meine Lüge. Und das kann ich nur, wenn ich mich nicht an die Wahrheit erinnere. Ich habe in meiner Mail geschrieben, dass ich mir am Ende meiner Mission selbst die Erinnerung gelöscht habe."

„Aber warum solltest du dir dreißig Tage Erinnerung löschen? Meinst du, das werden sie dir glauben? Wie soll das denn in die Geschichte passen?", fragte ich.

„Ich habe in dieser Mission eine Niederlage nach der anderen eingefahren", erklärte er. „Ich bin extrem verunsichert. Deshalb musste ich unbedingt ausprobieren, ob ich mit allem, was ich über den *Memory Master* herausgefunden habe, richtigliege. So habe ich es ORGA geschrieben. Die dreißig Tage sind natürlich ein Fehler, werde ich später behaupten. Eigentlich wollte ich nur einen Tag löschen, testweise. Aber bei so einem Prototyp kann man natürlich nie sicher sein, dass er richtig funktioniert. Damit die Story funktioniert, brauche ich ein letztes Mal deine Hilfe."

38

Nachdem sie die Überreste ihrer Verbrennungs-
aktion entsorgt hatten, gingen sie schweigend
los. Celia fragte nicht, wo er hinwollte. Sie folgte
ihm einfach. Immerhin. Nach dieser hirnverbrann-
ten Aktion hätte es Vincent auch nicht verwundert, wenn sie
sofort abgehauen wäre. Er spürte, wie ihm die Peinlichkeit
heiß in die Schläfen kroch, wenn er an seine Frage dachte.
Vielleicht war es besser, dass sie gar nicht darauf geantwortet
hatte.

„Warum hier?", fragte Celia erst, als sie in den Wald vor den
Feldern hineinmarschierten.

„Ich will weit genug weg von der Reifenfabrik sein. Wir
können nicht riskieren, dass noch irgendetwas dazwischen-
kommt, wenn Herr Cauder demnächst aufwacht und sich aus
dem Staub macht."

Er sah in den Himmel. Auch wenn die Perseiden ihre große
Zeit schon hinter sich hatten, eine kleine Sternschnuppe hat-

ten sie noch übrig gelassen. Es freute ihn, als er merkte, dass auch Celia sie gesehen hatte.

„Vielleicht hat Siri jetzt schon eine ihrer Drohnen auf die Suche geschickt", erläuterte er die nächsten Schritte. „Dann soll sie mich hier finden. Und es gibt noch einen Grund ..." Er blieb kurz stehen, bevor er weitersprach. „Dieser Ort fühlt sich richtig an, weil hier irgendwie unsere Geschichte angefangen hat. Also, unsere Geschichte als Freunde. Nicht als Spion und Ausspionierte."

Er stapfte den Abhang hinauf. Oben lag ein gefällter Baumstamm, auf dem er sich nun niederließ. Er zog sein Handy aus der Tasche und pfefferte es zwischen die Buchen.

Celia setzte sich neben ihn. Er spürte die Wärme ihrer Schulter.

„Wozu war das jetzt gut?", fragte sie in die Dunkelheit.

„Um Verwirrung zu stiften", antwortete er. „Wenn ORGA den ganzen Vorfall untersucht, werden sie jede Kleinigkeit hinterfragen. Und an etwas völlig Sinnlosem kann man sich lange die Zähne ausbeißen und hat so weniger Energie für die richtigen Fragen."

Er nahm den *Memory Master* aus der Tasche und stellte ihn auf dreißig Tage.

„Ich bin bereit", sagte er. „Wenn es passiert ist, stellst du den Regler auf *einen* Tag zurück und stößt mich den Hang runter."

„Hä?" Er würde ihren entsetzten Tonfall bei diesen „Häs"
vermissen, dachte er. Ach nein, fiel ihm dann ein. Vermissen
konnte man nur etwas, an das man sich erinnerte.

„Okay, das Umstellen kapiere ich ja. Damit es wirklich aussieht, als hätte der *Memory Master* eine Fehlfunktion gehabt
und einen viel längeren Zeitraum gelöscht als geplant. Aber
warum soll ich dich hier den Abhang runterschubsen?"

„Selbes Prinzip wie bei dem Handy: Verwirrung stiften.
Wenn sie sich fragen, warum ich hier abgestürzt bin, ist es
unwahrscheinlicher, dass sie auf die Idee kommen, jemand
könnte den Regler umgestellt haben. Denk bitte dran, deine
Hand mit deinem Pulli zu überdecken. Nur ich darf meine
Fingerabdrücke auf diesem Ding hinterlassen."

Er befestigte den Knopf auf seiner Stirn und atmete tief ein.

„Ich drücke jetzt drauf", kündigte er an.

„Moment", sagte Celia. „Eins noch."

Plötzlich spürte er ihre Hand an seiner Wange. Sie drehte
sein Gesicht zu sich und dann waren ihre Lippen auf seinen.

Er wollte nicht, dass dieser Kuss endete. Celia anscheinend
auch nicht. Aber er endete trotzdem.

Vierzehn Tage später

39

„Er ist zurück!", entfährt es mir und meine Stimme klingt erleichterter als beabsichtigt.

„Natürlich ist er zurück", sagt Sophia, nachdem sie Vincent erkannt hat, der eben ins Klassenzimmer gekommen ist. „Dachtest du, er bleibt für immer im Krankenhaus?"

Eigentlich dachte ich, wir würden eines Tages erfahren, dass er überraschend verstorben ist. Dass seine schmerzgebeutelte Familie daraufhin wegziehen würde, was jeder verstanden hätte. Und nur ich wäre zurückgeblieben, mit dieser rastlosen Ungewissheit. Ich hätte mich ewig gefragt, ob Vincent jetzt irgendwo auf der Welt seine nächste Mission antrat. Oder ob ORGA seine Geschichte womöglich nicht geglaubt hatte. Und vielleicht doch über Leichen ging – auch über die Leichen ihrer eigenen Mitarbeiter.

„Du freust dich aber schon ziemlich", merkt Sophia mit einem Lächeln an. „Ich dachte, du kannst ihn nicht leiden."

Ja, auch vor der besten Freundin hat man mal Geheimnisse. Aber keines war jemals so schmerzhaft gewesen wie das hier. Wie sehr hatte ich mir in den vergangenen Wochen jemanden gewünscht, mit dem ich meine Angst hätte teilen können.

„Deswegen kann ich ja trotzdem wollen, dass er wieder gesund wird", murmle ich halbherzig, ohne Vincent auch nur eine Sekunde aus den Augen zu lassen. Als hätte ich Angst, dass er sonst wie ein Geist wieder verschwindet. Er sieht gut aus. Wie immer. Vielleicht ein bisschen blass.

Vincent wechselt ein paar Worte mit Schroppo, der ihn sogar mit einem Handschlag begrüßt hat. Schroppo nickt kurz, dann zeigt er auf unsere Reihe und Vincent kommt zu uns.

Sein Lächeln löst in mir ein Frösteln aus. Es ist strahlend. Selbstbewusst. Und nicht echt. Es ist das Lächeln des perfekten Sohns einer perfekten Familie.

„Hi." Selbst seine Schüchternheit kommt mir gespielt vor, auch wenn er dafür einen Oscar verdient.

Soff strahlt und klopft einladend auf den Stuhl neben sich.

„Ich sag es gleich", meint er. „Ich weiß, dass ihr Sophia und Celia seid, aber das hat mir meine Mutter erzählt. Hier drin…", er tätschelt sich die Schläfe, „… fehlen leider über vier Wochen."

„Komplett?" Sophia reißt erschrocken die Augen auf. „Da ist nichts mehr? Du kannst dich nicht an uns erinnern? Keine Einweihungsparty, kein erster Schultag hier, nichts?"

Er schüttelt bedauernd den Kopf. „Wir lernen uns sozusagen ganz neu kennen."

„Das muss ja nichts Schlechtes sein", sagt Sophia und wirft mir einen mahnenden Blick zu.

„Irgendwas, das ich wissen sollte? Hab ich irgendeinen Scheiß gebaut, für den noch eine Entschuldigung aussteht?"

Er sieht mich bei der Frage an und kurz hoffe ich, dass das ein geheimes Zeichen ist. Aber nein. Das gehört zu seinem Programm.

„Nein, alles in Ordnung", murmle ich und tue so, als müsste ich niesen, weil mir Tränen in die Augen steigen.

Zum Glück lenkt Schroppo die Aufmerksamkeit auf sich, weil er gerade ungelenk den Videobeamer aufbaut.

„Was hat der denn vor?", fragt Vincent.

„Wir gucken gerade *Quo Vadis*. Ich hasse den Film", seufzt Sophia.

„Schroppo liebt ihn", erkläre ich. „Wir mussten den in der fünften Klasse schon mal gucken. Dass wir damals schon alle eingepennt sind, ist ihm wohl nicht aufgefallen."

„Ich kenn den Film gar nicht", sagt Vincent und lehnt sich zurück, während Herr Schropp die Verdunklung runterlässt. Unbekannte Schauspielernamen werden in protzigen Goldlettern eingeblendet, ein Chor trällert episch vor sich hin.

„Keine fünf Sekunden und ich muss schon gähnen", beschwert sich Sophia und verzieht das Gesicht.

Ich zuppele meine Dose *Sensational Chewies* aus der Tasche meines Hoodies.

Soff schüttelt den Kopf.

„Kaugummi?", flüstere ich Vincent zu.

„Ruhe, bitte!", blökt Klassendepp Rufus mit verstellter Stimme und lacht blöde.

Vincent nimmt sich einen Kaugummi aus der Dose und schaut ihn beim Auspacken fast ehrfürchtig an. Er runzelt die Stirn, dann schüttelt er leicht den Kopf, wirft sich das Dragee in den Mund und beginnt zu kauen.

Ein seltsames Gefühl taucht in mir auf, das ich erst nicht benennen kann. Langsam dämmert mir: Das ist Hoffnung.

Ein Kaugummi reicht anscheinend nicht, um die Erinnerung zu wecken. Aber vielleicht kommt Vincent die Tage mal bei mir vorbei. Und sieht dann rein zufällig, während wir für Mathe oder Englisch büffeln, den neuen Handtuchhalter in meinem Bad.

Ja, ich weiß, das war nicht Sinn der Sache. Aber ganz ehrlich: Wenn man tausend *Memory Master* zerstört, kann man doch wenigstens *einen* als Andenken behalten. Denn es ist gut, sich zu erinnern. Und manchmal können ganz einfache Dinge dafür sorgen, dass man nicht vergisst.

Zumindest nicht für immer.

Pssst, streng geheim!
Band 2 erscheint im Frühjahr 2025.

„Deine Haare gehen gleich in Flammen auf", warnt mich die besorgte Stimme von Sophie über dem Dröhnen. Sie hat recht. Es riecht tatsächlich schon ein bisschen nach verbranntem Horn. Mit einem Schlag auf den absurd großen Metallknopf bringe ich den Trockner zum Schweigen und fahre mir mit den Fingern durch die heißen Locken.

Wir haben die Memory Master zerstört, denke ich dabei. Naja fast. Einer tut in deinem Badezimmer so, als wäre er ein Hand-tuchhalter.

Ich trete vor den Spiegel, während ich meine Feuchtigkeits-creme aufschraube. Die Stimme gibt immer noch keine Ruhe.

Wenn du ein kleines Andenken an euer Abenteuer in der Reifenfabrik mitgehen lassen konntest – dann konnte Vincent das vielleicht auch?

„Das hätte er mir erzählt", widerspreche ich der Stimme halblaut. Soff schaut mich im Spiegel besorgt an. Ich weiß, dass es eben im Wasser echt knapp für mich war.

„Ich komm gleich", sage ich. „Alles gut."

„Alles gut?!", Soff klingt aufgebracht. „Du warst bewusstlos, Celia! Im Schwimmbecken!"

Ich lege ihr eine Hand auf die Schulter. „Danke, dass du für mich da bist, aber es geht mir wirklich gut." Sie nickt unwillig, schwingt sich dann aber ihre Tasche über die Schulter und geht schon mal vor.

Hast du etwa Vincent erzählt, dass du dir ein Andenken eingesteckt hast? Eure Beziehung basiert nicht gerade auf allzu viel Offenheit, um es mal freundlich auszudrücken.

„Nerv nicht", würge ich die Stimme endgültig ab, schaue in den Spiegel und verteile mit dem Zeigefinger Creme in meinem Gesicht.

Ich halte inne, als ich den Abdruck auf meiner Stirn sehe.

Einen kreisrunden, bereits verblassenden Abdruck, als hätte sich daran etwas festgesaugt. Ich trete näher heran, beuge mich vor. Die Mittvierzigerin, die immer zu Schulsportzeiten selbstquälerisch ihre Runden im Schwimmbecken dreht, kommt herein. Sie wirft mir kurz einen gelangweilten Blick zu und tuscht sich dann die Wimpern. In der Mitte des kreisrunden Abdrucks ist ein winziger schwarzer Fleck.

Eine Verbrennung, erklärt mir die Stimme, als wäre mir das nicht selbst klar. *Wo der Stromstoß eindringt, der dir in deinem Gedächtnis eine Lücke von vierundzwanzig Stunden bis zu dreißig Tagen beschert.*

Ich bin nicht ohnmächtig geworden und ins Schwimmbecken geklatscht und habe dabei einen Teil meines Gedächtnisses verloren.

Nein, ich bin bewusstlos im Wasser gelandet, weil mir jemand diesen Teil des Gedächtnisses *geklaut* hat. Und es gibt nur einen Menschen, der dafür infrage kommt.

„Ich bring dich um", murmele ich. Die Frau neben mir fährt zusammen und piekt sich mit einem kleinen Aufschrei den Kajal ins Auge. Bevor ich ihr noch mehr Angst einjagen kann, drehe ich mich um und stapfe los.

Vor den Umkleiden steht Sophia im Gang.

„Celie, wir wollten doch nach Hause?", ruft sie, als ich nach links statt nach rechts abbiege. Ich werde schneller. „Celie!", hallt es hinter mir.

Aus der Tür zum Schwimmbereich tritt die Bademeisterin. „Hier sind keine Straßenschuhe erlaubt ...", beginnt ihre Ermahnung, deren Ende ich schon nicht mehr höre.

Ich sehe die Jungs und Mädels aus meiner Klasse, aufgereiht in zwei Reihen an den Starblöcken vor dem 50-Meter-Becken. Ich liebe Zeitschwimmen, aber in diesem Moment interessiert es mich überhaupt nicht. Mich interessiert nur der Junge, der eigentlich gleich hinter Burak und Gero mit einem Köpper ins Wasser gleiten will. Ich packe ihn am Arm und reiße ihn heftig zur Seite. Jeden anderen würde es umhauen.

Aber Vincent fängt sich sofort. Seine Körperbeherrschung

ist wirklich phänomenal. Da merkt man die Agentenausbildung statt einer normalen Kindheit. Ich nutze den kurzen Überraschungsmoment, stoße meine Hände fest gegen seine durchtrainierte Brust, schiebe mein Bein hinter seins und bin selbst ein bisschen überrascht, als er tatsächlich auf den Kacheln landet.

„Celia, was soll das?", ruft Herr Hammerstohr mit der Stoppuhr in der Hand. Der arme Burak müht sich neben ihm im Becken völlig umsonst ab. Er wird gleich nochmal gegen die Zeit schwimmen dürfen.

Ich packe Vincent an den Schultern und drücke ihn so schnell zu Boden, dass sein Hinterkopf auf die Kacheln kracht. Autsch, das tat bestimmt weh, denke ich. Wie immer merkt man ihm nicht das Geringste an.

„Hör auf", zischt er.

„Gib mir mein Gedächtnis wieder", zische ich zurück.

„Erkläre ich dir später", flüstert er. Er bestreitet es nicht mal, denke ich empört. „Aber jetzt hör bitte auf mit deiner Psycho-Einlage und denk dir eine Ausrede aus, warum du dich so aufführst", schiebt er hinterher.

Meine Hände an seinen Schultern verlieren bereits an Kraft. Ich bin nicht mehr wütend. Ich bin verwirrt. Und ich vermute, dass das alles hier erst der Anfang ist.

© Maria Himmel

Mario Fesler, geboren 1978, zog es zum Studium der Theaterwissenschaft und Neueren Deutschen Literatur nach Berlin, wo er bis heute lebt, arbeitet und schreibt.

Für sein Debüt *Lizzy Carbon und der Club der Verlierer* wurde er als „Neues Talent" mit dem Deutschen Jugendliteraturpreis ausgezeichnet.

© privat

Helder Oliveira machte eine Ausbildung zum Physiotherapeuten, ehe er seinen Traum verwirklichte und Illustrator wurde. Inzwischen erreichen ihn Aufträge aus den verschiedensten Winkeln der Welt, aber seine Bilder entstehen alle im Amazonasgebiet in Brasilien, wo er zu Hause ist.

HÖRST DU DAS FLÜSTERN?

Barbara Rose / Alina Brost
**WHISPERWORLD 1:
AUFBRUCH INS LAND
DER TIERFLÜSTERER**
Hardcover
304 Seiten
ISBN 978-3-551-65636-0
Auch als E-Book erhältlich

COCO, CHUCK, AMY, MOHIT UND PAUL WURDEN GERUFEN. Sie dürfen nach Whisperworld, wo vom Aussterben bedrohte Tierarten und seltene Fabelwesen leben. Sie wandern allein durch grünen Dschungel, schlafen in riesigen Baumhäusern und lernen jeden Tag Neues über die Natur und die Tiere um sich herum. Wer wird als Erstes das Flüstern hören? Wer wird als Erstes auserwählt, eine Art zu schützen als ihr Tierflüsterer?

FÜNF SMARTE KIDS
UND JEDE MENGE ACTION

James Ponti
**CITY SPIES 1:
GEFÄHRLICHER AUFTRAG**
Hardcover
352 Seiten
ISBN 978-3-551-55766-7
Auch als E-Book erhältlich

DER 12-JÄHRIGEN SARA DROHEN mehrere Jahre Jugendhaft. Dabei hat sie das System der New Yorker Justizbehörde doch nur gehackt, um ihre kriminellen Pflegeeltern zu entlarven! Doch dann bietet ihr der mysteriöse Agent »Mother« einen Ausweg an: Sie soll bei den »City Spies« einsteigen, einem Team von fünf Kindern aus aller Welt, die ein schottisches Internat besuchen, in Wahrheit aber für den britischen MI6 arbeiten. Sara sagt Ja – und landet mitten in einer heiklen Mission: Eine geheime Organisation und ein fieser Plan gefährden den Jugendumweltgipfel in Paris.

Band 1 der temporeichen Spionage-Serie.

WWW.CARLSEN.DE

Wir behalten uns die Nutzung unserer Inhalte für Text und Data Mining im Sinne von § 44b UrhG ausdrücklich vor.

© 2024 Carlsen Verlag GmbH,
Völckersstraße 14–20, 22765 Hamburg
Umschlag und Innenillustrationen: Helder Oliveira
Umschlaggrafik: Niklas Schütte
Lektorat: Christiane Schultz, Neele Bösche
Produktionsmanagement: Constanze Hinz
Lithografie: Margit Dittes Media, Hamburg
Satz: Pinkuin Satz und Datentechnik, Berlin
ISBN 978-3-551-65583-7